KB032433

스마치에서 시작되는
세계 광상곡

타마
고양이 귀 종족의 소녀. 미궁에
남겨졌는데 사토가 거두었다.
리자
비늘 종족의 소녀. 미궁에 남
겨졌는데 사토가 거두었다.
포치
강아지 귀 종족의 소녀. 미궁에
남겨졌는데 사토가 거두었다.

사토
내일 모레 서른인 프로그래머. 한창 데스마치를 치르던 중 잠깐 잠들었는데 정신을 차려보니 이세계에 있었다…….
제나 마리엔텔
17세. 사작가의 영애이면서 세류 백작가의 마법병이기도 하다.

"이거 제가 받아도 되는 건가요?"
"네, 받아주지 않으면 곤란해요."

# 데스마치에서 시작되는 이세계 광상곡

★★★

아이나나 히로

Death Marching to the Parallel World Rhapsody

Presented by Hiro Ainana

C O N T E N T S

Death Marching to the Parallel World Rhapsody

# 프롤로그 「데스마치에서 시작되는 천재지변」

별이 떨어져 내린다.

많고도, 많이.

유성을 본 적 있으려나?

덧없이 사라지는 그것에 눈길을 빼앗기는 자, 소원을 비는 자, 반응은 모두 제각각일 것이다.

그러나 하늘을 가르며 운석이 떨어지는 모습을 직접 본 적은 없지 않을까?

굉음과 함께 하늘을 찢으며, 엄청난 질량과 압도적인 속도로 대지를 때려부수는 모습을.

개중에는 TV나 인터넷 동영상 사이트를 통해 본 사람도 있을 것이다. 하지만 자신과 가까운 곳에서 운석이 쏟아져 내리는 것을 보고 싶은 사람은 없을 것이다.

그렇다. 지금 보고 있는 대지에는 100개도 넘는 운석이 차례차례 낙하하고 있었다.

아니! 남의 일처럼 말해선 안된다. 그 천재지변을 일으킨 것은 다름 아닌 나 자신이니까.

10분쯤 전에 아무 생각 없이 한 선택이 유성이 되어 대지를 파헤치고 있다.

유성은 불과 몇 킬로미터 앞부터 머나먼 곳의 대협곡까지 광범위한 대지에 꽂히면서, 그곳에 있는「적」을 유린한다.

시야의 한구석에 있는 레이더의 점들이, 때를 닦아내듯 사라져 간다. 여기서는 알 수 없지만, 낙하지점에서는 무수히 많은 생명이 사라지고 있겠지.

그리고 대부분의 유성이 대지로 사라질 무렵, 드디어 낙하음이 들려오고 조금 늦게 땅울림이 전해졌다.

흙먼지의 해일이 대지를 휩쓸며 도달하기 직전—.

갑자기 천벌과도 같은 격통이 찾아왔다.

정수리를 깨부수듯.

몸을 갈기갈기 찢어내듯.

그 통증에 의식을 놓은 직후, 내 몸은 흙먼지의 해일에 휩쓸렸다.

◆

시간을 조금 거슬러 올라가 보자.

나는 늦을 대로 늦어진 프로젝트의 납기를 맞추려고 휴일근무를 하고 있었다. 스마트폰 게임 앱이나 PC용 브라우저 게임

등을 대기업에서 의뢰 받아 제작하는 하청 외주 회사의 프로그래머로 일하고 있다.

아무리 시꺼먼 회사라도 평소에는 한 사람에게 프로젝트 2개 이상을 맡기지 않는다. 그러나 너무 많은 사양변경과 버그 때문에 젊은 후배 프로그래머가 납품 직전에 실종된 것이다! 실로 개탄스럽다!

이직률이 높은 직장이라서, 이 회사에 있던 프로그래머는 후배와 나 두 사람뿐이었다. 인원이 갑자기 보충될 리 없으니, 내가 이미 맡고 있던 프로젝트에 더해서 후배의 폭망 프로젝트 뒤처리까지 하는 꼴이 된 것이다.

"좋아, 모든 클래스의 입출력과 코멘트 기입완료. 이제 오토다큐멘터로 소스 코드에서 다큐멘트랑 상관도를 작성하면 본격적으로 버그를 찾아낼 수 있겠네~."

가볍게 기지개를 켜자 목에서 뚜두둑 소리가 났다.

주위를 둘러보니 정말로 휴일인가 싶을 정도로 모두 출근해 있다. 유감이지만, 평소와 다를 바 없는 직장의 모습이다.

옆 자리의 디버그 외주 책임자가 중얼중얼 혼잣말을 하면서 작업을 하고 있는데 아무도 이상하게 보지 않는다. 다들 그럴 여유가 없는 것이다.

주위의 디자이너나 플래너도 생기가 없는 멍한 눈으로 묵묵히 자신의 작업을 하고 있다.

커피를 타서 돌아오자, PC가 이미 작업을 끝내고 디버그에 필요한 자료가 완성돼 있었다.

그건 그렇고 이런 자료도 없이 작업을 했으니 망하지 않을 리가 있나.

현장교육을 할 틈도 없이 실전에 투입된 후배에게 불평을 해 봤자 소용없다. 반 년 전에 후배가 입사했을 때는 네 명이나 있던 프로그래머가, 지금은 나 한 사람이 되었으니 이놈의 회사 괜찮을까 싶긴 하네.

"사……, 스즈키 씨, WW의 난이도가 초보자에게 너무 어려우니까 고치라는 의뢰주 요청이 왔는데 어떻게 할까요?"

돌아봤더니 디렉터 겸 플래너인 메타보 씨가 여느 때처럼 난처한 표정으로 물어봤다.

이 자식, 사토라고 부르려 했겠다. 반년이나 한 팀이었으면서 틀리지 말란 말이다!

거기다 성가신 일이 발생했는데도 어쩐지 기뻐 보인다. 어째서 개발자들은 이렇게 마조히즘 성향인 놈들이 많은 건지.

WW는 현재 열심히 개발중인 PC용 브라우저 게임 「WAR WORLD」의 약칭으로 약간 소셜한 교류기능을 추가하고 판타지 세계를 무대로 한 전쟁계열 전략 게임이다.

"난이도를 더 낮추면 메인 타깃층이 떨어져 나가니까 싫다고 하지 않았었나?"

그렇다, 현재의 난이도는 의뢰주와 몇 번이나 회의를 거듭해서 정한 것이다. 그 시간낭비는 정말로 낭비였단 말인가? 울고 싶어라.

"전에 기각했던 기획 중에서 캐릭터를 처음 만들 때만 맵 전체 탐색하는 거랑, 맵 섬멸 폭탄 3회를 보너스로 붙이면 안 되나? 안 쓰고 클리어하면 레어 칭호를 선물하든지 해서 잘하는 녀석들은 자기가 안 쓰도록 하는 방향으로 가면 되잖아?"

"이제 시간도 없으니까 그걸로 해버립시다~. 그럼 스즈키 씨는 그거 적용 부탁해요."

메타보 씨는 여전히 쉽게 말한다.

"잠깐 기다려. 지금은 스마트폰 MMORPG 디버그가 급하니까 먼저 의뢰주한테 OK를 받아줘. 괜히 먼저 해놨다가 거절하면 고칠 시간도 없거든."

"오키. 당장 확인전화 해볼~."

메타보 씨는 거구를 흔들면서 핸드폰을 들고 흡연 구역으로 사라졌다.

중간에 메타보 씨가 GO 사인을 주기도 하고, 정크 푸드로 공복을 달래면서 밤을 새웠다.

후배가 남긴 무수한 구멍을 늦은 밤까지 수정하고 디버그 팀에게 뒷일을 맡겼다.

그러고 보니 이 게임, 이름이 뭐더라?

늘 MMO나 롤플레잉이라고 부르니까 정식 명칭이 생각 안 나네.

……맞다. 「FREEDOM FANTASY WORLD」다. WW의 옛

이름인 「FANTASY WAR WORLD」랑 헷갈린다고 아무도 그렇게 안 불렀지.

떠올려 보니 옛날 사양 설명서에는 FFW라는 약칭이 써 있었다.

나중에 WW의 옛 이름에서 「FANTASY」가 없어지고, FFW도 지금은 「FREEDOM FANTASY LIFE」로 바뀌어서 FFL이 되었다. 그래서 지금은 별로 헷갈리지도 않지만 새삼 바꾸기도 그렇잖아.

"스즈키 씨, 스토리지 체크 반에서 버그 리포트 왔어요!"

"이번엔 뭐야? 무과금인데 아이템 수납용량이 무한으로 적용되는 버그라면 아까 고쳤는데?"

"그건 FFL의 인벤토리잖아요. 이번에는 WW에서 아이템 복제 버그가 생겼대요. 자세한 건 메신저의 첨부 파일을 보세요."

"오케이. 젠장, 복제 버그가 끈질기네."

아아, 2개를 동시에 진행하니까 성가시다. 참고로 스토리지는 컴퓨터의 외부기억장치가 아니라 WW의 아이템 수납고 명칭이다.

WW의 수정작업을 하면서 디버그 팀한테 버그 리포트를 받아 순차적으로 대응했다.

어느샌가 메타보 씨한테서 WW의 베타 테스트 때는 스토리지 용량제한을 풀어달라는 메일이 와 있었다.

이 자식, 내가 뭐라고 할까 봐 무서워서 메일로 보냈군. 나중에 밥이라도 뜯어 먹어야지.

FFL의 디버그 반에서도 상한선 체크를 한다며 일시적으로 레벨 제한을 풀어달라는 의뢰가 왔다. 그건 서버 반이 할 일이잖아.

나는 구시렁대면서도 수정작업을 계속했다. 아아, 오늘도 밤샘 야근이구나.

체크는 다음날까지 이어졌고 기적적으로 FFL의 클라이언트 앱을 납품했다.

물론 아직 버그는 남아있겠지만, 인터넷 배포는 「업데이트 패치」라는 전설의 무기가 전해져 내려오니 걱정 없다.

유저들이 욕하는 소리가 들리는 것 같지만 난 졸리다.

디버그 팀이 작업하는 동안 수정해둔 WW의 실행 패키지를 메타보 씨한테 사내 메일로 전송하고, 책상 아래에 존재하는 안주의 땅에서 30시간 만에 단잠에 빠졌다.

아아, 행복의 극치다. 회사의 가축이라고 비웃을 거라면 비웃어라. 지금은 수면이 바로 저스티스다!

◆

「자각몽」이란 말을 알고 있나?

스스로 꿈이란 것을 자각하면서 꾸는 꿈을 말한다.

나는 지금 황야에 있다.

그래, 황야라니까. 미국의 그랜드 캐니언 같은 곳을 상상하면 좋을 것이다.

어떻게 꿈이라는 걸 알 수 있냐고?

첫째는 아까 책상 아래에서 잠든 것을 기억하고 있다는 것. 또 하나는 시야 오른쪽 아래에 4개의 『아이콘』이 있고, 오른쪽 위에는 『메뉴』라고 쓰인 가젯과 주변경계용 레이더 표시가 보이기 때문이지.

아까 작업하고 있던 WW와 같은 인터페이스였다.

그러나! 데스마치[#1] 진행 중에 잠들었다가 꿈속에서도 디버그하는 건 이게 처음이 아니란 말이지. 작업실이나 내 방이 아니라 황야인 건 좀 의문이지만, 실내가 너무 건조했기 때문이라든가 그런 이유 때문이겠지.

마른 흙냄새가 콧구멍을 간질였다. 냄새까지 나다니 희한한 꿈이네.

시행착오를 거친 끝에 메뉴는 생각만 해도 열린다는 걸 알았다. 표시 우선도가 거꾸로 된 건지, 만질 수 없는 버그가 있는 건 애교로 봐주라. 열 때와 마찬가지로 생각만 해도 조작할 수 있으니까 문제는 없다.

메뉴 항목은 FFL과 WW를 섞은 느낌이었는데, 꿈속에서 틀린 부분을 지적해봤자 별 수 없겠지.

---

**#1 데스마치** 컴퓨터와 관련된 일반적인 프로젝트 전반에서, 납기 등이 파탄직전인 상황이라 관계자에게 방대하게 부하가 걸린 프로젝트의 상황을 말한다. 죽음의 행진, 죽음의 행군 등으로 불린다.

캐릭터 이름은 내가 언제나 쓰고 있는 「사토」였다. 흔히들 내 이름을 사토로 착각해대서 테스트 캐릭터는 대개 이 이름으로 만든다.

스테이터스는 레벨 1이니까 초기상태라 치고, 장비는 자기 전에 가지고 있던 칼로리 바와 지갑, 핸드폰 같은 것이었다.

이거 참, 정말 꿈답게 대강 만들었구나.

주위를 둘러보니 시야 한 구석에서 땅이 뚝 끊어져 있다. 벼랑이겠지 생각하면서 다가가 봤다.

아무래도 여기는 고지대 같았다. 100미터쯤 우뚝 선 벼랑 위 같은 장소다. 주위에는 비슷한 원기둥 형태의 언덕이 여러 개 솟아 있다. 벼랑 아래는 여기와 마찬가지로 불그스름한 황야가 펼쳐져 있다.

지평선 너머에 금이라도 간 것처럼 지면이 찢어져 있는 게 보였다. 맵을 열어서 확인했지만 내 주변을 제외하고는 공백이었다. WW에서는 탐색한 장소가 아니면 맵에 공백으로 표시된다.

왼쪽 위의 맵 이름에 「용의 계곡」이라고 적혀 있으니 저 균열이 용의 계곡인가? 눈에 힘을 줘봐도 용 같은 건 안 보이는데.

대신 다른 것이 보였다.

◆

가장 가까운 언덕의 뒤에서 무언가 흙먼지를 일으키며 다가오고 있었다. 판타지 영화에서 보던 기마군 비슷하네.

문득 시야의 오른쪽 아래에 있는 4개의 아이콘이 눈에 띄었다. 「모든 맵 탐사」 1개랑 「유성우」가 3개. 메타보 씨랑 의논해서 적당히 급조한 초보자 구제방안이다.

이상하게 초조해져서 「모든 맵 탐사」를 선택했다.

레이더가 모든 적을 탐색하더니, 접근하는 집단이 적을 나타내는 빨간 광점으로 표시됐다.

레이더는 범위가 좁아서 맵을 열어 적의 배치를 확인했다.

아무래도 접근하는 집단은 전체 적의 극히 일부인 것 같다. 적이 너무 많아서 맵의 위쪽 절반이 빨갛게 물들어 있다.

……적, 너무 많지 않수?

접근하는 적 집단은 「리자드맨족의 정예」라고 표시됐다. 레벨은 50전후로 300명 정도. 레벨 1인 플레이어가 맨손으로 이길 수 있는 상대로 보이진 않는데.

그들은 벼랑 끝에서부터 500미터쯤 떨어진 장소에서 행군을 멈췄다.

일단은 들키지 않도록 바위 뒤에 숨어서 그 모습을 관찰했다.

기마군단 같다는 건 알 수 있었지만 맨눈으로는 잘 안 보인다. 실루엣을 보니 말을 타고 있는 건 아닌 것 같은데 그 이상은 판별이 어렵다.

그 중 한 기가 이쪽을 향해 그 짐승을 몰았다.

접근해준 덕분에 드디어 모습이 명확해졌다. 그들이 타고 있는 건 말이 아니라 벨로키랍토르 같은 공룡이고, 타고 있는 갑옷 무사도 사람이 아니라 리자드맨이었다.

"●●●●●●●●! ●●●●●●●●●●●! ●●●●●●●●●!"

리자드맨이 모르는 언어로 뭐라고 외쳤다. 내가 여기 있는 걸 확신하고 있는 태도다. 꿈답게 부조리하기도 하지.

놈은 내가 대답하는 걸 잠시 기다렸지만, 대답이 없자 참을성이 바닥났는지 행동에 나섰다.

손에 들고 있는 대궁을 이쪽으로 겨누고 힘껏 활시위를 당긴다. 몸의 윤곽이 빨갛게 빛난 것 같았는데, 그런 것에 신경 쓸 여유는 없었다.

놈이 쏜 화살은 바람을 가르는 소리를 내며 똑바로 날아왔다.

그렇다, 똑바로.

중력에 의해 궤도가 떨어지는 일 없이 직선으로 날아왔다. 한 순간 꿈속에서 죽음을 각오했지만 화살은 내 볼을 스치고 지나갔다.

볼이 타는 것처럼 뜨겁다.

무의식적으로 손을 볼에 대었다. 질척한 감촉이 손에 느껴진다. 손바닥을 확인하니 예상대로 빨갛게 물들어 있었다.

손에 묻은 피를 핥아보니 비릿한 맛이 났다. —여기는 정말로 꿈속인가— 하는 의문이 뇌리에 떠올랐다.

좌르르, 하고 소낙비가 내리는 것 같은 소리가 귓볼을 때렸다.

군단의 병사들이 쏜 화살이 호를 그리며 날아온다.

나는 반사적으로 바위 뒤의 움푹한 곳으로 미끄러져 들어갔다. 물론 실제로는 꼴사납게 굴러들어갔다는 표현이 정확할 것이다.

한숨 돌릴 틈도 없이, 방금 전 내가 있던 장소에 무수한 화살이 꽂혔다.

먼저 꽂힌 화살이 나중에 꽂힌 화살에 의해 튕겨서 굴러들어왔다. 그 날카롭고 뾰족한 화살촉을 보니 등줄기에 냉수를 끼얹은 것처럼 몸이 떨렸다.

화살은 내가 있는 바위를 중심으로 반경 10미터 안에 쏟아지고 있었다. 굉장한 실력이라고 해도 과언이 아니겠지만, 이때 나는 그런 것에 감탄할 여유가 없었다.

내 뇌리에 떠오른 것은 공포다.

꿈속에서 괴물에게 쫓겨본 경험이 있는 녀석이라면 이 공포를 이해할 것이다.

내게 선택지는 얼마 없었다. 이대로 앉아서 죽든지, 화살비의 틈을 노려서 도망치든지, —**반격**하든지.

줄곧 시야 끝에 표시되어 있던 3개의 유성우 아이콘 중 하나를 선택했다.

소멸 이펙트를 남기고 아이콘이 사라졌다.

그러나 그뿐이었다.

"이보세요, 아직 적용 안된 거냐……."

조바심 내는 나를 더욱 부추기듯, 화살비가 쏟아져 내렸다. 서서히 내가 숨어 있는 바위가 깎여나가고 있다.

"무슨 활 위력이 이래. 저놈들은 요이치[#2]만 모아놨나?"

나는 욕지거리를 하면서 남은 2개의 유성우 아이콘을 잇달아 선택했다. 그러나 아이콘은 사라지기만 하고 아무 일도 안 일어난다.

드디어 화살 하나가 바위를 깎아내고 내 어깨에 스쳤다.

"젠장. 버그 때문에 지다니……. 이 따위 배드 엔딩이 어디 있냐—."

불안을 얼버무리기 위한 매도는 마지막에 어물거리며 사라졌다. 왜냐하면 구름을 헤치면서 날아드는 무수히 많은 운석이 보였기 때문이다.

나는 멍하니, 그 광경에 눈길을 빼앗겼다.

많이 기다렸지?

드디어 처음 장면으로 돌아가게 되는 것이다.

본명, 스즈키 이치로. 캐릭터 이름, 사토의 이세계 생활은

**#2 요이치** 나스노 요이치. 12세기 말 일본의 명궁. 미나모토노 요시츠네의 부하였다고 한다.

이런 식으로 시작되었다.

# 레벨 업

"사토입니다. 일개미라는 말을 듣는 일본인답게 일에 절어 있는 나날을 보냈지만, 「여기가 아닌 어딘가」로 도망치고 싶다고 생각할 정도로 궁지에 몰려있지는 않았을 겁니다. 바쁜 만큼 보람도 느끼고 있었거든요. 정말이라니까요?"

흙먼지의 파도에 휩쓸리기 직전의 격통으로 2시간 정도 기절해 있었나 보다. 그 흙먼지는 아마도 유성군이 지상을 파헤친 여파일 것이다.

시간은 표시상태의 메뉴에 나와 있었다. 수수하게 편리하네.

흙에 절반정도 파묻혀 있던 몸을 일으키려고 힘을 넣었다.

어라? 일어날 수가 없네…….

겨울날 아침에 침대에서 일어날 수 없는 감각과 비슷하다. 손은 움직이지만 나른해서 손가락을 움직이는 것도 귀찮다.

철그럭—.

혼탁한 의식이 그 금속음을 듣고서 각성했다.

"설마, 아니겠지."

말은 그렇게 했지만 내심 확신했다. 아까 처음에 화살을 쏜 녀석이다.

그 예상을 뒷받침하듯, 레이더의 빨간 광점이 눈에 들어왔다.

계속 열어둔 맵에 비치는 적의 그림자는 그것 하나밖에 남지 않았다. 그 무시무시한 위력의 유성우 3발을 맞고도 살아남은 상대가 있을 거라고는 생각 못했는데…….

거리가 너무 가까워서 안 맞은 건가?

"이건 내가 졌네."

미약하게 분통함을 느끼지만 나른한 몸에 이끌려 마음은 체념으로 물들였다.

철그럭―.

대전 게임에서 졌을 때 같은 감상은 벼랑 위에 모습을 드러낸 놈을 본 순간 날아가 버렸다.

간신히 분해되지 않은 너덜너덜한 파란 갑옷이 놈의 온몸에서 흘러나온 피로 빨갛게 물들었다. 입에 물고 있던 창을 벼랑 위에다 뱉어내고 날카로운 움직임으로 기어 올라왔다.

그 동안 놈의 시선은 나를 붙잡고 놓아주지 않았다. 한심하게도 팔다리가 떨린다. 도망치고 싶어도 도망칠 수 없는 꿈은 많지만, 이렇게 떨리는 꿈은 처음이었다.

놈은 창을 지팡이처럼 사용해서 부러진 다리를 끌며 다가왔다. 그야말로 만신창이다.

혹시 아까 그 타이밍에 몸통박치기라도 했으면 벼랑에서 떨어뜨려 이겼을 지도 모르겠네.

……그러나 이미 늦었다.

이렇게 너덜너덜하지만 눈에는 전의가 넘치고 있다. 나를 반드시 죽일 셈이다.

놈은 허리에 꽂아둔 검을 칼집째로 뽑더니 내 발치로 던졌다. 아까 전부터 덜렁거리던 놈의 갑주 일부가 갑작스런 움직임을 감당 못하고 풀썩 지면에 떨어졌다.

이 정도로 가까이 다가오니 피비린내가 진동해서 숨이 막힐 것 같았다.

그 현실감 넘치는 모습에 찬물을 끼얹는 것이 놈의 머리 왼쪽 위에 표시된 체력게이지의 존재다.

게이지 아래에는 「리자드맨, 레벨: 50」이라는 태그가 공중에 표시되어 있다. 스마트폰 앱 같은데 쓰이는 AR(Augmented Reality: 증강현실)표시 같다.

"게임이냐고."

떨리는 몸을 감추듯 그렇게 중얼거리자, 어째선지 몸이 조금 가벼워진 것 같았다.

"●●●●! ●●●!"

무슨 말을 하는 건지는 모르겠지만 말하고자 하는 의도는 통했다.

"이 검을 들고 싸우라고?"

아주 조금 회복한 몸을 채찍질하여 검에 손을 뻗었다. 다른 사람들이 보면 꿈속에서 바보처럼 군다고 말하겠지만 이 공포는 진짜였다.

지푸라기라도 잡는 심정으로 검을 쥐었다.

이유는 모르겠지만 이때 나는 목숨을 구걸한다는 선택지를 떠올리지 못했다.

"●●●●!"

나는 검을 뽑아서 겨누었다.

지금까지 살면서 검도나 검술은 배운 적이 없다. 묵직한 걸 휘두른 경험도 어렸을 때 할아버지댁 농장에서 괭이를 휘두르거나, 설날에 떡메를 내려쳐본 정도밖에 없다.

그래서 내 자세는 만화나 애니메이션에서 봤던 현실감이 없는 자세였다.

떨리는 손을 부여잡고 다리를 필사적으로 디뎠다.

"●●●●!"

놈은 조소를 짓고 창을 겨누었다. 내 어설픈 검술 자세와 달리 실로 본격적인 자세다.

아까부터 놈이 반복하고 있는 말은 「모케우그아」라든가 「마퀘우가」처럼 문자로 만들기 어려운 단어다. 물론 의미도 모른다.

"●●●●!"

외치는 것과 동시에 찔러 들어온 빨갛게 빛나는 창이 어깨에 꽂혔다. —아프다. 엄청 아프다. 흔히들 찔린 상처는 아픔보다 열을 느낀다고 하는데 그냥 아프다. 너무 아프다. 사고가 「아프다」에서 루프하는 통에 행동이 이어지질 않았다.

창을 당긴 놈이 이번에는 나를 괴롭히듯 다리를 찔렀다. 창이 허벅지에 꽂히는 새로운 아픔을 느끼고 꼴사납게 엉덩방아를 찧고 말았다.

나는 겁도 많으니까 공포와 통증으로 기절해도 이상하지 않을 텐데, 어째선지 점점 고통이 사라져 갔다. 기분 탓인지 공포도 엷어져 간다.

공포가 너무 심해서 리미터가 끊어진 건가?

팔다리의 떨림도 멎고, 드디어 내 사고가 앞으로 나아가게 되었다.

아까 전부터 보이는 놈의 체력 게이지는 0이 되기 직전이지만, 싸워서 이기는 건 무리다. 아마 검으로 베어도 간단히 피하고 카운터로 목을 찔려 끝장날 것이다.

다행히 놈은 이동하는 것도 괴로워 보였다.

놈이 나를 괴롭히며 즐기고 있는 동안 틈을 만들어 도망쳐야지.

나는 일어설 때 마른 흙을 손에 쥐었다. 눈을 노리는 건 비겁하지만 이렇게 되면 비겁이고 뭐고 없다.

놈의 움직임을 잘 보고 찔러 들어오는 창에 타이밍을 맞춰 검을 맞췄다. 생각보다 기세가 붙어 있었는지 놈의 밸런스가 무너졌다.

찬스다!

놈의 얼굴에 마른 흙을 던졌다.

중간에 퍼져버렸지만 얼굴을 향해 제대로 날아갔다. 그러나 유감스럽게도 상대가 한 수 위다.

팔을 들어서 흙먼지를 막아버린 것이다.

젠장, 만신창이면서.

그래도 흙먼지를 막느라 시야가 가려졌기 때문에, 그 틈을 노려 놈의 다리를 향해 검을 휘둘러 던져 버렸다. 던질 때 너무 힘이 들어갔는지 몸통 쪽으로 날아간다.

던진 순간에 도망칠 셈이었지만 눈앞의 광경이 그것을 막았다.

"에엑?!!"

던진 검이 이상할 정도로 빠르게 날아가 리자드맨의 몸을 반으로 갈라버린 것이다. 둘로 갈라진 몸에서 피가 뿜어져 나왔다.

우엑, 스플래터에는 약하단 말이다.

하지만 잔혹영상을 보는 시간은 그렇게 길지 않았다.

"사라지네……."

마치 게임에서 쓰러진 적처럼 리자드맨의 시체가 사라졌다. 그러나 놈이 있던 장소에 남은 피의 흔적이 방금 전 싸움이 환상이 아니었음을 주장하고 있었다.

땅에 주저앉아 하늘을 바라보며 드디어 한숨 돌렸다.

후우, 이 꿈 지치네.

이왕 꿀거라면 남국의 해변에서 비키니를 입은 거유 미녀와

시시덕거리는 꿈을 신청하고 싶다고.

◆

나는 상처를 치료하기 위해 윗도리를 벗었다. 살짝 쌀쌀하지만 감기 걸릴 정도는 아니었다.

폴로셔츠는 벗어서 스토리지에 수납하고 T셔츠로 몸의 피를 닦았다.

신기하게도 피가 멎어 있었다. 창으로 찔렸다고 생각하기 어려운 속도다.

굳어 있던 피를 손가락으로 문지르자 응고된 피가 후두둑 떨어지고, 그 아래에서 딱지는커녕 생채기 하나 없는 깨끗한 피부가 나타났다.

그러고 보니 어느샌가 통증도 사라져 있었다. 미션 클리어 뒤에 완전 회복이 된 거면 게임 맞네.

확인하고자 열어본 스테이터스 화면의 체력은 최대치까지 회복돼 있었다. 게다가 체력의 최대치가 늘어났다. 체력만이 아니라 레벨도 1에서 310으로 올라 있었다.

아까 리자드맨을 쓰러뜨린 이상하게 빠른 투척속도는 이 레벨 덕분이었구나. 근력(STR)을 포함한 모든 능력치가 최대치까지 올라가 더 이상 올릴 수 없는 상태였다.

아마도 유성우로 대량격파를 한 탓에 레벨업 한 거겠지.

유성우의 결과를 확인하고자 벼랑에서 내려다본 광경은 어마어마하다는 말밖에 안 나왔다.

황야는 아직도 걷히지 않은 흙먼지로 휩싸여 있지만, 그 틈으로 크레이터가 수 없이 보인다.

리자드맨 군단이 있던 곳 일대에 크레이터가 생겨 있었다.

보아하니 아까 싸운 리자드맨은 집단에서 떨어져 있던 덕분에 운석의 직격을 피할 수 있었나 보다. 물론 여파만으로도 빈사 상태가 됐으니 상당한 위력이었겠지.

멀리 보이던 균열 같은 용의 계곡은 광범위하게 함몰되어 있었다.

게임의 공격마법이 사용된 흔적이라기보다는 월면처럼 구멍투성이다. 그야 100개에 가까운 운석을 3연타 당했으니까 그렇게 되겠지. 영화 같은 광경 탓인지 영 현실감이 없었다.

아아, 그렇지. 이거 꿈이었잖아.

꿈치고는 너무 리얼하지만 현실이라고 생각하기엔 너무 이상하다. 오히려 게임 속으로 들어왔다고 하는 편이 납득이 된다.

게임이라면 게임답게, 적을 전멸시킨 다음에는 이벤트도 발생하면 좋겠는데.

나는 정보를 얻기 위해 로그 화면을 조사했다.

로그에는 「어서 오세요. 우리들의 세계로」라고 나와 있었다. 의미심장한 내용이지만 FFL의 스타트 메시지이기 때문에 그냥 넘어갔다.

아이콘의 사용로그나 리자드맨 등의 격파로그에 이어, 용의 계곡의 본래 지배자로 추정되는 용들의 격파기록이 실려 있었다. 거기에 섞여서 레벨 업이나 칭호획득의 로그가 줄지어 있고, 마지막으로 리자드맨을 쓰러뜨린 로그가 이어졌다.

그 다음에 「원천: 용의 계곡을 지배했습니다.」라고 나와 있는데 잘 몰라서 넘어갔다.

그 다음으로 전리품 획득 로그가 있었다. 마지막에 리자드맨이 사라진 이유는 시체가 전리품으로 취급되기 때문인가 보다.

네크로맨서라도 되라는 거냐?

그 리자드맨의 생생한 모습을 떠올리고서, 스토리지에 묘지 폴더를 만들어 거기에 사체를 모두 모았다. 잠깐 생각한 다음에 묘지 폴더를 바라보며 불단을 향해 하는 것처럼 손을 모으고 명복을 빌었다.

스테이터스 체크를 하면서 아까 쓴 초보자 구제 방안 아이콘의 기술이 마법란에 등록된 것을 발견했다. 처음에는 쓸 수 없게 되어있었지만 스킬란에서 늘어난 마법계열 스킬을 사용 가능으로 바꾸니 쓸 수 있게 되었다.

꿈인 주제에 이런 복잡한 사양을 넣는 건 좀 관두시죠.

「모든 맵 탐사」 마법을 사용해도 효과를 실감할 수 없었기 때문에 유성우 마법을 써보기로 했다.

맵을 재확인했지만 나 말고 아무도 없으니까 괜찮겠지.

시험할 수 있을 때 확인해두지 않으면 궁지에 몰렸을 때 쓰려다가 「마력이 부족합니다」라는 말에 울지도 못하게 된다.

마법란에서 유성우를 선택하고 「사용」한다.

맵 안에 적이 없기 때문인지, 팝업으로 「목표를 선택해 주세요」라는 표시가 나왔다.

WW에서 시설파괴계열 대마법을 쓰는 요령으로 맵에 목표지점을 마킹해줬다. 여기에서 용의 계곡까지의 거리보다 3배쯤 먼 장소를 골랐다.

아무래도 이 순서가 맞았는지 마력 게이지가 쭈우욱~ 줄어들었다.

아까전의 「모든 맵 탐사」와는 비교가 안 되는 기세로 몸에서 뭔가가 빠져나가는 감각이 들었다. 처음에는 이런 감각이 없었으니까, 그건 내 마력을 쓴 게 아닌가 보네.

마력의 감소는 전체의 3분의 1정도로 딱 1000포인트 줄어들고서 멈추었다.

하늘을 올려다 봤다.

아직 운석은 쏟아지지 않았다. 지난번을 돌이켜보면 이제 곧 내려오겠지.

그리고 지난번과 마찬가지로 구름을 찢으며 운석군이 쏟아졌다.

크다. —이게 뭐야?!

떨어지는 운석은 아까의 100배 가까운 크기였다. 아니, 거리가 멀다는 걸 생각하면 훨씬 크겠네.

이유를 생각하기 전에 본능적으로 달렸다.

물론 운석이 떨어지는 쪽과 반대방향으로!

운석이라기에는 너무나 거대한 덩어리가 대기를 찢으며 떨어진다.

피부가 찌릿찌릿 떨릴 정도의 소리의 파도가 덮쳐왔다.

굉음에 지지 않으려고 크게 외치면서 열심히 다리를 움직였다. 뭐라고 외쳤는지 기억도 안 난다.

다만 물속을 달리는 것처럼 공기저항이 강했던 것은 기억난다.

중간에 너무 빠르다는 걸 깨달았지만 브레이크를 거는 것이 너무 늦었다.

전력으로 발을 디뎌보지만 멈추지 않는다. 마찰력에 의해 스니커즈가 종잇장처럼 찢어져 날아갔다.

발꿈치가 바위를 부수고 지면에 짚은 양손의 손가락이 바위에 10개의 선을 새겼다.

그래도 벼랑 끝에서 멈추지 못하고 공중으로 뛰쳐나오고 말았다. 거의 기세를 죽인 덕분에 5미터쯤 아래의 튀어나온 부분에 간신히 착지했다.

후우, 프리 폴의 3배쯤 무서웠다.

서있기 힘들 정도의 흔들림이 간헐적으로 덮쳤다. 튀어나온 바위를 끌어안고 벼랑에서 떨어지지 않도록 버텼다.

탁류 같은 흙먼지의 해일이 대지를 뒤덮는다. 때때로 흙먼지 속에서 경자동차 크기의 바위가 굴러다니는 것을 보고 등줄기가 약간 싸늘해졌다.

땅의 흔들림이 멎은 다음, 유성우의 결과를 확인하기 위해서 벼랑 위에 올라가 보기로 했다.

먼지가 많아서 마스크 대신 T셔츠를 얼굴에 감았다. 피비린내가 좀 나지만 먼지를 마시고 기침하는 것보단 나았다.

손가락에 힘을 주어 밀어보니 암벽에 손가락 모양의 구멍이 뚫렸다. 그렇다고 암질이 무른 것도 아닌지 편하게 벼랑을 올라갈 수 있었다.

벼랑 위에서 맨발인 것을 떠올리고 스토리지를 뒤져봤다.

샌들이 있어서 꺼냈지만, 그 샌들은 피투성이라서 곧장 스토리지로 되돌렸다.

일단 같은 피투성이라도 내 피가 낫다.

피투성이 폴로셔츠를 꺼내서 둘로 찢어 양 발에 감았다. 일단은 이걸로 괜찮겠지.

고개를 들자, 먼 곳에 버섯구름 같은 것이 보였다.

벼랑 끝으로 가보니 지표면에 붉은 빛이 보였다.

저건 땅 속에서 분출한 용암인가?

단순한 화재일지도 모르지만 너무 멀어서 잘 안보였기 때문에 맵을 사용했다.

표시를 2D에서 3D로 전환했다. 낙하지점의 마커가 공중에 떠 있는 걸 보니 대지가 상당히 함몰되어 있었다. 낙하지점 부근의 지형이 상당히 기이하게 변형됐다.

나는 버섯구름을 보면서 말없이 메뉴의 마법란을 열어, 「유성우」 마법의 사용설정을 「허가」에서 「불허」로 변경해 안이하게 쓰지 못하도록 했다.

이 마법은 위험하다.

이런 마법을 연발하면 마왕루트로 강제 돌입한다. 「군자는 위험한 곳에 가까이 가지 않는다」고 했으니 봉인해두는 편이 좋겠어.

처음에 쓴 유성우와 비교해서 위력이 늘어난 것은 레벨 보정이나 지력(INT) 등의 능력치 보정이 원인이 아닐까 싶다.

그 밖에도 능력치 보정은 이래저래 있는 것 같다. 벼랑에 구멍을 낸 것도 근력(STR)이 원인인 것 같고, 그 반동을 버틸 수 있는 튼튼함은 내구력(VIT)인가? 공기저항을 느낄 정도로 달리기가 가능한 것도 민첩성(DEX)의 보정이겠지.

돌멩이를 손바닥 위에서 이리저리 만져보며 알았는데 다행히 힘의 제어는 완벽한 모양이다.

평범하게 들고 만지는 건 예전과 다름없는 느낌이고 힘도 그대로다.

그러나 일단 부수려고 힘을 주면 간단히 파괴되어 버린다.

돌멩이를 든 상태로 기침을 한 번 했는데 손바닥 안의 돌멩이는 부서지지 않았다. 조금 안심이다.

대량의 분진이 피어 오른 탓인지 하늘이 수상쩍길래 전리품 속에 있던 천막으로 간이 텐트를 치고 휴식하기로 했다.

칼로리 바를 먹으며 전리품 안에 있던 「나락의 물(웰 백) 주머니」로 목을 축였다. 이건 물이 무한으로 나오는 매직 아이템이라고 한다. 대단히 편리하지만 원리를 생각하기 시작하면 신경 쓰여 잠도 못 잘 것 같으니 깊게 생각하지 않기로 했다.

어느샌가 내리기 시작한 비가 그칠 때까지 할 일도 없고 한가해서 전리품을 체크해봤다.

운석에 뭉개진 건지 대부분이 파손된 물건들이었다. 장비품이나 도구류, 일용품 등 잡다하게 많은데 대다수가 부서진 거라 전용 폴더를 만들어 제외시켜 두었다.

금화나 은화, 그리고 보석 같은 것도 잔뜩 있네.

빛나는 걸 좋아하는 드래곤답군.

금화 같은 화폐는 나라별로 몇 종류 있어서 정리할 생각이 사라졌다. 가장 많은 프루 제국 금화라는 건 1천만 개 넘게 있는데 중량환산으로 303톤이라는 바보 같은 양이었다.

드래곤들에게 정기적으로 공물이라도 바치고 있었나?

꿈인지 게임인지 모르겠지만 거주지역으로 가면 돈이 부족해서 곤란한 일은 없겠네. 물물교환이 아니길 빌어야지.

매직아이템 중에 성검이나 신검, 마법총 같은 것도 발견했다.

이미 졸업한 중2병의 마음을 자극하는군.

성검의 이름이 엑스칼리버나 듀란달이란 것이 내 꿈답게 싸구려 냄새를 풍긴다.

성검이나 신검은 방범대책이라도 있는 설정인지, 뽑으면 정전기 같은 통증과 함께 대미지를 받기 때문에 스토리지에 다시 수납해뒀다.

잠깐 써본 거지만 성검은 휘두를 때마다 파란 빛의 궤적이 남아서 예뻤다. 중간에 파란 빛이 사라졌으니 빛을 축적해놓는 타입일지도 모르겠네.

이어서 스토리지에 있는 마법총을 꺼내 가까운 바위를 향해 발사해봤다. 방아쇠를 당기고 발사되기 까지 미약한 시간차가 있는 건 신경 쓰이지만 위력은 상당했다.

그러면 이제 그만 놀고 분류작업으로 돌아가야지.

◆

어느샌가 비가 그쳤다.

스토리지를 정리하다가 그대로 잠들었나 보다. 오랜만에 충분히 자서 머리도 상쾌하다. 이렇게 딱딱한 바위 위에서 숙면을 취하다니, 피로가 상당히 쌓였었나 보다.

스토리지에서 꺼낸 통에 물을 담아 얼굴을 씻었다.

어라? 지금 뭔가 이상한 게 보였다. 다시 한 번 들여다봤다. 역시 잘못 본 게 아니네.

주머니에 있는 핸드폰으로 셀카를 찍어봤다.

"으엑, 고1때쯤 내 얼굴이네."

기분 탓인지 목소리까지 젊어진 것 같다. 하긴 학창 시절로 돌아가는 꿈도 별로 희한할 것 없지.

휴식도 취했고 여기 계속 있어봤자 심심하니까 이동해야지.

맵을 보면서 발견했는데, 여기서 서쪽으로 100킬로미터쯤 가면 「전사의 요새」라는 시설이 있다. 아무도 없고 맵 끄트머리라서 그 너머의 상황은 알 수 없다.

딱히 눈에 들어오는 장소도 없어서 거기에 가기로 했다.

출발하기 전에 메뉴의 스킬란을 열어서 조금 조작했다.

어제는 넘어갔는데 스킬란에 여러 가지 스킬이 늘어나 있었다. 「한손 검」, 「투척」, 「회피」, 「받아 흘리기」, 「술리(術理)마법: 이계」, 「소환마법: 이계」, 「공포 내성」, 「고통 내성」, 「자기 치유」, 「감시」, 「고린족어(古鱗族語)」 총 11종류다.

레벨이 올라서 배운 것치고는 적다는 생각이 드는데.

무슨 행동으로 늘어나나?

스킬 레벨은 1부터 10까지 있으며 스킬 포인트를 분배해서 강화할 수 있었다. 레벨 1에 1포인트라는 이지 모드 설정이고 남은 스킬 포인트가 3100까지 늘어나 있어서 적당히 분배해두기로 했다.

특히 어제처럼 리자드맨 같은 거랑 만나면 곤란하니까 전투에 쓸만해 보이는 스킬과 내성계 스킬은 최대까지 올려두었다. 스킬은 포인트를 분배한 다음에도 온/오프로 전환할 수 있는 모양이다.

벼랑을 내려와 대지를 달렸다.

새 신발은 스토리지를 정리하다가 발견한 「깃털 장화」란 건데, 특수효과는 「험한 길을 답파하는데 약간의 보정」이라는 미묘한 효과지만 대단히 튼튼하다.

옷도 전리품에 있던 것으로 유리하 섬유라는 들어본 적 없는 소재로 만들어진 마법의 로브로 갈아입었다.

능력치가 높은 덕인지 시속 60킬로미터에 가까운 속도로 달리는데도 피로감이 느껴지지 않고 숨도 차지 않는다. 괜히 고민하면 발이 꼬일 것 같으니 달리는 데만 집중해야지.

나는 아침 해를 등지고 그저 계속 달렸다.

응? 뭐야?

전사의 요새를 향해서 날듯이 달려가는 도중에 무슨 막 같은 걸 통과하는 감각을 느꼈다. 신경 쓰여서 돌아가 봤더니,

전사의 요새까지 1킬로미터쯤 남은 곳에 보이지 않는 벽이 있는 걸 알게 되었다.

잠깐 보이지 않는 벽을 바라보고 있으니까 AR표시가 팝업되면서 「용의 계곡 결계벽」이라고 나온다. 결계라니, 이거 또 판타지스러운 게 나왔네.

저항은 있었지만 출입 자체는 자유로운 모양이다.

이 막이 공기의 흐름을 방해하는지, 발치의 흙을 차서 만든 흙먼지가 결계벽 부근에서 멈추었다. 생물 서식지도 이 결계벽을 경계로 바뀌는 건지, 불그스름한 황야가 잡초가 듬성듬성 나 있는 옅은 갈색의 황야로 바뀐다.

그래 봤자 황야라는 건 변함이 없지만.

마스크 대신 입가에 두르고 있던 천을 거두고 오랜만에 심호흡을 했다.

하아, 공기가 맛있다.

습도가 조금 낮지만 겨울 공기라고 생각하면 되지 뭐.

결계벽을 넘어서 얼마 지나지 않아, 목적지였던 전사의 요새에 도착했다.

그곳은 절구모양의 투기장 같은 광장이 딸린 자그마한 석조 요새였다.

외벽이 몇 군데 무너져 있어서 생각보다 더 폐허 같았다.

아무도 없는 건 맵으로 이미 알고 있었지만 꽤 오랫동안 아무도 살지 않은 듯, 거미줄과 먼지만 가득했다.

요새 안이나 주변을 탐색해봤지만 투기장 뒤에 묘비가 늘어서 있는 것 말고는 특별한 게 없었다.

여기가 용의 계곡 끄트머리였는지, 요새를 조금 벗어나자 레이더의 표시가 내 주변 수십 미터까지 줄어들었다.

맵을 열자 왼쪽 위에 표시되어 있는 맵 이름이 「용의 계곡」에서 「시가 왕국 세류 백작령」으로 바뀌어 있었다.

흐흠, 왕정국가라.

정석대로라면 미인 왕녀님이랑 만나서 사랑이 싹틀 법 하지만, 내 성격으로는 그걸 옆에서 응원하는 조역 A가 될 것 같은데.

꿈에서 언제 깨어날지 모르지만, 너무 무리하지 말고 분수에 맞게 거유 메이드랑 친해지는 정도를 노려봐야지.

「모든 맵 탐사」 마법으로 「세류 백작령」을 조사했는데, 그 전에 두세 가지 실험을 해봤다. 아무래도 AR표시 자체는 메뉴의 기본기능이고 모든 맵 탐사 마법이 상세한 정보를 제공하는 모양이다.

그런 실험을 해가면서 맵을 열고 가장 가까운 거주지역을 찾았다.

맵은 WW 사양에 가까워서 모든 맵 탐사를 한 다음에는 지형의 확인뿐 아니라 사람이나 타깃의 검색과 필터링까지 자유자재다.

보아하니 여기서 20킬로미터쯤 떨어진 곳에 있는 세류 시란 도시가 가장 가깝네.

그 밖에도 도시는 있지만 그쪽은 50킬로미터쯤 떨어진 산속에 있는 도시라 후보에서 제외했다. 도시보다 작은 마을은 잔뜩 있지만 세류 시보다 머니까 일부러 찾아갈 필요는 없겠지.

시가 왕국 세류 백작령은 동서로 60킬로미터, 남북으로 70킬로미터쯤 되는 넓이였다.

도쿄보다 넓지만 치바보다는 작나? 중학교 수업에서 모형을 만들었을 때 지식이라 별로 자신이 없다.

세류 시 바로 앞, 여기서 5킬로미터쯤 떨어진 장소에 100명쯤 되는 군대 같은 집단이 있다. 레벨은 최고 31, 평균이 7쯤이다.

생각보다 낮네…….

그렇게 생각하며 조금 더 맵을 조사해봤다.

맵 전체를 봐도 레벨 40이상은 10명도 없고, 레벨 50이상은 전무하다. 아무래도 레벨 310이란 것은 상당히 높다고 생각해도 되겠다.

그래도 트러블이 무서우니까 군대랑 마주치지 않는 코스를 골라야지.

꿈속인데 너무 신중한 것 같지만 요전처럼 무서운 건 이제 싫거든.

세류 시로 가는 도중에 빠르게 접근하는 붉은 점이 레이더에 비쳤다. 기복이 험한 암석지대를 달리던 중이라 그쪽으로 시선을 돌려 봤자 바위에 가려서 아무 것도 안 보였다.

맵을 참조했더니 레벨 30쯤 되는 와이번이었다.

모습을 보려고 가까운 바위 위로 뛰어 올라갔다.

"으악?!"

만나자마자 와이번과 충돌하여 튕겨나가 버렸다.

으으, 눈 돌아가네.

암석지대를 10미터 이상 구른 끝에 암벽에 격돌하여 멈추었다.

고통 내성 스킬이 있어서 다행이다. 내구력이 높아서 그런지, 그만큼 기세 좋게 바위에 부딪혔는데 상처 하나 없다.

꽤나 튼튼해 졌네.

다시 하늘로 날아오른 와이번이 하늘을 선회하며 이쪽을 공격할 타이밍을 재고 있다. 아까 격돌한 와이번의 머리 크기를 고려하면 날개 길이가 30미터는 넘을 것 같았다.

와이번이면 비룡이라고도 하는데 용이라기보다는 프테라노돈에 가까운 체형이네?

긴 꼬리 끝에 독침 같은 게 달려 있는 건 판타지의 와이번답다고 해야 하나.

선회하는 와이번에게 근처에 떨어져 있던 돌멩이를 던져서 견제했다.

어라? 견제할 셈으로 던진 돌멩이가 와이번의 날개를 꿰뚫고서 하늘 저 멀리 사라져 버렸다. 만화였다면 멀리서 효과음과 함께 반짝하고 빛날 듯한 기세다.

날개를 꿰뚫었다고 해도 작은 돌멩이라서 와이번을 격추할 수는 없었지만 쫓아내는 데는 성공한 모양이다. 와이번이 멀리 보이는 벼랑 너머로 비칠비칠 위태로운 궤도를 그리며 날아갔다.

위험한데. 분명히 저쪽에는 군대가 있었는데.

물론 와이번보다 군대를 이끄는 기사가 레벨이 높았으니까 어떻게든 해줄 것 같다.

그래도 미묘하게 성가신 일을 떠넘긴 기분이 들어서 잠깐 보러 가기로 했다.

◆

높이가 20미터쯤 되는 절벽을 점프 세 번으로 올라갔다. 두 번으로도 닿을법한 높이였지만 절벽 틈에서 자라난 나뭇가지가 방해가 되었다.

사냥감을 발견한 와이번이 상공을 선회하는 것이 보였다.

절벽 위에서 큰 바위 몇 개를 점프해 넘어가자 와이번이 노리고 있는 군대가 보였다.

군대가 있는 곳까지 2, 300미터쯤 되나?

지휘관의 목소리가 여기까지 들리지만 귀를 기울여도 뭐라고 하는지 모르겠다. 일본어랑 서투른 영어밖에 못하지만 그래도 무슨 언어인지 대강 예상할 정도는 된다. 그렇지만 전혀 들어본 적이 없는 언어 같았다.

꿈에서 흔히 나오는 「알아 들을 수 없는 언어」가 아니라, 심하게 공들인 애니메이션처럼 「제대로 된 법칙성이 있는 언어」였다.

그러고 보니 전에 리자드맨의 말도 그랬었지.

정말로 꿈인지 의심되지만, 꿈이 아니면 무엇인지 생각하는 것이 무서워서 이대로 꿈이라 생각하기로 했다.

현실도피가 완료된 김에 메뉴의 스킬란을 확인하자, 역시나 「시가 국어」라는 스킬이 늘어나 있으니 스킬 포인트를 분배해 보자.

일단 1포인트만 분배해 보았다.

『다들 줄 서라, 빨리』

오오, 대강이지만 지휘관이 하는 말의 의미를 알겠다.

서서히 포인트를 분배해 봤다. 아까 들은 말의 의미가 "전원 원진을 짜라! 서둘러!"였던 걸 알게 되었다.

대충 5포인트쯤 되니까 대부분 이해가 되었다. 일단 포인트를 MAX까지 분배해봤지만 6포인트 이상 분배해도 큰 차이는 없었다.

언어 말고도 「격투」, 「질주」, 「입체 기동」, 「멀리보기」, 「망원」,

「엿듣기」, 「독순술」 총 7개 스킬이 어느샌가 늘어났다.

FFL이나 WW에서 스킬 획득은 꽤 힘든 퀘스트나 미션의 클리어가 조건이었지만, 이 꿈은 베리 이지 모드의 캐주얼 사양이다.

이동 중에 방해가 되니까 로그를 비표시로 해놨었는데 스킬이 어떤 계기로 늘어나는지 알고 싶어서 시야 구석에 로그 몇 줄이 보이도록 배치를 바꿔봤다.

일단은 관전— 이 아니라 상황파악에 편리해 보이는 「멀리보기」, 「망원」, 「엿듣기」, 「감시」 4개에도 포인트를 분배해서 스킬을 유효화 시켰다.

병사들은 와이번을 요격하기 위해 원진을 짜고 있었다.

눈에 힘을 주고 보면, 멀리보기와 망원 스킬 효과 덕분인지 쌍안경을 보는 것처럼 선명하게 원진을 살필 수 있다.

시야 자체는 그대로인데 초점을 맞추고 있는 장소만 줌한 것처럼 선명하게 보이는 건, 대체 어떤 원리일까?

신경 쓰이지만 연구는 나중에 하자.

나는 사소한 일로 어긋난 생각의 궤도를 바로잡았다.

원진의 바깥쪽에 중갑(重甲)을 입고 커다란 방패를 든 병사가 배치되고, 그 안쪽에는 긴 창을 든 경갑 차림의 병사가 2중으로 열을 만들고 있었다. 하늘을 나는 와이번의 움직임에 맞추어 장창이 출렁거리며 꿈틀거리는 모습이 하나의 생물 같았다.

그 창병의 안쪽에는 석궁을 든 병사가 무릎을 세워 앉은 자세로 대기하고 있었다.

"병사들이여, 겁먹지 마라! 훈련을 떠올려라."

"세류의 혼을 보여줘라!"

원진 안에서 겁먹은 병사들을 격려하는 목소리가 들렸다.

하긴, 저런 괴수를 상대하는 건 무섭겠지.

그리고 원진 중앙에서 로브를 입은 마법사 같은 사람이 지팡이를 겨누고 있었다.

그 좌우에는 지휘봉 같은 것을 들고 있는 경갑의 여자병사가 있었다. 총인가 싶었는데 AR표시가 팝업되면서, 그 지휘봉 같은 것이 「단장(短杖)」이란 것을 알려주었다. 그녀들은 마법병이라는 직종이었다.

저 두 사람도 마법사 같은데 왜 로브가 아니지?

세 마법사의 옆에는 그들의 호위로 보이는 병사들이 대기하고 있었다.

원진 바깥쪽에는 8명쯤 되는 기사들이 약간 빠르게 말을 몰았다.

4명씩 대열을 짜서 원진을 사이에 두고 와이번과 대치하는 형태로 이동하는 것처럼 보였다. 은색으로 번쩍이는 풀 플레이트 메일을 입은 주제에 원진을 방패로 삼는 거냐?

"왔다! 창병, 창대 끝을 바닥에서 떼지 마라! 땅에 붙이고 발로 밟아서 고정해라. 땅에서 떼면 와이번의 기세에 밀려서 튕겨나간다!"

“궁병은 좀 더 끌어들여라. 놈이 창을 겁내서 속도를 떨어뜨리는 걸 기다려라!”

일반 병사들이 겁을 내면서도 침착 한 것은 지휘관이 적합한 지시를 내리기 때문일 것이다.

그 덕분인지 와이번이 몇 번인가 진을 공격하려고 시도했지만, 창에 막혀서 좀처럼 성공하지 못하고 공중으로 돌아갔다.

궁병들이 상당히 우수해서 90% 이상의 화살이 명중했다. 그럼에도 대부분의 화살은 와이번의 외피에 막혀 대미지를 주지 못하는 것 같았다. 단순히 외피가 단단한 건지, 아니면 레벨 차이 때문인가?

하지만 게임처럼 크리티컬 히트도 있는지, 마법사의 호위로 보이는 소녀가 쏜 화살 하나가 와이번에게 박혔다.

이제야 깨달은 건데, 원진에서 조금 떨어진 숲 속에도 병사들이 있다. 가벼운 차림을 하고 있는 것으로 보아하니 전투병이 아닌 공병이나 보급병들은 피난한 모양이다.

……그렇다면 저 군대는 승산이 있으니까 와이번에게 도전했다는 거구나.

여차하면 돌을 던져서 와이번 쫓는 걸 도우려고 했지만 괜한 참견이겠네.

돌을 스토리지에 수납하고 그들의 싸움을 구경하기로 했다.

그 뒤로도 와이번이 몇 번인가 병사들을 공격했지만 크로스

보우의 쿼렐과 창에 막혀서 하늘로 쫓겨나길 반복했다.

와이번이 4번째 돌격을 감행했을 때 변화가 생겼다.

와이번이 공격에 실패하여 하늘로 돌아가려고 할 때 갑자기 날개가 힘을 잃은 것처럼 밸런스가 무너지고, 보이지 않는 망치에 맞은 것처럼 부자연스런 느낌으로 지면에 내동댕이쳐졌다.

아마도 마법이겠지.

와이번의 밸런스가 무너졌을 때 중앙에 있던 마법사 한 사람이 합성음 비슷한 주문을 영창한 다음 「난기류(터뷸런스)」라고 외치는 것이 들렸다.

마지막 트리거에 속하는 말이 나에게는 2개의 단어로 동시에 들렸다.

같은 의미를 가진 현대어와 고대어의 단어를 동시에 발음한 것 같았다. 내 뇌는 「난기류」와 「터뷸런스」라고 받아들였다. 고대어는 영어 같은 외국어로 번역해 주는 모양이다. 꽤 재미있네.

와이번을 지면에 내동댕이친 다음에 추가타를 넣은 마법은 「공기 망치(에어 해머)」라는 거였다.

처음으로 마법의 영창을 들었는데, 이 세계의 마법 주문은 어떻게 발음하는 거지?

마지막 트리거가 되는 단어는 그나마 알겠는데 주문 본문은 말이라기보다 불규칙한 연속음처럼 들렸다. PC의 음악제작 소프트로 적당한 음표를 늘어놓고 재생하는 거랑 비슷한 느낌이다.

내가 그런 사소한 일에 주의를 기울이는 동안에도 싸움은 진행되었다.

와이번은 꼴사나운 비명을 지르면서 땅을 기어 다녔지만 체력 게이지를 보니 큰 대미지는 없었다.

그러나 마법사는 어엿하게 제 역할을 한 모양이다.

날아오르려고 날개를 펼친 와이번에게 기세가 붙은 기사들의 마상창이 차례차례 박혔다. 그래도 와이번의 체력 게이지는 20퍼센트도 안 줄었다.

한층 레벨이 높은 기사가 마상창을 교묘하게 움직여, 한쪽 날개를 관통시킴과 동시에 바닥에 꽂아 넣었다. 와이번은 드러누운 자세로 고정되었다.

다른 기사들도 협력해서 다른 한 쪽 날개를 꿰어보려고 했지만, 와이번이 날개를 한 번 휘두르자 말과 함께 몇 미터 정도를 날아가 버렸다.

와이번이 추락한 장소는 내가 숨어 있는 암석지대에서 100미터도 안 되는 거리였다.

좀 가까운가?

"……■■■ ■■ 벼락(라이트닝 볼트)!"

원진의 중앙에 있던 마법사가 와이번에게 벼락을 내렸다.

진짜 벼락만큼은 아니지만 하얀 섬광과 굉음에 눈과 귀가 아프다. 엿듣기와 멀리보기 스킬이 좋은 것만은 아니네.

귀가 마비된 동안 진형을 바꾸라는 지시가 떨어졌는지, 병사들이 세 방향으로 갈라져 창을 겨누고 와이번을 둘러쌌다. 중앙에 있던 마법사들도 호위들과 함께 세 방향으로 흩어졌다.

땅에 꿰어져 있는 와이번은 벼락에 마비됐으면서도 계속해서 날뛰었다.

꼬리의 독침에 찔리거나 커다란 부리에 쪼이는 등 병사들의 피해도 늘어나고 있다. 창은 좀처럼 외피를 뚫지 못하고, 아주 가까운 거리에서 쏜 화살마저 튕겨났지만 조금씩 착실하게 대미지를 주고 있다.

와이번은 그대로 쓰러질 듯 보였지만 기회를 노리고 있었나 보다.

섣불리 다가간 병사들을 긴 꼬리를 휘둘러 쓸어버렸다.

그 기세 때문인지 날개의 고정이 풀려서 와이번이 날개를 펼치고 언덕을 향해 돌진하기 시작했다.

그러니까, 이쪽으로 말이다.

"막아라! 제나."

"네!"

대장처럼 보이는 사람이 와이번의 진로 위에 있는 마법병에게 무모한 지시를 내렸다.

마법병 앞에 포진한 병사들은 돌진하는 와이번에 겁을 먹으면서도 과감하게 창을 내질러 방해했다. 머뭇거리고 있지만 사기가 대단하네.

나 같으면 보자마자 도망칠 거야.

"……■ ■■■ 공기 벽(에어 쿠션)!"

단거리 육상선수 같은 속도로 도움닫기를 하던 와이번은 마법병의 몇 미터 앞에 발생한 보이지 않는 벽에 격돌했다.

벽 자체는 보이지 않지만 와이번에 의해 발생한 흙먼지나 날아오른 풀이 벽의 크기를 가르쳐주었다. 축구 골대를 세로로 쌓아 올린 크기다.

나는 당사자가 아니라서 태평하게 평가하고 있지만 당사자는 장난이 아닌가 보다. 마법이 있어도 물리법칙까지 무시할 순 없는지, 와이번과 마법의 벽을 만든 마법병에게 작용반작용의 충격이 덮쳤다.

와이번은 땅에 발이 걸린 듯 정지했고 자그마한 마법병은 기세 좋게 하늘로 날아가 버렸다.

아마도 마법의 벽이 쿠션 역할을 했나 보다. 마법병은 하늘 높이 날아올랐지만 스플래터 영화를 연출하진 않았다. 고작해야 타박상일 것이다.

그때 2개의 마법이 사용되었다.

"……■■■ ■■ 벼락(라이트닝 볼트)!"

"……■ ■■■ 낙하속도 경감(레지스트 폴)."

하나는 와이번에게 결정타를 가하는 벼락의 마법.

또 하나는 공중에 떠오른 마법병의 낙하속도를 늦추는 마법이었다.

처음에는 무슨 마법인지 몰랐는데 눈에 띄게 낙하속도가 느려졌으니 틀림없다.

문제는 날아가는 속도가 느려지지 않은 것이다.

그녀는 20미터 가까이 하늘을 날았기 때문에 그대로 방치하면 내 머리 위를 지나 벼랑 너머로 날아가 버릴 것이다.

그들의 싸움이 너무나 리얼했던 탓인지, 꿈속이라는 것을 생각할 여유도 없이 발길을 돌려 벼랑 너머로 뻗은 굵은 나뭇가지 위를 달렸다.

꽤 무섭지만 이 높이라면 떨어져도 괜찮다. 본의 아니게 여기까지 오는 동안 실제로 체험을 해봤다.

가지 끝 부근에서 발길을 멈추고 손을 뻗었다.

조금 부족하다.

아래쪽에 조금 더 긴 나뭇가지가 보이길래 그쪽으로 뛰어서 필사적으로 손을 뻗었다.

이번에는 닿았다!

내가 망토를 잡는 걸 기다렸다는 듯, 낙하속도 경감 마법이 효과를 잃고 마법병이 무게를 되찾았다.

아차. 손을 너무 많이 뻗었다.

그녀의 무게에 몸이 끌려갔다. 가지를 끌어안다시피 몸을 지탱하여 간신히 낙하는 면했다.

자세를 바로 잡고서 그녀의 가슴팍을 붙잡아 들어올렸다.

라이트 노벨이나 만화였으면 럭키 이벤트가 발동할 법한 상

황이지만 유감스럽게도 딱딱한 가슴 갑주의 감촉밖에 없다. 조금 아쉽지만 엉큼한 생각에 몸을 맡길 상황도 아니라서 그녀를 끌어안고 가지 뿌리 쪽으로 이동했다.

그녀는 와이번과 충돌했을 때 기절했는지 의식이 없었다.

땀에 젖은 앞머리를 치워주자 귀여운 얼굴이 보였다. AR표시를 보니 이름은 제나 마리엔텔이고 나이는 17세. 사작(士爵)가의 영애라고 한다. 사작이란 건 귀족의 일종인가? 들어본 적 없는 작윈데.

그녀의 용모를 한 마디로 정리하면 마른 체형의 수수한 미인. 본인이 모르는 사이 인기가 생기는 타입이다.

가늘고 색소가 옅은 금색 머리칼을 땋았고, 조그만 머리를 헤드기어 같은 투구가 지키고 있었다.

감긴 눈을 장식하는 속눈썹은 길고 앞 머리칼 뒤에 숨어 있는 눈썹은 다듬질 않은 건지 힘찬 라인을 그리고 있다. 얼굴에 화장기는 없지만 혈색이 좋고 두껍지도 얇지도 않은 작은 입술이 부드러워 보이는 핑크색이다.

향수는 안 쓰는 것 같지만 땀 냄새가 섞인 여성 특유의 달콤한 향이 나는 것 같다.

그녀는 긴 소매 셔츠와 바지 위에 가죽 갑옷을 입고, 바닥이 두꺼운 부츠와 그녀의 목숨을 구한 튼튼한 망토를 입고 있다. 아까 가지고 있던 짧은 지팡이는 떨어뜨렸는지 손에는 아무 것도 없었다.

방금 전까지 필사적이라 눈치 못 챘는데 로그에 칭호 획득 메시지가 늘어 있었다.

**〉칭호 「생명의 은인」을 얻었다.**

**〉「운반」 스킬을 얻었다.**

아무래도 스킬만 그런 게 아니라 칭호도 간단히 얻을 수 있나 보다.

"으음……. 여기는?"

"정신 들었어요?"

얼마 안 가서 눈을 뜬 그녀에게 충고했다.

"아래를 볼 거면 정신 똑바로 차리세요."

"네? 꺅."

병사라서 그런지 벼랑 중간의 가느다란 가지 위에 있는 상황에서도 짧은 비명만 지르고 버티는 모양이다.

"어디 다친 데는 없어요?"

"네, 몸이 조금 저리지만 딱히 아픈 곳은 없는 것 같아요."

그녀는 남자를 상대하는 게 서투른 건지, 나한테 안겨 있는 게 부끄러운 것 같았다. 뿌리 쪽 나뭇가지 위에 내려줬다.

"윽, 크으."

"괜찮아요?"

그녀가 발을 디디자마자 고통을 호소하기에 재빨리 부축해줬다. 와이번 때문에 날아갔을 때 발목을 다친 모양이다. 부러지진 않은 모양이고 삐었나 본데.

"고맙습니다. 여기는 어디죠? 분명히 와이번과 싸우고 있었는데……."

"내가 벼랑을 올라가고 있는데 당신이 하늘에서 떨어졌어요."

"저 벼랑 위에서요?"

그녀는 멍하니 위를 올려다봤다. 벼랑 위까지 5미터쯤 되나? 3층 창문보다 조금 낮은 높이다.

"무슨 마법 같은 게 걸려 있어서 낙하속도가 느려서 받아냈죠."

"그랬었군요. 생명의 은인이시네요."

그녀는 그렇게 말하며 수줍은 웃음과 함께 감사를 표했다.

그녀의 키가 약간 더 큰데도 턱을 당기고 있어서 그런지 올려다보는 것처럼 보인다. 제법 파괴력이 있는 미소다.

고교시절의 나였다면 한 눈에 반했을 거라고 자신 있게 말할 수 있다.

물론 나이가 10살도 넘게 차이나는 소녀에게 반할 정도로 로리콤은 아니라서 지금은 수비범위 밖이지.

"너무 거창하네요. 나는 여행하는 행상인 사토라고 합니다."

여행하는 행상인이란 것은 여기까지 오면서 생각한 설정이다.

시대배경에 따라서 주민의 이동이 제한되어 있을지도 모르고 평범한 여행자는 도적 취급을 당할 지도 모르니까.

꿈속에서 이렇게 조심하는 것도 바보 같지만, 아까 전의 리얼함을 생각하면 꿈속이라도 아무렇지 않게 투옥당할 것 같단 말이지.

지어낸 이야기의 신빙성을 늘리려고 그녀의 눈을 바라보며 말했다.

"저, 저저, 저는, 세류 백작님의 가신인, 마법병 제나예요. 영지(領地)의 병사로 근무한 지 2년 됐어요. 17세 독신, 여, 연인은 없어욧."

아니, 거기까지 안 물어봤는데요.

어쩐지 당황한 모습의 제나 씨가 고지식한 표정으로 가족구성 같은 것까지 알려주었다. 거기에 적당히 맞장구를 치면서 벼랑 위로 올라갈 길을 그려봤다.

"잠깐 실례할게요. 조금 뛰겠습니다."

그녀를 공주님 안기 자세로 안고서 가볍게 그 자리에서 뛰어 봤다. 놀란 모양이지만 아프지는 않은 것 같다.

"위로 올라갈 테니까 목을 붙들어요."

"네?! 이 벼랑을요?"

"네, 생각보다 디딜 만한 곳이 많으니까 올라가 버립시다."

그녀에게 꼭 붙들라고 일러두고, 가볍게 여기 저기로 도약했다. 되도록 그녀에게 부담이 되지 않도록 무릎뿐 아니라 온몸의 탄력을 이용해 착지의 충격을 죽였다.

"도착했습니다."

"하아, 하아, 몸이 상당히 가벼우시네요."

내 목을 꼭 끌어안고 있던 제나 씨의 심장이 쿵쾅거리며 뛰는 것이 갑옷 너머로도 느껴진다.

그녀는 상기된 얼굴로 올려다보며 떨리는 목소리로 감상을 말했다.

독특한 감상이네.

무서웠는지 공주님 안기에서 내려갈 기색이 없길래, 그대로 벼랑 위의 바위들 틈을 지나 그녀의 동료들이 있는 곳으로 데리고 갔다.

"멈춰라! 누구냐. 동료를 풀어줘!"

바위 위에서 자그마한 소녀가 검문했다.

제나 씨의 동료일 것이다. 크로스보우를 빈틈없이 겨누고서 이쪽을 노려본다.

"자, 잠깐만 릴리오. 이 사람은 괜찮아."

"제나는 조용히 해."

제나 씨가 중재해보지만 상대는 경계를 풀지 않았다. 하긴 저게 보통 반응이지.

나는 제나 씨를 천천히 땅에 내려서 앉혔다.

"그대로 뒤로 물러나라."

"릴리오! 이 사람은 내 생명의 은인이라니까?!"

내가 충분히 물러나자 바위 뒤에서 재빨리 달려온 중갑을 입은 여자병사가 제나 씨를 안고서 암석지대 뒤로 물러났다. 그들과 교대하듯 나온 다른 중갑의 여자병사가 대검을 겨누었다.

바위 뒤쪽에서 제나 씨가 동료 병사들에게 항의하는 목소리가 들렸지만, 지금은 검을 내릴 기색이 없었다.

……좋은 일 했는데 말이지.

"이름을 밝혀라."

면갑(面甲)에 가려서 안 보이지만 대검을 든 중장보병의 목소리가 상당히 섹시하다. 갑옷으로도 가릴 수 없는 요염한 몸매를 보니 틀림없이 미인이다. 그냥 내 생각이지만 그랬으면 좋겠다.

"입 다물고 있지 말고 이름을 밝혀라."

"처음 뵙겠습니다, 병사 분. 나는 행상인 사토라고 합니다."

"행상인치고는 짐이 없는 것 같은데?"

내가 어깨에 걸고 있는 납작한 가방은 무시해 버리네.

이건 어제 전리품을 정리할 때 발견한 건데, TRPG[#3]에서 정석인 물건을 무제한으로 넣을 수 있는 가방이다. 이름은 「격납 가방」(개러지 백)이라고 한다.

스토리지가 있으니 필요 없지만, 보기에도 깔끔하고 까만 가죽제 가방이라서 패션의 일부로 장비해봤다.

---

#3 TRPG 「테이블 롤플레잉 게임」의 약자로, 사람이 설정을 하고 나머지는 주사위로 하는 게임이다.

이런 격납 가방으로 상품을 나르는 상인은 드문 건가?

"부끄러운 일이지만 어제 운석에 놀라서 짐말이 도망쳐 버렸습니다."

"운석? 어제 일어난 『별 내림』 말이군."

유성우는 멀리서도 보였을 테니까 변명으로 써먹어봤다. 벌써 『별 내림』이란 이름이 붙었구나. 역시나 판타지로군.

**〉「사기」 스킬을 얻었다.**

**〉「변명」 스킬을 얻었다.**

야, 분명히 즉흥적으로 지어낸 얘기지만 이런 스킬은 원하지 않았거든. 하지만 도움이 될 것 같으니 스킬 포인트를 분배해 두자.

"말하다 보면 실수를 하는 법이지. 짐말이 도망쳤다고 했는데 가도(街道)를 여행하다가 별 내림을 봤다면 여기가 아닌 반대 방향으로 말이 도망쳤을 거다."

그녀의 표정이 보이지 않아 유감이다. 분명히 사디스틱함이 엿보이는 멋진 표정일 거야.

검을 코앞에 두고 심문을 당하는데도 내가 여유로운 건, 시야에 언제나 표시되어 있는 메뉴 아이콘이나 레이더 표시가 현실감을 빼앗기 때문일 것이다. 어쩐지 게임 속 같다는 마음 편한 느낌을 씻어낼 수가 없다.

사기 스킬을 유효화 시킨 덕분인지 적당히 지어낸 이야기가 이것저것 뇌리에 떠올랐다.

"실례합니다만 『전사의 요새』라는 장소를 아시는지?"

"그래, 알고 있어. 자살지망자들이 가는 장소지."

자살의 명소가? 하지만 출입 금지된 장소가 아니라 다행이다.

"할아버지가 신세진 분의 묘가 거기 있어서 성묘를 하러 들렀을 때, 그 『별 내림』이 있었어요. 황급히 도망치는 말을 쫓아갔지만 공포에 질려 달리는 말을 따라잡을 수도 없으니……."

"그런가, 고생했겠네."

오, 믿는 건가? 역시 포인트 MAX의 사기 & 변명 스킬이군. 효과 죽이네!

"신분증이 있다면 보여줘."

신분증명서? 지갑 안에 자동차 면허증이 있지만 내놓으면 오히려 문제가 될 것 같네요.

"그것도 말에 덮어둔 망토의 비밀 주머니에 넣어놓은 터라 지금은 없습니다."

"좋아. 세류 시에서 발행해달라고 하도록 해."

그녀는 그렇게 말하며, 겨누고 있던 대검을 등 뒤의 칼집에 넣고 고정 장치를 잠갔다.

"이오나 잠깐만, 그렇게 간단히 믿어도 돼? 도적이면 어쩌려고?"

"손가락도 깨끗하고 비싼 마법의 로브를 입고 있잖아. 아마

북쪽 어느 작은 나라의 귀족이겠지."
"어느 나라 간첩일지도 모르잖아."
"명백하게 시가 왕국 출신으로 보이지 않는 사람을 간첩으로 쓸 리 없잖아?"
바위 위에서 내려온 소녀가 중장보병 여성에게 작게 귓속말을 했다. 엿듣기 스킬 덕분에 다 들린다.
"왜 그래? 릴리오. 네가 좋아하는 연하의 검은 머리칼이잖아."
"지금은 개인적인 이유로 싫어."
"아아, 남자친구한테 차였댔지. 다음에 가슴 키우는데 도움되는 거라도 사줄게."
"가슴 때문에 차인 거 아니거든. 하지만 사준다면야 고맙지. 덤으로 불평도 들어줘."
걸즈 토크를 흘려 듣는 사이에 호위 병사들을 설득한 제나씨가 돌아와서 동료들의 무례함을 사과했다.
병사들과 함께 본진 쪽으로 갔다. 본진 너머에 도시로 가는 길이 있어서 따라가는 수밖에 없었다.
그 자리에서 헤어져 숲길로 가면 아무리 봐도 수상하니까.
전장에는 피 냄새가 넘치고 있어서 토할 것 같았다. 하지만 고통 내성이 효과가 있는 건지 그런 기분이 들기만 하고 정말로 토하지는 않았다.
전장에는 천으로 덮어둔 몇 사람의 시체와, 응급처치를 받고 있는 부상자, 그리고 거대한 와이번의 시체가 있었다.

……사망자도 나왔구나.

신기하게도 우는 병사는 거의 없다. 자기 작업에 몰두하여 슬픔을 의식하지 않으려는 것인지도 모른다.

공병으로 보이는 남자들이 와이번에 매달려서 두꺼운 톱 같은 것을 사용해 해체하고 있다. 덩치가 크다 보니 피를 만족스레 뺄 수도 없는지 톱을 움직일 때마다 남자들이 피에 물들어 간다.

호위 병사에게 업혀있는 제나 씨를 발견한 지휘관으로 보이는 기사가 말을 타고 다가왔다.

말을 가까이서 보는 건 처음이다. 거친 콧김에서 짐승 냄새가 나네.

동그란 눈동자로 얼굴 들이밀지 마. 그런 건 미녀들만 하면 된다고.

"제나! 무사했구나!"

"네, 이 분이 도와줬어요. 몸이 가벼운 행상인 사토 씨예요."

제나 씨가 나를 소개해줬다. 소개문에 쓸데없는 장식이 있지만 사소한 태클은 걸지 말자.

"은혜를 입었군. 덕분에 귀중한 마법병을 잃지 않았다."

마법병이 아니었으면 어떻게 되든 상관없다는 식으로 들리지만 주변 사람들이 웃는 걸 보니 본심이 아니라 조크 같은 거겠지.

나를 심문한 중장보병 여성이 대장에게 다가가 귓속말로 아까 심문한 결과를 전했다.

나에게는 「전사의 요새」 주변에서 보고 들은 것을 물어보았다.

그들은 어제 발생한 「별 내림」으로 무슨 이변이 일어나지 않았나를 조사하기 위해 세류 시에서 출발한 조사대라고 한다.

# 세류 시

"사토입니다. 여성과 대화하면 마음이 들뜨게 됩니다. 연인에게 차인 뒤로 메타보 씨랑 같이 다니는 「예쁜 누님들과 술을 마시는 가게」에 투자하는 금액이 나날이 늘어나는 것이 고민입니다."

제나 씨를 포함한 행군이 어려운 부상자를 짐마차로 세류 시까지 돌려보낸다고 하는데, 제나 씨가 말을 해줘서 나도 그 집단과 동행하게 되었다.

세류 시로 가는 짐마차에는 나와 제나 씨, 그리고 이오나라고 불리던 중장보병 여성 — 면갑에 얼굴이 가려져 있던 그녀는 상상 이상으로 요염한 누님이었다 — 말고도, 다섯 명쯤 되는 젊은 병사가 타고 있다.

릴리오라고 불린 소녀와, 또 한 사람의 호위병 여성은 본대와 함께 남았다. 그쪽은 병사의 시체나 와이번의 시체를 회수하는 마차를 기다렸다가 예정대로 영토순회를 하러 간다고 한다.

빈사의 중상자는 먼저 출발한 짐마차에 탔고, 이쪽 마차는 목숨에 지장이 없는 부상자들만 탔다. 마부는 비전투원인 하인이 맡았다.

마부 노릇을 하라고 하질 않는 게 다행이네.

짐마차는 부상자의 상처가 악화되지 않도록 배려하는 건지 조깅과 비슷한 속도로 달리고 있어서 상당히 느리다. 직선으로는 고작 20킬로미터쯤 되는 거리인데 세류 시에 도착하려면 3, 4시간정도 걸리겠다.

병사의 시체나 와이번의 시체를 가지고 돌아가기 위한 마차 몇 대와 스쳐 지나갔다.

"시체를 뭐에 쓰는데요?"

"네, 와이번의 외피를 가공하여 만든 망토나 가죽 갑옷은 튼튼해서 고가에 팔린다고 해요. 송곳니나 뼈 같은 것도 상인들이 매입하죠."

"당분간 군의 식사에 고기가 들어가 있으면 와이번이 아닌가 의심해야 하지만 말이지."

"맛이 없어요?"

내 질문에 두 사람은 얼굴을 마주보고 쓴웃음을 지을 뿐 대답해주지 않았다. 대신 대답해준 것은 마차를 몰고 있던 남자였다.

"없습니다요. 쥐하고 막상막하지요. 늑대 힘줄만큼이나 딱딱하고 줄무늬너구리만큼이나 냄새가 심해서 한 번 먹으면 다시는 먹기 싫다며 아무도 안 먹습죠."

"그렇게 심해요?"

"젊은 나리. 이놈 같은 하인한테 경어는 필요 없습니다요.

그런 고기라도 서쪽 거리 주민이나 노예들에게는 성찬이라, 와이번 시체가 도시에 들어오면 푸줏간 앞은 축제 분위기입죠."

노예제도 같은 게 있구나?

도시에 도착했더니 노예 코스로 직행하는 건 아니겠지?

약간 신경 쓰여서 대화하는 짬짬이 맵으로 검색해 봤다. 세류 시의 인구비율은 80퍼센트가 시민이고, 남은 20퍼센트 정도가 노예 같았다. 귀족이나 상인 등의 부유층이나 신관, 무녀 등은 수가 얼마 되지 않았다.

검색해보고 알았는데 주민은 인간들만 있는 것이 아니다.

이른바 보통 인간은 인간족이라고 불리며 주민의 90% 이상을 차지하고 있다. 나머지 10% 정도가 드워프나 노움 같은 요정족과 견인이나 묘인 등의 수인족이다.

뜻밖에 판타지에서 가장 유명한 엘프는 단 한 명밖에 없었다.

희귀한 종족도 많아서 백익(白翼)족이나 표두(豹頭)족 같은 들어본 적도 없는 이름도 보였다.

개중에서도 리자드맨족을 발견하고는 놀랐다. 리자드맨족이라면 어제 본 종족이잖아.

서양 게임 에어림처럼 평범하게 공존하고 있나 했더니, 요정족을 제외한 다른 아인(亞人)들은 거의 다 노예 같았다.

그 밖에도 마족 한 명이 평범하게 도시에 살고 있네.

상당한 다종족 국가로군.

"아, 보여요!"

"호오, 저게 도시의 외벽인가요?"

"네! 와이번이 공격해와도 꿈쩍하지 않을 정도로 튼튼해요!"

확실히 훌륭한 성벽이다. 도시를 통째로 둘러싸고 있는 모양이니 시벽(市壁)이라고 해야 하나?

커다란 돌을 쌓아서 만든 시벽은 주위의 나무들과 비교해서 10미터쯤 높았다. 맵 정보로는 두께가 3미터쯤 되고, 안에는 통로가 만들어져 있다고 한다. 50미터마다 있는 감시탑에 보초 병사의 모습이 보였다.

"사토 씨는 세류 시에 지인이라도 있으신가요?"

도시가 보여서인지 제나 씨가 그런 화제를 꺼냈다.

"아뇨, 유감이지만 없어요. 일단은 숙소를 잡을까 해요."

"그러면 문전여관이 좋겠군요. 정문으로 들어가서 금방 보이는 여관인데 조금 비싸지만 청결하고 식사도 맛있어서 평판이 좋답니다."

"괜찮을 것 같네요."

이오나 양이 여관을 추천해주었다. 청결한 것은 필수다. 대학시절에 해외로 여행을 갔을 때 벌레가 뛰어다니는 방 같은 게 있었다니까. 그리고 여행지의 즐거움은 식사다. 분명히 호밀빵이나 소금 맛 수프가 나올 것이다.

그건 그렇고 제나 씨나 이오나 양과 대화를 하다보면, 비교적 경상인 남성병사 두 명의 시선이 따갑게 느껴진다.

흔들림에 의해 골절된 부분이 아픈 탓인지 이쪽에 시비를 걸지는 않지만, 질투에 넘치는 시선을 날리는 건 그만 두죠. 시선으로 사람을 죽일 수 있다면 두세 번은 죽었겠네.

"그러면 사토 씨, 나중에 인사를 하러 갈 테니까 꼭 문전여관에 묵어 주세요."

"인사 같은 건 됐어요."

"아뇨! 마리엔텔 가문의 이름을 걸고 반드시 인사를 드리러 가겠어요."

다소곳한 분위기의 소녀인데 이상하게 고집이 강하다.

아니, 필사적인 건가?

내가 그녀만한 나이였다면 나한테 반했다고 착각했겠네.

결국 다친 병사들에게 미안해서 「문전여관에 묵을게요.」라고 약속한 다음 정문 앞에서 헤어졌다.

"사토 씨, 이쪽으로 오세요. 기사 쏜은 안에 있나요?"

이오나 양에게 이끌려 정문 근처에 있는 병사들의 대기소로 향했다.

방금전 그녀의 뒷말은 대기소 앞에서 보초를 서고 있는 젊은 위병에게 한 말이었다. 위병은 미인이 말을 걸자 얼굴을 붉히면서 큰 소리로 대기소 안에 있는 쏜을 불러주었다.

이오나 양은 여유로운 표정으로 젊은 위병에게 「고마워요.」라고 한 뒤, 자기 집 마냥 편하게 안으로 들어갔다. 나도 어미

뒤를 쫓아가는 병아리처럼 조심스레 따라갔다.

채광창이 작은 탓인지 대기소 안은 조금 어두웠다.

"오랜만입니다, 기사 쏜."

"어, 이오나 아가씨군. 어르신은 여전히 장미 삼매경인가?"

"그렇게 말하는 쏜 님은 싫어요."

아무래도 이오나 양의 지인인가 보다. 쏜이라 불린 기사는 2미터에 가까운 거구를 가진 반거인 같은 남자였다.

"호오, 연하라. 좋은 옷을 입고 있지만 조금 말랐군. 더 많이 먹고 이오나 아가씨를 지켜줄 수 있는 멋진 남자가 돼야지!"

아니 뭘 착각하고 계신 겁니까? 등을 퍽퍽 치면서 격려를 해 봤자 대답할 말이 없어요.

분명히 섹시한 미인이고 꽤 내 취향이지만 이렇게 유능한 비서 타입은 좀 거북하단 말이지. 애당초 상대해주지도 않을 테니까 상관없지만.

"아니에요. 이 분은 제나 씨의 은인인데, 신분증을 잃어버렸다고 하니 재발행을 해주세요."

"야마토 석(石)을 쓰려고?"

"네, 부탁 드려요."

자기들끼리만 알아듣는 수수께끼 키워드는 관둡시다. 기사 쏜이 안내해준 방에는 20인치 와이드 액정만한 석판이 놓여 있었다.

“꼬마, 이리 와라!”

석판 옆에서 손짓하는 거한 옆으로 향했다.

“일단은 물어보겠는데, 지명수배 되었거나 절도를 하진 않았겠지?”

“네, 물론.”

범죄랑은 인연이 없는 일반인이니까요.

“그러면 이 야마토 석 위에 양손을 올리고 이름을 말해라.”

범죄이력을 조사하는 마법의 도구 같은 건가?

쏜의 말대로 석판에 손을 올렸다. 그건 그렇고 야마토 석의 야마토는 유래가 뭐지? 우주라도 가려고?

이름이라……. 스즈키 이치로보다는 캐릭터 이름이 맞겠지.

“사토.”

역시 캐릭터 이름이 맞았나 보다. 석판에서 희미하게 하얀 빛이 나기 시작하더니, 어떤 문자가 표시됐다.

본 적 없는 문자였지만 시가 국어 스킬 덕인지 읽을 수 있다.

윽, 스테이터스 정보가 표시되는 건가? 레벨 310이라는 게 들키면 소동이 일어날 것 같— 어라? 이 수치는 이상한데?

“꼬마, 이제 손 떼도 된다.”

석판에 표시된 스테이터스는 메뉴의 스테이터스 화면과 수치가 달랐다. 그것에는 「종족: 인간족」「연령: 15」「레벨: 1」「소속: 없음」「계급: 평민」「칭호: 없음」「스킬: 없음」「상벌: 없음」이라고 나왔다.

마치 레벨 업하기 전과 같은 정보네.

생각난 게 있어서 메뉴의 교류란을 열어 확인했다. 아무래도 정답인가 보다. 이 페이지의 설정이 야마토 석의 표시에 반영됐다.

본래는 유저끼리 교류할 때 프로필을 쓰거나 메모장이 딸린 페이지였는데, 게임과 비교해서 여러 가지 항목이 늘어 있었다.

이 교류란의 프로필 항목은 변경할 수 있는지, 각 수치는 드롭다운 박스에서 고를 수 있다. 아무래도 본래 수치까지 설정 가능한 모양이다. 이름이나 호칭, 스킬은 「없음」도 고를 수 있다.

다른 건 그렇다 해도 이름을 「없음」으로 할 수 있는 건 뭔데? 교류하기 싫다는 의사표시인가?

"허어, 성인이군. 좀 더 젊은 줄 알았다. 그건 그렇고 성인이 레벨 1이라니, 곱게 자라셨구먼."

응? 성인이 아닌 줄 알았다고?

그러고 보니 오늘 아침에 얼굴을 씻을 때 고1쯤으로 젊어져 있었지. 이 나라는 만 15세면 성인이구나.

그의 말에 적당히 대답을 하면서 맵으로 검색해 보았다.

분명히 레벨 1의 대부분은 10세 이하다. 15세로 검색해 보니까 과반수는 레벨 3이었다. 요컨대 10살 수준의 경험밖에 쌓지 않았다고 생각한 거군.

내 사고가 그렇게 탈선되어 있는 동안, 그는 깃털 펜을 사용해서 석판의 표시를 종이에 술술 옮겨 썼다. 겉보기와 어울리지 않는 섬세한 문자다.

마지막에 「증명자: 세류 백작가 가신, 기사 쏜」이라고 기입하고 인장이 달린 반지를 빼어 그의 이름 위에 도장을 찍었다.

"자 이제 잃어버리지 마라. 발행료는 은화 1닢."

증서는 한지 같은 종이었다. 양피지가 아니라 조금 유감이네.

그가 내민 증서를 받으면서, 주머니를 경유해서 스토리지에서 꺼낸 시가 왕국 은화를 하나 건네주었다. 시가 왕국의 화폐는 모든 코인이 100닢 이상 있으니 환전하느라 곤란할 일도 없을 것이다.

"뭐야, 돈은 주머니에 넣어뒀구먼. 제법 조심성이 있어! 앞으로는 신분증도 꼭 챙기고 다녀라."

그는 이오나 양을 돌아보면서 「입시세는?」이라고 물었다. 시내에 들어가는 데 세금이 필요한가?

평민일 경우 대동화 1닢의 세금이 든다고 하는데, 이오나 양이 말하길 제나 씨를 도운 포상 대신 입시세를 면제해준다고 한다.

"이것도 가지고 가라. 체재 허가패야. 체재 허가 기간은 10일. 그 이상 체재하고 싶으면 이 대기소나 중앙구의 관청에 가서 연장신청을 해라. 어디서 하든 동화 3닢으로 수속을 해준다."

그가 내민 것은 나무로 만든 패에 소인을 찍은 것이었다. 몇 개의 숫자와 함께 성문에도 그려져 있던 문장이 찍혀 있다.

숫자는 체재 허가 기한의 날짜인가 보다. 물론 익숙한 숫자가 아니라 기호 같은 글자다. 한 문자로 하나의 수를 나타내고 있으니 평범한 아라비아 숫자와 비슷하게 생각하면 될 것 같다.

"기한이 끝난 다음에도 도시에 있다가 위병에게 걸리면 은화 1닢의 벌금이다. 못 내면 일반노예로 신분이 하락되니까 주의하도록."

언제나 하는 일인지 물 흐르듯이 유창하게 설명했다. 잊지 않도록 조심해야지.

그건 그렇고 체재 기간이 끝나면 노예가 된다니 엄격하네!

에도 시대의 노숙자 사냥이랑 비슷한 건가?

체재 허가패와 신분증을 가방에 넣었다. 물론 가방에 넣어 보이지 않게 하고 스토리지로 이동시켰다.

"고맙습니다."

"그래, 무슨 난처한 일이 있으면 대기소 옆에 있는 해결사한테 상담을 해봐라. 돈은 받지만 냉대하지는 않을 게다."

용건도 마쳤으니 붙임성 있게 인사를 하고 대기소를 나섰다.

"사토 씨, 미안하지만 나는 아직 기사 쏜에게 용건이 있어서 이만 헤어져야겠습니다. 저기 있는 노란 간판의 여관이 아까 말했던 문전여관이니까 길을 잃을 일은 없겠죠."

이오나 양이 가리키는 쪽을 보았다.

일본에서 흔히 보이는 커다란 간판을 찾아봤지만 그럴 듯한 것이 안 보인다.

자세히 보니 가게 같은 가옥의 입구에 냄비 받침 같은 판이 붙어 있었다.

혹시 저게 간판인가?

이오나 양에게 인사를 하고 여관으로 향했다.

대기소 안에서 기사 쏜과 이오나 양의 이야기 소리가 들리지만 나하고는 상관없는 이야기인 것 같아서 엿듣지 않기로 했다.

# 시내산책

"사토입니다. 학생 시절에는 알바비가 모이면 여친이나 서클 동료들과 여행을 다녔습니다. 가끔 해외에 가보면 일본의 장점을 재인식할 수 있습니다. 위생과 서비스 관련으로 일본을 넘어서는 나라는 가본 적이 없어요."

크게 기지개를 켜고 이국의 정취가 넘치는 거리 풍경을 바라보았다.

아까는 곧장 대기소로 가서 몰랐는데 문에서 거리까지 반경 20미터쯤 되는 반원형 공간이 있었다. 출입의 혼란을 막기 위해서인지, 전쟁을 위해서인지는 잘 모르겠다.

영화나 서양의 3D게임에서 볼 수 있는 석조 도시다.

거리를 오가는 사람도 게임의 디자인 사양에서 볼 법한 튜닉을 입은 남성이나, 시대가 느껴지는 원피스 차림이 많다.

빈부의 차가 큰 건지, 꿰맨 자국이 있는 짧은 원피스 차림의 여성과 지저분한 셔츠에 무릎까지 오는 바지 차림의 남성 등도 보였다.

이번에는 건물에 주의를 기울여 봤다.

보이는 건물 대부분이 2층짜리 석조 건물이다. 그렇지만 석재만이 아니라 목재나 벽돌 같은 것도 사용된 것 같다.

집들의 지붕 너머로 탑 같은 건물도 삐죽 솟아 있다.

탑 꼭대기에 풍차가 달린 걸 보니 제분소 같은 거 아닐까? 게임이나 소설 수준의 지식밖에 없으니 정확하게는 모른다. 잠시 이 도시에 체재할 예정이니 나중에 구경하러 가봐야지.

눈앞의 길은 저 멀리 흐릿하게 보이는 내벽까지 똑바로 이어져 있다. 폭이 6미터쯤 되는 넓은 길이다. 내벽 너머로 보이는 건 아마 영주의 성이겠지.

세류 시는 생각보다 커다란 성채 도시인 모양이다.

그건 그렇고 정말로 가슴 설레는 광경이다! 게임 크리에이터로서 이 판타지한 광경을 보고 들뜨지 말라고 하는 건 무리다.

하지만 이게 정말로 내 꿈속의 광경일까?

그 의문이 머릿속에서 떠나지 않는다. 나는 이렇게 리얼한 거리를 그려낼 만한 디자인 센스가 없다. 내가 꾸는 꿈이라면 좀 더 싸구려처럼 되든가 세부적으로 엉성할 텐데.

만약 꿈이라면, 나 말고 다른 누군가의 꿈일 것이다.

그 꿈을 꾸는 누군가는 틀림없이 게임을 좋아할 거다. SAN 수치가 줄어들지 않는 세계이길 빌어야지.

그러나 그런 생각은 팔을 습격한 부드러운 감촉 때문에 멈출 수밖에 없었다.

“거기 너! 지금 문 쪽에서 왔지? 있잖아? 두리번거리고 있는 거 보니 혹시 여관 아직 안 잡았으면 우리 집으로 와! 서비스해 줄게~.”

“뭐, 뭐야…….”

“괜찮아, 괜찮아, 다른 데보다 싸게~는 안 되지만 진심이 담긴 맛있는 요리랑 청결한 침대가 있거든!”

맵을 재빨리 닫자 눈앞에 다갈색 눈동자의 귀여운 소녀가 있다.

다갈색 머리칼을 가느다란 리본과 함께 엮어서 변형 사이드 포니를 만들었다. 너무 가까이 붙어있어서 복장은 모르겠지만 중학생쯤 되는 애다. AR표시로 보니 13세라고 표시됐다.

그건 그렇고 팔에 닿는 감촉으로 판단하자면 연령에 걸맞지 않을 정도로 어엿한 무언가를 가진 모양이다.

쓸데없이 명랑한 여자애가 팔을 끌어안고서 끌고 간다. 호객 행위겠지만 현대 일본에서는 대학의 학원제가 아니라면 볼 수 없는 광경이다.

팔을 감싸는 행복한 감촉을 탐닉하는 사이에 술집 같은 가게로 끌려 들어갔다. 외부에서 건물 안으로 들어간 탓인지 어둡게 느껴졌다. 가게에 들어갈 때 슬쩍 눈에 들어온 간판을 보니 여기가 아까 오려고 했던 문전여관인가 보다.

“엄마! 엄마아! 손님 데리고 왔어어!”

“너도 참 억지가 심하구나. 손님을 난처하게 만들면 못써.”

체격 좋은 아줌마가 딸에게 주의를 주면서 안쪽 주방에서 카운터 같은 장소로 나왔다.

팔에 전해지는 부드러움을 봐서 강제적인 호객에 불평할 생각은 사라졌다.

암. 말랑말랑한 건 정의다!

아줌마는 관록이 쌓은 스타일에 반해 얼굴이 장난 아니게 예뻤다. 30세쯤 되나? 아줌마라고 부르는 건 실례다. 마담이라고 불러야지.

마담의 얼굴 옆에 내 추측을 긍정하는 정보가 AR로 표시되었다. 정말로 게임 같은 꿈이네. 표시된 정보는 아까 야마토석과 비슷하지만 항목이 조금 다르다. 이쪽이 더 상세한 정보가 표시되는 모양이다.

근데 이 여자아이의 어머니란 것이 부자연스럽지 않은 미모이건만, 어째서 이렇게 무거운거냐! 10, 아니 20킬로그램만 가벼웠다면 스트라이크 존인데.

물론 유부녀란 점에서 아웃이지만. 불륜은 모두가 불행해지니까 논외다!

“응? 짐도 없는데 정말로 손님이니?”

“짐은 요전에 별 내림 소동으로 말이 도망쳐서요……. 다행히 지갑은 가지고 있어서 도시에는 들어올 수 있었어요.”

“그거 고생했겠네. 우리 집은 하루 그냥 묵는데 대동화 1닢이야. 큰 방에서 단체로 칼잠을 자도 된다면 동화 2닢. 식사는 이 주점에서 먹는다면 메뉴 한 가지가 서비스로 붙지. 숙박객 한정 서비스야."

음. 시세는 모르겠지만 대동화랑 은화의 환산율을 조사하려면 열흘쯤 선불로 묵는 편이 좋으려나?

마담은 산술 스킬을 가진 모양이니까 계산을 실수하지는 않겠지.

"그러면 열흘 치 부탁드립니다."

"그래, 그러면 딱 은화 2닢이네."

주머니에서 은화 2닢을 꺼내서 마담에게 건넸다.

대동화 다섯 닢이 은화 1닢인가 보네. 편견일지도 모르지만 오차가 있다면 「동화 1닢 정도 깎아줄게」라고 은혜를 베풀 듯 말했겠지.

그럼 숙소도 무사히 잡았으니 뭣 좀 먹고 싶다. 어제 먹은 칼로리 바가 마지막 음식이라서 배가 좀 고프단 말이지.

"마담, 식사는 지금 되나요? 가능하면 뭔가 가벼운 걸 먹고 싶은데요?"

"두 시간쯤 이르든가 늦었으면 따뜻한 식사도 내줄 수 있었는데 말이지. 주방의 불을 꺼버렸으니 만들어둔 키슈[#4]랑 거기에 곁들여 먹을 것 정도밖에 없어."

키슈인가……. 전에 패밀리 레스토랑에서 먹어봤었다. 이런 유럽 판타지풍 도시라면 호밀빵과 소금 맛 수프가 나올 거라

---

**#4 키슈** 햄, 양파, 크림 등으로 만든 파이.

고 생각했는데 편견이었나 보다.

“그러면 그걸로 부탁해요.”

“그래, 금방 가져올 테니까 거기 앉아서 기다려. 마사, 손님한테 숙박계 받아와라.”

마담이 주방으로 보이는 곳으로 들어가는 것과 교대로, 마사가 사극 드라마의 지배인이 가지고 다닐 법한 끈으로 묶은 장부를 들고 종종걸음으로 다가왔다.

아까는 안 보였는데, 마사는 하얀 셔츠에 얇은 오렌지색 스커트 그리고 코르셋처럼 가슴 아래를 받쳐주는 갈색 베스트를 입고 있었다. 신발은 실내화처럼 부드러워 보이는 가죽 신발이었다.

“네~에, 손님, 대필할 테니까 이름을 부탁드립니다.”

“사토입니다.”

“사토 씨로군요. 직업과 연령을 부탁드립니다~아.”

29세 프로그래머라고 하려다가 고쳤다. 스테이터스 화면에는 15세라고 기재되어 있고, 아까 만든 증명서에도 그 연령이었다.

“행상인, 15세입니다.”

“어?! 연상이었어? 같은 나이라고 생각했었어.”

마사는 놀라면서도 술술 장부를 기입한다. 갱지 같은 종이로 만들었네.

숙박계를 쓰면서 신분증 제출은 요구하지 않았다.

숙박계를 기입한 마사가 잡담을 시작하려는 타이밍에, 요리를 그릇에 담아온 마담이 주방에서 나왔다.

"음식 나왔습니다, 작은 접시는 서비스야."

내 기분 탓인 것 같지만, 마담은 마사의 시선을 가리듯 요리를 테이블에 늘어놓았다.

접시에는 부채꼴로 잘라진 키슈 두 조각과 곁들여서 작은 접시에 배추절임이 나왔다. 키슈는 두꺼워서 꽤 양이 많았다. 식기는 목제 포크였다.

나는 식사비 동화 1닢을 건넸다. 아무래도 동화를 내면 10엔 동전을 내는 기분이 든다.

그보다도 거의 한나절 만에 먹는 제대로 된 식사다. 느긋하게 맛을 봐야지.

메인은 감자를 듬뿍 써서 속이 꽉 찬 키슈다.

건더기는 시금치 같은 이파리 채소와 버섯, 그리고 이 빨간 건 양파인가?

식은 건데도 생각보다 맛있다.

육포가 조금 더 들어가 있었다면 좋았겠지만 억지를 부려서 내어준 식사에 불평을 하면 안 되는 법이지.

"엄마가 만든 키슈는 갓 만들었을 때가 더 맛있어!"

"마사, 오늘 아침에 나간 겁쟁이 상인들 방은 청소했니?"

"미안, 아직."

"그럼 얼른 하러 가!"

"네~. 또 봐. 손님."

마사는 청소를 명 받고 2층으로 올라갔다.

겁쟁이 상인이란 건 뭐지?

"아아, 어제 별 내림을 보고서는 「마왕이 용의 계곡의 용들에게 싸움을 걸었다!」라는 둥 하룻밤 내내 소란을 피운 끝에 오늘 아침에 나간 녀석들이야."

장사를 방해해 버렸나, 미안하네.

아니, 그보다도 더 신경 쓰이는 키워드가 있어요.

"마왕이 있어요?"

"그럼, 있고말고. 용사님이 토벌한지 6, 70년쯤 됐는데 아직 어느 나라에서 부활했다는 소식은 안 들리네."

마왕 있었구나. 거기다 용사까지.

하지만 퇴치가 끝났다니 다행이다. 이게 게임이라면 주인공이 이벤트를 진행하면 부활한단 말이지.

너무 본격적인 정보수집 같은 건 안 하는 게 좋겠다.

"하지만 시가 왕국이 생긴지 600년 이상 지났지만 세류 시나 근처 백작령에 마왕이 나타난 일은 없어. 마왕이 공격을 한다고 해도 처음에는 미궁도시 같은 데겠지. 여기는 나라의 반대편이니까 괜찮아."

그건 뭐랄까, 게임이었으면 마왕 습격 이벤트 조건 성립인데요.

"이 도시는 오히려 와이번이 무섭지. 어린애들은 물론이고 밭일을 하는 젊은이들이나 말까지 물고서 날아가 버리니까 말이야. 영군(領軍)이 강하니까 세류 시는 괜찮지만 도시 바깥 녀석들은 와이번이 날아오지 않을까 전전긍긍하면서 밭일을 한다더라고."

생각보다 무서운 곳이네.

"그런데 용은 안 와요?"

"신화에도 있잖아? 용은 잠꾸러기란 말이지. 용의 계곡에 잠들어 있으니까 어지간해선 안 나와. 마지막으로 왔던 게 2년 전인데, 그 전에는 내가 태어나기도 전이었어. 그 때는 흑룡이 쳐들어와서 염소나 양을 전부 잡아 먹어서 난리도 아니었다고 하더라."

가축 이야기만 나오는 걸 보니 인명 피해는 적었었나?

이야기를 조금 더 듣고 싶었지만, 마담은 주방에서 부르는 소리를 듣고 가 버렸다.

남은 키슈를 해치우기 전에 작은 접시의 요리도 먹어 봐야지.

키슈에 곁들여서 작은 접시에 나온 절임은 배추가 아니라 양배추 같았다.

색이 하얗다 보니 착각했지만, 전에 독일 맥주 전문점에서 먹은 사우어크라우트[#5]랑 비슷한 맛이다.

위에 토핑된 건 파슬리를 다진 건가?

섞어서 먹으면 시큼한 맛이 덜하다고 2층에서 내려온 마사

**#5 사우어크라우트** 양배추를 싱겁게 절여서 발효시킨 독일식 김치.

가 가르쳐 주었다.

근데 청소는 벌써 끝난 건가? 아직 10분도 안 지났는데?

식사를 하면서 심심해 보이는 마사에게 일용잡화를 파는 장소를 물었다.

맵이 있으니까 가게 장소는 알지만 커뮤니케이션이 중요하니까.

"어? 잡화? 그거라면 동쪽 거리에 노점이 있으니까 거기서 사면 돼. 간단한 건 우리 집 시종한테 사오라고 하면 되는데?"

"그건 고맙지만 갈아입을 옷이나 속옷도 살 생각이니까 직접 가야겠어."

시종이 사다 주는 건 상류층 느낌이 나서 동경은 하지만 남이 사온 속옷에는 저항감이 생긴단 말이지.

"흐~응, 헌 옷은 동쪽 길 노점에서 살 수 있어."

"헌 옷도 좀 그래."

"새 옷을 사고 싶으면 중앙 길에서 새로 맞추는 게 제일인데, 비싸거든."

"맞추는 게 아니라 기성품으로 새 거는 없나?"

"기성품? 아아, 미리 만들어 놓은 거? 너는 젊은데 어려운 말을 쓰네. 테프타 길에서 살 수 있지만 생각보다 비싸."

테프타 길이라……. 맵을 열어서 찾아봤다. 여기서 꽤 멀리 떨어진 길이다. 일단 맵에 마킹용 핀을 꽂아둬야지.

"고마워, 노점을 돌고 나서 테프타 길에 가볼게."

"맞다! 안내해줄까? 엄마! 오늘은 손님도 적으니까 괜찮지?"

오오, 안내해주는 건가? 그건 기쁜데.

현지인 가이드와 함께 노점 순회라니 가슴이 뛰는군.

마담은 저녁 식사 준비를 시작하기 전까지 돌아오라고 못을 박은 모양이지만, 안내 자체는 허락해 주었다.

그런데 아무리 손님이라지만 신원도 모르는 남자랑 딸을 단 둘이서 내보내다니 위기감이 부족하단 생각이 든다. ―아니, 본의 아니게 내가 무해하다고 평가 받은 건가? 하긴 그쪽이 맞을 것 같다.

고교시절에 사이좋았던 여자애한테 「스즈키는 좋은 사람」이란 말을 몇 번 들었는지 모른다.

아니지, 과거의 트라우마를 들추는 건 관두자.

마사의 안내를 받아 찾아온 동쪽 길은, 500미터쯤 되는 구간에 잡다한 노점이 늘어서 있었다. 각 노점의 공간은 1평도 안 될 정도로 좁았다. 기분 탓인지 희미하게 간장 냄새가 난다.

"문 닫은 가게가 많네."

"아~, 저쪽은 먹을 거나 근처 마을에서 농작물을 팔러 오는 데라서 점심 시간이 지나면 닫아 버려."

먹거리 계열 매대는 몇 군데 위치한 광장에 저녁때쯤 나온다고 한다.

의류를 파는 가게는 길 안쪽에 있는지 그쪽으로 가면서 마사와 노점을 훑어보았다. 식재료를 파는 가게도 모두 닫은 건 아닌 모양이다.

목제 머리 장식에 눈길이 팔린 마사 옆에서, 아줌마와 옆 노점 아저씨의 대화를 흥미롭게 엿들었다.

"이 가보 열매 3개 얼마야?"

"3개에 천화 2닢이야."

"비싸다, 천화 1닢이면 되지 않아?"

"아이구 누님, 그러면 이쪽이 말라 죽어, 4개에 천화 2닢 어때?"

"5개에 천화 2닢."

"별 수 없구만. 누님이 미인이니까 그 가격에 팔지."

깎는 게 기본인가? 정가로 사는 것에 익숙하니까 깎는 게 더 귀찮은데. 참고로 가보 열매는 주먹만한 크기의 호박을 빨갛게 칠한 것 같은 뿌리 채소였다.

천화라는 희한한 이름에 끌려서 스토리지에서 해당하는 동전을 꺼내보니 청록색을 띠는 1그램쯤 되는 네모난 황동화였다.

마사가 물새처럼 생긴 작은 머리장식을 머리에 대서 보여줬다.

"어때? 어울려?"

"응, 어울리네."

"이거랑, 이거랑 어느 게 좋을까?"

후후후, 그 질문이 올 거라는 건 예상하고 있었지!

대학시절에 많이 겪어봤다. 이럴 때는 솔직하게 감상을 말하기만 해선 안 된다. 여자애가 고르는 모습을 살펴서 본인의 마음에 든 쪽을 골라주는 게 좋다.

안 그러면 쇼핑이 길어진다니까.

“이쪽의 물빛이 좋을 것 같은데. 아마 마사의 머리색에 잘 어울릴 거야.”

“역시 그렇게 생각해?”

“그거라면 동화 3닢이면 된다.”

살 법한 손님이라고 생각했는지, 가게 주인이 재빨리 가격을 알려줬다.

“미안, 다음 수확제 때 사러 올게. 지금은 용돈이 다 떨어졌어.”

어라? 사달라고 조를 줄 알았는데 마사는 얌전한 애였나 보다. 대학 시절의 여친에게 단련되어 있어서 사줄 생각이었는데.

흥정도 해보고 싶으니까 안내료 대신 사줘야겠네.

“동화 1닢은 안 될까?”

“그러면 제작비도 안 나와. 하다못해 동화 2닢.”

내가 가격교섭을 시작하자, 미안하게 생각했는지 마사가 내 소매를 끌면서 「아, 괜찮은데.」 하며 사양했지만, 그걸 손으로 막았다. 지금까지 보고 들은 환산율에 따르면 천화 5닢이 동화 1닢일 것이다. 참고로 동화 4닢이 대동화 1닢이다.

“동화 1닢이랑 천화 2닢.”

“하다못해 동화 1닢이랑 천화 4닢.”

"동화 1닢이랑 천화 3닢, 어때?"

"좋아, 팔지."

딱 맞는 화폐를 주머니에서 꺼내 지불했다. 건네받은 머리장식은 그대로 마사의 머리에 달아 주었다. 친척 애들이랑 여름 축제의 야시장에 갔을 때가 생각나네.

**〉「흥정」 스킬을 얻었다.**

**〉「시세」 스킬을 얻었다.**

**〉「교섭」 스킬을 얻었다.**

흥정에 성공한 덕분인지 여러 스킬이 생겼다. 편리해 보이니까 모두 스킬 포인트를 분배해서 유효화 시켜둬야지.

"에헤헤, 고마워 사토 씨."

"별 말씀을. 안내해주는데 답례를 해야지."

쑥스러워하는 마사에게 무난한 대답을 해줬다. 꼬시고 싶을 때는 여기서 칭찬을 연발하면 되지만, 유감스럽게도 로리콤이 아니라서 자중했다.

시세 스킬을 유효화 시킨 덕분인지 물품을 보면 AR표시 안에 시세가가 표시되게 되었다. 하얀 문자로 동화 2~4닢으로 범위가 표시된다. 아마도 그 범위가 시세인 거겠지.

그건 그렇고 일하는 애들이 많네.

"왜 그래, 사토 씨?"

"아니, 애들이 많다 싶어서."

"몸종이나 심부름 값을 벌려는 시종들이야."

"아~, 아직 어린데 장하네."

"어? 보통 아냐?"

감탄하는 나를 마사가 진심으로 신기하다는 표정으로 바라보았다. 취업연령이 낮은가 보네.

오옷! 저것은!

인파들 사이로 뿅뿅 움직이는 고양이 귀가 보였다. 저건 틀림없이 수인이다!

수인은 서쪽 거리에 집중해 있어서 아직 실물은 못 봤단 말이지.

그렇게 들뜨는 내 마음에 찬물을 끼얹는 욕설이 들렸다.

"지저분한 짐승 주제에 동쪽 거리에 오지 말란 말이다."

튜닉을 입은 금발 젊은이가 휘청거리며 커다란 짐을 옮기는 강아지 귀 종족의 아이를 걷어찼다.

강아지 귀 종족 아이가 푹 쓰러지면서 끌어안고 있던 장작더미가 땅에 흩어졌다.

귀가 축 늘어져서는 걷어찬 남자를 조심조심 올려다보았다. 함께 있던 고양이 귀 종족의 아이가 금세 달려가서 걷어찬 젊은이에게 필사적으로 꾸벅거리며 사과한다.

"얘네들이 무슨 짓 했어요?"

"앙?! 당신 노예야?! 그럼 밧줄로 묶어서 서쪽 거리에 묶어 두라고!"

나답지 않게 무심코 끼어들어 버렸다. 고양이 아이가 사과하는 모습을 보고서 도저히 방치할 수가 없었다.

솔직히 이제부터 어떡하나 싶었는데 상대가 금방 물러나서 살았다.

나는 강아지 귀 종족 아이가 흘린 장작을 모아주었다.

"장작."

"도, 돌려, 돌려."

내가 장작을 빼앗을 거라 생각했는지, 강아지 귀 종족과 고양이 귀 종족 아이가 아래쪽에서 올려다 봤다. 강아지 귀 종족 아이는 무서워서 「돌려주세요」라고 못하는 건지 말이 반복되고 있다.

나는 가방에서 꺼낸 끈으로 장작을 다시 묶은 다음에 돌려주었다.

"다친 데 없니?"

"네."

"괜찮아, 입니다."

"그래, 큰 길은 사람이 많으니까 조심해라."

쉴 틈 없이 인사를 하는 아이들을 보내고서 돌아보자, 마사가 미묘한 표정으로 서 있었다.

"왜 그래?"

"아니, 수인한테 친절하게 대해주니까……."

응? 그치만 귀엽잖아.

털 상태가 별로였지만 샴푸라도 해주면 상당히 이쁘장할 것 같은데.

"이 도시에서는 수인을 싫어하나?"

"응, 옛날에는 사냥꾼이나 농작물 팔러 오는 마을 사람들이 자주 수인한테 살해당하곤 했대."

도적이나 야만족 같은 건가?

"아, 저기, 저거 봐."

사고의 전환이 빠른 듯, 마사는 흥미로운 걸 발견하고는 나를 그쪽으로 끌고 갔다. 생각을 멈추고 그쪽을 봤다. 바구니에 든 작은 동물을 팔고 있었다.

털가죽 조끼를 입은 사냥꾼 차림의 남자가 팔고 있다. 허리에는 손도끼 같은 걸 차고 있었다.

그러고 보니 길 가는 사람들 중에 검을 가진 사람은 적었다. 호위를 하는 사람이나 양아치 같은 사람들뿐이다. 다른 사람들은 단검 길이의 무기를 벨트에 차고 있는 게 다였다.

검이란 건 의외로 무거운 데다가 허리에 차면 옷을 끌어당기니까 어깨가 결릴 것 같단 말이지.

"제법 귀여운데."

"맛있겠다."

바구니 안의 동물에 대한 나와 마사의 감상이 상당히 어긋났다.

마사는 식욕을 우선시한 자신이 부끄러운지, 어흠 헛기침을 하고서 내 팔을 잡더니 다음 매대로 끌고 갔다.

아무래도 없었던 일로 하려는 모양이다.

의류 구역에 도착하는 동안 머그컵이랑 빗, 비누, 칫솔 등을 샀다. 칫솔은 무슨 줄기를 건조시킨 건데 이걸 씹고서 물로 헹군다고 한다. 현대적인 칫솔이나 치실 같은 건 없었다.

유리 제품도 보이질 않고, 가끔 보이는 그럴 듯한 물건은 수정이나 보석 등의 가공품이었다.

여기서 물건을 사는 것도 꽤 익숙해졌다.

아무래도 갑자기 시세에 맞춰서 사려고 하면 싫어하는 모양이다. 세 번째 점포쯤에서 요령을 터득했다. 시세의 반쯤으로 교섭을 시작하여 서너 번 정도 흥정으로 시세에 맞추는 것이 좋아 보인다. 가끔이라면 모를까 매번 이러니 귀찮기 짝이 없네.

동쪽 길의 중앙 부근에 있는 광장에 사람들이 몰려 있었다.

"세류 시의 선남선녀여! 마왕 부활의 날이 다가왔다! 모두 보았을 것이야! 그 별 내림은 흉사의 전조임에 틀림없다! 자, 선남선녀여, 지금이 바로 덕이 높은 자이크온 신전에 귀의할 때다."

거기서 신관복을 입고 태도가 거만한 서른 전후의 뚱뚱한 남자가 거품이라도 물 듯한 기세로 연설을 하고 있었다. 중간까지 듣던 사람들도 귀의 운운하자 흥미를 잃고 흩어졌다.

"저건 뭐야?"

"자이크온 신관장님이야. 신자가 줄어들어서 필사적인가 봐."

"흐~응, 무슨 짓 했어?"

"아니야, 아무 것도 못하니까 줄어들지."

무슨 소린지 이해가 안 된다. 내 표정을 보고 그걸 짐작한 마사가 보충해주었다.

"왜냐면 자이크온 신전에는 신성마법을 쓸 수 있는 사람이 없거든. 어차피 헌금을 할 거면 다쳤을 때 치료해주는 파리온이나 갈레온 같은 신전이 좋잖아."

그렇군. 약삭빠른 건지 실리적인 건지. 신앙이라고 하긴 좀 그렇지만 현세에서 이익이 있는 쪽의 종교에 신자가 모이는 건 당연하다.

뚱땡이 신관장이 지나치게 필사적으로 돌아가는 시민을 붙잡으려고 했다. 그것을 주위에 있던 평신관들이 말리는 것이 보였지만 얽히고 싶지 않아서 무시하고 그 자리를 떴다.

의류 구역은 헌 옷을 파는 가게만 있는 게 아니라 치수 조정이나 수선하는 가게도 잔뜩 있었다. 헌 옷 가게가 죽 늘어선 가운데, 드디어 새 옷을 파는 노점을 찾아서 속옷을 넉넉하게 구입했다.

덤으로 타월도 팔길래 촉감이 좋아 보이는 걸 골랐다. 타월은 단순하게 천을 2장 겹쳐서 꿰맨 것이라 좀 불만이었다.

그래도 없으면 곤란하니까 여러 사이즈의 타월을 몇 장씩 샀다.

식비나 숙박비에 비해서 의류의 가격이 비싼 편이었다.

"저거 봐, 사토 씨. 용 가면이야."

마사가 노점에 전시된 가면을 하나 집어 얼굴에 썼다. 목제 가면이다. 그 밖에도 은색의 평평한 가면과 하얀 가면 등 여러 종류를 팔고 있었다.

"이건 말야, 수확제 때 쓰는 거야. 작년에는 은색이 유행했어."

그렇구나~. 은색을 하나 집었다. 끈으로 고정하는 타입인가 보다.

"어때, 오빠. 무병장수 가내안전의 용 가면이야."

노점의 주인이 가면을 권했다. 스무 살 약간 넘긴 여성이다. 가슴팍이 V자로 파여 있어서 눈 둘 데가 없다. 내 타입도 아니고, 미인도 아니었지만 본능적으로 시선이 가는 것이다.

시선을 얼버무리듯 가면 옆에 팔고 있는 가발에 대해서도 물어보았다.

"이것도 용 가면이랑 같이 쓰는 건가요?"

"용 가면은 용 역할인 사람만 쓰는 거야. 이쪽 검은 가발은 용사 역할인 사람이 쓰고, 이쪽 금색 가발은 일행이나 공주님

역할인 사람이 쓰지.”

그렇군. 여러 가지 역할이 있는 축제구나.

결국 권하는 대로 은색 가면과 금색 가발을 사 버렸다.

테프타 길에는 옷 가게가 꽤 많았다.

일단 여행자용 가게에서 비 올 때 우비처럼 쓸 수 있는 후드가 달린 방수 망토를 샀다. 그 외에도 튼튼해 보이는 셔츠와 바지를 몇 세트 구입했다.

신발은 여행에 도움 되는 방수가 되고 튼튼해 보이는 것과 로브에 어울리는 것, 그리고 샌들을 한 켤레씩 골랐다.

샌들은 고대 그리스처럼 끈으로 묶는 타입이 주류였지만, 방에서 신을 슬리퍼 같은 것이 필요해서 가게 안에 있는 신발 장인에게 주문해 만들어 달라고 했다.

신발이 완성되길 기다리는 동안 격납 가방과 꼭 닮은 가방을 발견했다.

뜻밖의 수확인가 싶어 재빨리 시세를 체크했지만 극히 평범한 가죽제 가방이라 실망했다.

하지만 격납 가방이랑 바꿔 치기 하는데 쓸 수 있을 것 같아서 구입해 뒀다. 색이나 재봉이 조금 다르지만 나란히 놓고 비교하지 않는 한 모를 것이다.

좀 많이 샀나. 꽤 거추장스럽겠는데.

“죄송합니다, 장보는 동안에 맡아주실 수 있어요?”

“네, 괜찮아요. 괜찮다면 댁까지 배달해 드릴 수 있는데 어떡하실래요?”

“아, 부탁 드려요. 문전여관의 사토 앞으로.”

잔뜩 산 덕분에 배달비는 받지 않았다.

서비스가 꽤 좋은데.

가게 점원의 아이인지, 10살쯤 되는 남자애가 점원에게 받은 옷을 배달해 주었다.

다음 가게에서는 도시 안에서 입기 위한 옷을 골랐다.

지금 입고 있는 옷은 질 좋은 마법 물품이지만 기성복이나 거리의 사람들과 비교하면 어쩐지 오래 된 느낌의 디자인이란 말이지.

“이 로브는 어떠신지요? 위엄이 생깁니다.”

“좀 펑퍼짐한데요?”

“그렇다면 이 더블릿은 어떤가요?”

아까부터 삼십대 점원 둘이 달라붙어서 어울리는 것보다 비싼 것을 팔아 치우려고 세일즈 토크를 하고 있다. 미인계를 쓰려고 몸을 밀어붙이는 건 좋은데 향수가 독해서 기쁜 마음이 반감된다.

“있잖아, 사토 씨. 이 더블릿이 더 어울리지 않아?”

“아아, 좋네. 안쪽의 오렌지가 좀 튀지만.”

“2~3년쯤 지나면 색이 바래니까 괜찮을 거야.”

2~3년이라니, 잠시 이상하게 생각했지만 이 나라에서는 보

통일지도 모른다.

나는 기본적으로 코트나 양복 말고는 한 시즌을 넘기면 새로 샀다.

더블릿은 대충 설명하자면 몸에 딱 붙는 허리까지 오는 윗도리다.

세류 시의 더블릿은 팔꿈치부터 어깨까지 갈라져 있어서 거기로 안쪽이 보인다. 옷에 따라서 소매에만 있거나 몸통에도 들어가 있거나 하는 차이가 있나 보다.

여기까지 오면서 본 바로는 건들거리는 느낌의 형씨들이 잘 입는 옷이다.

“이쪽이 올해 유행하는 색이에요.”

“맞아 맞아, 이쪽을 확실하게 추천할게요!”

점원이 추천하는 옷은 마사가 찾아준 옷의 약 3배 가격이었다. 가격표가 붙어있질 않으니까 시세 스킬에 의지하게 되지만 틀림없어.

이상한 어깨 장식이 달려 있고 녹색과 핑크처럼 색 배합도 괴상하길래 강한 의지로 거절했다.

그래, 이 가게에서 사는 건 관두자.

구시렁거리는 점원을 무시하고 다른 가게로 갔다.

아까 그 가게에서 건물 2개쯤 옆에 세련된 느낌의 로브를 전시한 가게가 있길래 들러봤다.

신사복점이라고 해야 할지, 상인이 선호할만한 차분한 옷이 많았다.

“음, 비싸 보이지만 근사하네.”

“응, 재봉도 확실한 걸 보니, 이것도 좋겠다.”

“고맙습니다. 아무리 그래도 손님께서 입고 계신 유리하 섬유의 로브에 비하면 몇 단계 떨어집니다만 기성복 중에서는 최고의 품질을 보장합니다.”

젊은 남성 점장이 자신 있다는 듯 제품을 추천해 주었다. 뭐, 추천하지 않아도 살 생각이지만.

“만약 새로 제작하고 싶으시다면 중앙 길 쪽에 제 부모님이 경영하는 신사복점이 있으니, 한 번 가보시면 분명히 만족스런 물건을 보여드릴 겁니다.”

흠~, 부모자식 2대가 같은 장사를 하는데 다른 가게를 하는 구나. 재능이 있거나 수행을 위해서 다른 가게에서 일하는 건가?

이 가게에서는 하얀 바탕에 은사 같은 실로 자수가 들어간 세련된 로브와, 상인처럼 보이는 짙은 갈색 로브를 샀다. 이 가게도 배송 무료였다. 어쩐지 인터넷의 밀림 상점을 연상해 버렸다.

예정했던 물건은 모두 샀지만 아까 들른 가게에서 소개해준 중앙 길의 맞춤 옷 가게가 신경 쓰여서 마사와 함께 가보기로 했다.

가게에 들어가자 사람 좋아 보이는 중년부부가 맞이해 주었다.

이 가게는 기성복점과 달리 진열된 상품은 적었다. 5벌 정도 견본과 몇 가지 천의 견본을 전시해놓았고, 가게의 절반 정도를 상담을 위한 응접 공간이 차지하고 있었다.

"실례합니다. 견실한 상인다운 차분한 색감의 로브가 필요한데요."

"어서 오십시오. 이쪽에 앉으시죠. 천의 견본을 가지고 오겠습니다. 맞춤 제작은 이쪽에 진열된 다섯 종류가 최근에 잘 팔리고 있습니다."

사장님이 응접 테이블로 안내하고서 견본을 가지러 안쪽으로 들어갔다.

호흡이 척척 맞는 사모님이 홍차 같은 것을 내어 주었다.

내 옆에 살포시 앉은 마사가 꿔다 논 보릿자루처럼 얌전히 홍차를 홀짝였다.

"앞으로 추워질 테니 이쪽의 두꺼운 원단으로 만드는 편이 좋겠습니다. 여행을 하실 거라면 로브에 맞춰 방수외투도 준비할 수 있습니다만 어떠십니까?"

꽤 좋은 물건이다. 아마도.

나는 의류상품 최대 기업인 우니시로 같은 데서 색만 다른 옷을 대량으로 사는 타입이라서, 잘 팔리는 5종류 모두와 각각의 로브에 맞춘 외투도 한꺼번에 주문했다. 다 만들 때까지

닷새쯤 걸린다고 한다.

금화 8닢이나 되는 꽤 비싼 가격이었지만 공돈이 잔뜩 있다 보니 신경 안 쓰고 구입했다.

"굉장하다, 사토 씨. 상인들은 부자구나."

"상인에게 옷은 기사의 검이나 갑주 같은 거니까. 돈을 아끼면 안 되는 거야."

어쩐지 미팅에 목숨 거는 여자 회사원 같은 말을 해버렸다.

실제로 내벽 너머의 부유층 구역을 구경하러 갈 때 그럭저럭 좋은 옷을 안 입으면 매너를 모른다고 할 것 같으니까.

참고로 지금 입고 있는 마법의 로브 시세는 금화 100닢 전후였다. 굉장한 가격이네. 대부분 게임에서도 그렇지만 마법 물품은 차원이 다르게 고가인가 보다.

가게에서는 완성된 다음에 여관까지 배달해 주지만 사흘 뒤에 가봉이 끝나니까 조정도 겸해서 다시 한 번 찾아올 필요가 있다고 한다.

우리는 점장 부부의 배웅을 받으며 가게를 나섰다.

아까 그 길도 그랬지만 내가 생각하는 유럽풍 판타지의 거리보다 청결한 느낌이 들었다.

동물의 배설물도 없고 골목길 사이에 노숙자도 없다.

길옆에는 돌 뚜껑이 달린 배수로까지 있을 정도다.

게임이라면 당연한 거지만 만약 꿈이 아니라 다른 세계라면 문명 수준에 비해 위생관념이 발달된 것 같았다.

중앙 길은 동쪽 길과 달리 노점이 드물고, 대신 보통 점포들이 늘어서 있었다. 길을 걷는 사람도 몸가짐이 좋은 사람들이 많았다.

돌아가는 길에 돌아다니며 사탕을 파는 남자가 있길래 마사와 함께 사먹었다. 딱딱한 사탕이 아니라 가는 봉 끝에 갈색 물엿을 굳혀 놓았다. 물엿사탕이라고 한다.

군것질을 하면서 길을 오고 가는 사람이나 짐수레에 눈길을 주었다.

인력이나 마력이 주 노동력인걸 보니, 마법은 기계 대신 쓸 정도로 편리하지 못한 건가?

그러고 보니 짐수레를 끌고 있는 사람은 대부분 목걸이를 차고 있다.

"목걸이가 유행인가?"

"오꺼리? 아아, 저건 노예야. 예속(隷屬)의 목걸이는 반항적인 노예나 범죄노예만 차는 거니까 노예의 표시로 보통 목걸이를 찬 거 아닐까?"

사탕을 물고 있던 마사가 내 질문에 대답해 주었다.

아하, 그렇게 된 거구나.

마침 눈앞에서 마차가 지나갔다. 도시 안이라 그런지 마차의 속도도 사람의 빠른 걸음 속도와 비슷했다. 그 마차는 목걸이를 찬 여자 노예를 10명 정도 태우고 있었다.

그 중 한 명에게 눈길이 붙들렸다.

긴 여행으로 지저분하지만, 흑발과 검은 눈의 일본 전통미인 같은 생김새의 소녀다. 북유럽풍의 생김새가 대부분인 가운데 아시아 계열은 처음 보는 것 같다.

그 소녀는 아래를 보고 있어서 눈이 마주치는 드라마틱한 전개가 일어나진 않았지만, 그 옆에 있던 연보라색의 보드라운 머리칼을 가진 정통파 북유럽계 소녀와 눈이 마주쳤다.

어째선지 그 소녀는 대단히 놀란 표정으로 이쪽을 바라보았다.

아니, 그렇게 절실한 눈으로 진지하게 바라봐도 곤란하거든……. 미안합니다. 로리 속성은 없어요.

소녀를 오래 보고 있었던 탓인지 소녀의 옆에 이름과 레벨이 팝업 되었다.

아리사. 레벨 10. 어린애면서 레벨이 높네.

더욱이 정보가 늘었다.

11세.

칭호: 「망국의 마녀」, 「미치광이 왕녀」

스킬: 불명

여기까지 봤을 때 마차가 모퉁이를 돌아 서쪽 길로 사라져 버렸다.

명백하게 트러블을 불러들일 법한 칭호다……. 아니지, 가까이 안 간다니까?

절대로!

◆

"다녀오셨어요, 마사 아씨."

문전여관에 돌아오자, 초등학교 저학년쯤 되는 여자애가 마중해 주었다.

마사의 여동생인가 했지만, 그렇다면 「마사 아씨」라고 안 부르겠지. 아까 말한 시종인가?

"다녀왔어, 유니. 이쪽은 사토 씨. 오늘부터 우리 손님이야."

"어서 오세요, 사토 님. 짐은 방에 옮겨뒀습니다."

"그래, 고맙다. 잔뜩 있어서 고생했지?"

인사를 하면서 유니의 머리를 쓰다듬어 줬다. 쪼그만데도 마사보다 훨씬 말씨가 곱다.

이 나라에 팁의 습관이 있는지 모르겠지만, 천화 1닢을 심부름 값으로 주었다. 마사가 「잘 됐다」라고 해줬으니 문제없는 액수일 것이다.

"그렇지! 마사 아씨, 굉장해요!"

"무슨 일인데?"

"아까 몇 대나 되는 마차가 고기를 날라 왔어요!"

"고기? 으엑, 혹시 와이번?"

유니가 거칠게 콧김을 뿜으며 주먹을 움켜쥐고 마사에게 말했지만, 마사는 싫다는 듯 미간을 찌푸렸다.

“네! 이만~큼 커다란 게 몇 대나 되는 마차에 실려 왔어요!”

유니가 「이만~큼」에서 까치발로 서서 손이 부들부들 떨릴 만큼 위로 뻗어 높이를 나타내고, 「커다란」에서 손을 옆으로 휘둘러 폭을 표현했다.

얘 뭐야, 너무 귀엽잖아.

영군이 해체한 와이번이 도착한 모양이다.

“와이번 고기가 그렇게 좋니?”

“네! 왜냐면 병사 아저씨들이 와이번을 퇴치하면 영주님이 양육시설에 고기를 주시거든요! 고기예요! 고기! 아아, 몇 개 월만이지~.”

유니는 내 질문에 옛날 TV프로에 나오는 애들처럼 깜찍한 리액션을 섞어 대답했다.

“하지만 와이번 고기는 맛없어서 싫어. 그리고 서쪽 길에서 냄새가 엄청나게 나잖아…….”

이런 성채도시에서는 고기도 그리 많이 유통되지 않을 것이다. 마사와 유니의 온도 차이는 평소 고기를 먹을 수 있는 층과 먹을 수 없는 층의 차이겠지.

“그보다 이거 봐. 유니. 귀엽지?”

“와~, 조그맣고 귀여워요!”

와이번 이야기 같은 건 잊은 듯, 마사가 내가 사준 머리 장식을 유니에게 보이며 살가운 대화를 시작했다.

이제 그만 방으로 돌아갈까 했지만, 그 전에 목욕탕이 없는지 물었다.

도시 안의 위생관념이 높으니까 목욕탕이나 사우나 같은 걸 기대할 법 하단 말이지.

"내벽 안에 공중욕탕은 있지만 우리 같은 평민은 못 써. 거기는 귀족님이나 내벽 안쪽에 저택이 있는 부호들밖에 못 써."

크으, 빗나갔군. 목욕탕 가는데 신분이 필요하다니!

봉건사회, 용서 못한다.

"아쉽네, 그러면 마사는 목욕하고 싶을 때 어떡하는데?"

"뒤뜰에 우물이 있으니까 거기서 물로 씻어. 겨울은 추우니까 소월에 한 번쯤? 한겨울에는 감기 걸리니까 안에서 끓인 물로 몸을 닦지만, 이 계절에 그런 사치를 부리는 사람은 없어."

이런 성채도시에서는 연료를 확보하는 것도 어려운가 보지.

맵으로 봐도 가까운 곳에 작은 강밖에 없으니까, 틀림없이 수원도 지하수에 의존하고 있을 거다.

소월은 10일을 가리키는 단위고, 1개월은 상소월, 중소월, 하소월의 3분기로 나뉜다. 주라는 단위는 없는지, 여기에 해당하는 표현이 소월인가 보다. 요일 같은 것은 없는 것 같다.

잡담 속에서 그런 지식을 회수하는데 새로운 손님이 왔다.

"안녕, 마사. 방 비어 있나?"

"어서 오세요! 네, 비어 있어요."

상인처럼 보이는 차림새의 마흔 줄 남성 두 명과 20대 후반의 금발 미녀가 찾아왔다. 손님에게 대응하는 마사에게 몸짓으로 방에 돌아간다는 뜻을 전하고 계단을 올랐다. 어느 방인지 몰라서 유니에게 안내를 부탁했다.

단칸방 같이 좁은 방에 침대 하나와 1인용 테이블, 의자가 한 세트 있는 심플한 방이었다.

유니에게 방에서 물을 써도 되는지 확인했더니 방에 습기가 차서 곰팡이가 생기니까 안 된다고 했다.

하긴 그렇겠지.

구입한 옷이 모두 침대 위에 있길래 일단 갈아입을 옷과 씻는데 필요한 도구를 들고 아래층으로 내려갔다.

방을 나설 때 마사가 안내한 아까 그 손님이 방에 들어가는 것이 보였다. 남성 두 명은 같은 방이지만 여성은 다른 방인 모양이다. 부부가 아니구나.

유니가 가르쳐준 문을 열고 뒤뜰로 나갔다.

뒤뜰은 방의 두 배쯤 되는 공간이었다. 우물은 뒷문에서 멀지 않은 곳이다. 펌프식이 아니라 옛날 방식으로 도르래를 사용하는 타입인가 보다. 목제 대야 두 개를 벽에 세워놨길래 하나를 빌려서 물을 길었다.

힘들 줄 알았는데 근력 스테이터스가 높아서 그런지 가볍게 길어 올렸다.

그건 그렇고 뒤뜰과 골목길을 구분하는 건 낮은 울타리밖에 없다.

사람들이 잘 안 다니지만 아무도 안 다니는 건 아니라서, 이런 곳에서 씻으면 구경거리가 되지 않을까?

주위를 둘러보니 뒷문 옆에 가림막이 있었다.

그렇군, 이걸 쓰는 거냐.

골목에서 보이지 않도록 가림막을 세우고 씻기 시작했다. 허리 높이 정도밖에 안 되지만 차폐물로 쓰기에는 충분하다.

머리를 감아 모래나 먼지를 떨군 다음, 사온 비누로 몸을 씻었다. 의외로 냄새가 좋고 피부에도 순한 모양이다. 내구력이 높은 탓에 그렇게 느끼는 건지도 모르지만.

샴푸나 린스가 있으면 좋겠지만 참으면서 비누로 머리를 감았다. 거품은 별로 안 나지만 때는 떨어지는 것 같다. 평소에는 샴푸를 쓰니까 비누로 머리를 감는 건 처음일지도 모르겠다.

건조한 소리가 들려서 돌아보았다.

뒷문이 열리고 여자가 나왔다. 아까 본 여성 손님이다.

어쩌다 보니 눈이 마주쳤다.

그녀는 가볍게 눈인사를 하더니 우물에서 물을 긷기 시작했다.

어라~?

남자가 거의 전라로 씻고 있는데 태연하게 도르래를 쓰고 있다. 부끄러움을 감추려고 그러는 게 아니라 그냥 무시당했다.

여자는 대야에 물을 긷더니, 차분히 가림막을 세운 다음 옷을 벗고 씻기 시작했다.

헛?

진짜로? 너무 프리덤하지 않아요?

중간에 가림막은 있지만, 있지만!

조금 움직일 때마다 상반신이!

그게, 추정 D컵인 그것이, 출렁출렁 자기주장을 한단 말이죠!

끝 부분은 손으로 가리고 있지만, 아무리 그래도 가끔 무방비하게 노출이 됩니다…….

안 되지 안돼. 체리도 아니고, 뚫어져라 보던 시선을 의지의 힘을 짜내서 되돌리고 몸을 다시 씻기 시작했다.

팔팔한 하반신, 자중해라!

슬쩍 보인 여성의 옆모습이 어떠냐 하는 느낌의 여유 있는 표정인데요!

역시, 성인 여성은 좋단 말이죠!!

……AR표시로 보면 나보다 연하지만.

눈보신도 했겠다. 다 씻은 내가 언제까지고 있다간 범죄가 될지도 모르니까 물러나자.

청결해진 몸을 타월로 슥삭 닦고서…… 물은 어디 버리면 되지?

배수구 같은 게 없는데요?

"물은 나무에 뿌리면 돼요. 나무 아래 배수구가 있다고 하니까."

어쩔 줄 모르고 있는 것이 불쌍해 보였는지, 여자가 가르쳐 주었다. 나는 인사를 하고서 물을 처리한 뒤 방으로 돌아왔다.

돌아갈 때 슬쩍 훔쳐본 건 너그럽게 봐주라. 남자의 본능이야.

방으로 돌아와서 아까 사온 갈색의 차분한 로브로 갈아입었다.

속옷은 씻을 때 갈아입었으니 그대로다. 이제 와서 깨달았지만 양말 사는 걸 까먹었다.

발이 찝찝한 게 싫어서 샌들로 갈아 신었다. 역시 편하다.

일할 때는 기본적으로 슬리퍼였으니까 장시간 신발을 신고 있으면 느낌이 이상하단 말이지.

아래층에서 좋은 냄새가 나는 걸 보니 이제 곧 저녁 시간인가?

식사하기 전에 잠깐 화장실을 들렀다. 방마다 있는 게 아니라 공용이다.

이곳 화장실은 퍼 올리는 거랄까, 옛날 정취가 느껴지는 이른바 푸세식이다. 시골 할아버지 집에서도 실물은 본 적이 없다. 어떤 의미로 판타지로군.

전혀 기쁘지 않지만.

일을 본 뒤에 화장지를 찾아봤지만 물론 없다. 숙박계로 쓸 정도로 종이가 있으니까 기대를 해봤지만 그건 아무래도 사치인가 보다.

둘러보니 손닿는 범위에 짚 더미가 있다.

설마 이걸 쓰라고?!

엉덩이가 상할 것 같아서 타월 하나를 찢어서 쓰기로 했다. 조금 아깝지만 이건 절약하면 안될 것 같다.

이상한 문화차이의 세례를 받았지만, 청결함은 유지되고 있어서 사용하는 것에 문제는 없을 것 같았다.

1층의 주점은 맛있는 냄새와 떠들썩한 소란에 휩싸여 있었다.

가게 안은 조금 어둡지만 기둥이나 천장에 매달린 몇 개의 랜턴 빛이 비추어 줘서 판타지한 느낌을 업 해준다. 좋은데!

"아, 사토 씨, 부르러 갈까 했어."

접시를 들고 좌석 사이를 바쁘게 이동하던 마사가 말을 걸고서 비어 있는 자리 하나로 안내해 주었다.

"고마워. 저녁은 추천하는 걸로 부탁할게."

"오늘은 말이야, 사냥꾼 아저씨가 커다란 멧돼지를 잡아와서 멧돼지 고기가 추천메뉴야. 좀 비싸지만 꼭 먹는 편이 좋아!"

"옳지! 확실히 끝내준다고! 형씨, 이 고기를 안 먹으면 후회할걸?"

손님이 많은 건 멧돼지 고기에 낚인 건가 보다.

취객들이 추천하지 않아도 내 위는 스테이크 고기를 먹을 생각이 충만하다.

"그러면 그 멧돼지 고기 스테이크랑 야채 요리 아무거나 부탁해."

"마실 건?"

"차나 과즙, 없으면 우유라도."

"호에? 물이랑 술밖에 없어."

아 참, 주점이었지. 맹물 마시고 배탈이 나는 건 싫은데.

"그러면 약하고 마시기 쉬운 술 부탁해."

"사이더를 물로 희석한 거 마실래? 비싸도 괜찮으면 미드라든지 와인을 희석한 게 더 맛있어."

사이더는 사과주였지, 그건 와인처럼 관리가 어설프면 시단 말이지.

판타지에서 흔히 보는 미드는 벌꿀주다.

그러고 보니 이건 마셔본 적이 없나?

"미드로 부탁해."

"네~. 그럼 잠깐만 기다려. 금방 준비할 테니까~."

마사는 취객들이 엉덩이로 뻗는 손을 휘리릭 화려하게 피하면서 주방에 내 주문을 전하러 갔다. 중학생쯤 되는 소녀의 엉덩이에 손을 뻗다니, 로리콤이 많은가?

요리를 기다리는 동안 그냥 주점을 둘러보았다.

상인풍의 로브를 입은 남자들이나 깔끔한 튜닉 차림의 남자들이 즐겁게 고기를 찍어 먹고 맥주 같은 발포주를 마시고 있다. 저건 에일인가?

취객들의 모습에서 어떤 위화감을 느꼈다.

어라? 뭐지? 언뜻 보기에 판타지 영화의 주점처럼 보이는데.

맞다! 담배다.

테이블 위에는 재떨이도 없고 연기를 뿜는 사람이 아무도 없다. 기껏해야 수증기가 올라올 뿐이다.

그러고 보니 장 보는 동안 담배나 곰방대를 피우는 사람도 없었다.

이 나라에는 담배가 전파되질 않았나?

흡연을 싫어하는 나에게 좋은 나라다. 메타보 씨 같은 애연가는 사흘이면 곡소리를 내겠네.

마사가 김이 피어오르는 뜨끈뜨끈한 스테이크를 접시에 올려 가지고 왔다.

"기다렸지~."

"맛있어 보이네."

그냥 하는 말이 아니라 정말로 맛있어 보인다. 한끼에 숙박비 사흘치 값을 하는군.

메인 접시에는 주사위 모양으로 자른 멧돼지 고기 스테이크에 매쉬드 포테이토 같은 하얀 덩어리가 곁들여져 있었다.

스테이크 고기 위에는 슬라이스해서 볶은 마늘과 바질 같은 녹색 가루가 뿌려져 있어서 식욕을 자극하는 지방의 냄새를 부각시킨다.

그 옆에는 깊은 접시에 콘소메 같은 색의 수프가 듬뿍 담겨 있다.

수프 바닥에는 한 변이 1센티미터쯤 되는 주사위 모양으로 자른 주황, 빨강, 녹색, 노란색 4종류의 야채가 잠겨 있다. 색까지 신경을 썼으니 맛도 기대가 된다.

미드는 맥주잔 모양의 도자기 컵에 듬뿍 담겨있다.

그리고 그 옆에는 2센티 두께로 슬라이스 된 호밀빵이 든 바구니가 있었다. 드디어 판타지의 정석, 호밀빵 님을 먹을 수 있군!

"식기 전에 드세요~."

요리를 눈으로 즐기는 내가 재미있었는지, 마사는 기쁜 얼굴이 떠오르는 목소리로 말하고 일하러 돌아갔다.

그러면 일단 야채 수프를 먹어보자.

조금 큼직한 스푼을 깊은 접시에 넣어보자 약간 저항이 느껴졌다. 꽤 걸쭉하네.

모양이 흐트러지지 않은 야채를 스푼으로 떠서 입에 머금었다.

수프 자체의 맛은 겉보기처럼 콘소메 같았다. 건더기는 잘 익어서 씹으면 저항 없이 부서져 야채의 맛이 입 안에 퍼진다.

걸쭉하게 졸인 탓인지 삼키면 배가 따끈해진다. 겨울에는 인기 있을 것 같다.

그러면 다음으로 메인 디쉬인 스테이크다.

포크로 찔러서 입으로 옮겼다. 전에 먹은 멧돼지 고기는 코를 찌르는 독특한 맛이었지만, 이 고기는 달랐다. 지방이 적고 약간 독특하지만 씹으면 소고기와는 다른 소박함이 넘쳐서, 인상 깊은 맛이 입 안 가득 퍼진다.

스테이크가 입 안에서 사라지기 전에 호밀빵을 깨물었다. 조금 딱딱하지만 생각한 것만큼 딱딱하진 않다. 오독오독 소리가 나는 게 즐거울 정도다.

신맛이 좀 나지만 고기랑 같이 먹으면 삼킬 때 맛이 섞여서 참을 수 없는 맛을 발휘한다. 무심코 다음 한 입을 먹게 되는 맛이다.

전부 다 맛있다. 이 나라의 음식은 맛있는 것이 많아서 기쁘네. 시가 왕국을 순회하며 미식 여행을 하는 것도 재밌겠다.

500그램쯤 되는 스테이크를 먹어 치우고 완전히 잊고 있었던 벌꿀주도 마셔 보았다. 벌꿀처럼 노란색 술이다.

벌꿀처럼 농후한 식감을 예상했지만 희석해서 그런지 부드럽게 목으로 넘어갔다. 생각한 것처럼 독한 술이 아닌 모양이다.

벌꿀주를 홀짝이면서 맛보고 있는데 마사가 찾아왔다.

"어머, 벌써 다 먹었어?"

"그래, 맛있더라."

"더 먹을 수 있으면 술안주로 고기나 연골 같은 거 어때?"

흠, 아직 위장에 여유가 있으니까 주문해볼까?

"아아, 부탁해. 덤으로 벌꿀주도 한 잔 더 부탁할게."

"네~, 잠깐만 기다려."

마사를 보내고 벌꿀주를 홀짝이면서 주점을 둘러보자, 아까 우물에서 만난 미녀가 앉을자리를 못 찾아 난처한 표정으로 주점 입구 쪽에 서 있는 것이 보였다.

어느샌가 주점은 만석이 된 모양인지 빈자리를 찾고 있는 모양이다. 어쩌면 같이 온 상인들을 찾는 건지도 모른다.

그녀는 나와 눈이 마주치자 생긋 웃으며 내 테이블 옆으로 왔다.

"합석해도 될까?"

"네, 앉으세요."

나란 놈은 미녀가 합석하자는 걸 거절하지 못한다. 아까 우물에서 씻던 모습이 떠올라서 약간 거북하긴 했지만 분발해서 포커페이스를 유지했다.

**〉「무표정(포커페이스)」 스킬을 얻었다.**

시야 구석의 로그에 메시지가 나오길래, 최고속도를 기록할 정도의 솜씨로 포인트를 분배했다.

그녀가 자리에 앉는 것을 본 마사가 주문을 받으러 왔다. 아무래도 주방에 내 주문을 전하러 가느라, 그녀가 자리를 찾고 있던 모습은 보지 못한 모양이다.

"그래, 고기는 조금만. 야채수프와 호밀빵도 좋아. 그리고 에일 부탁해."

"네, 금방 가져올게요."

마사의 멧돼지 고기 추천은 채식주의자로 보이는 그녀에게 안 통했는지 아쉬운 듯 주방으로 돌아갔다.

"숙박하는 사람은 적어 보였는데 주점은 대단히 붐비네요."

"그러게요. 요리가 그렇게 맛있으니까 이만큼 붐비는 것도 납득은 되지만요."

"에헤헤~, 고마워. 나중에 아빠한테 전해줄게."

미녀가 주문한 야채수프와 호밀빵, 그리고 에일을 가져온 마사가 내 칭찬에 쑥스러운 표정을 지었다. 요리사는 그녀의 아버지인 모양이다.

"사토 씨 주문은 조금 더 걸리니까 이거라도 먹고 있어."

낮에 먹은 사우어크라우트 같은 절임을 서비스라면서 놓고 갔다.

그녀가 「그러면 먼저…….」라고 말하며 먹기 시작했다. 호밀빵을 차분하게 야채수프에 담그고, 스푼으로 빵 위에 수프를 끼얹는다.

보통은 저렇게 먹나?

"왜 그러죠?"

"죄송해요, 버릇없이 쳐다봤네요. 호밀빵 먹는 법을 잘 몰랐거든요, 그래서 그만……."

무표정 스킬도 시선까지 얼버무리진 못하는구나.

"어머. 왕도나 공도(公都) 출신인가요?"

"아뇨, 먼 나라 출신입니다."

지역에 따라서 먹는 게 다른가?

그리고 왕도는 그렇다 쳐도 공도는 뭐지?

"왕도나 공도에서는 호밀빵을 안 먹나요?"

"아뇨, 평민은 호밀빵을 먹지만 왕도의 귀족님들이나 대상인은 흰 빵을 먹는다고 해요. 공도에서는 쌀이라는 곡물이 주식이라서 빵은 별로 안 먹는다고 하더군요."

흐음, 쌀이 주식인 도시도 있구나.

나중에 먹고 싶어지면 가봐야지. 평소에도 정크 푸드나 컵라면을 많이 먹으니까 그렇게까지 쌀을 먹고 싶은 건 아니란 말이지.

그래도 공도에 대해서 물어봐 둘까?

수프로 불린 호밀빵을 입으로 옮기는 그녀에게 공도에 대해서 물어봤다.

"남쪽 오유고크 공작의 도시죠. 시가 왕국이 건국되었을 때 왕도가 있었던 도시라고 해요."

"아~, 옛 도읍인가요? 한 번 가보고 싶네요."

"그렇네요. 큰 강 유역에 있는 아름다운 도시라고 해요."

허허, 그거 좋은데? 운하에 비치는 밤하늘 같은 게 분명히 예쁠 거다.

"사토 씨, 나왔어~."

"오오, 냄새 좋은데."

바닥이 물결모양인 접시 위에 다섯 조각쯤 되는 뼈 달린 고기가 나왔다.

이건 갈비뼈인가? 주변 손님들을 보니 뼈를 들고서 고기를 뜯어 먹는 모양이다. 틀림없이 손과 입 주위가 기름으로 지저분해질 것이다. 옷이랑 같이 산 손수건을 꺼내서 테이블에 두었다.

미녀 앞이니까 되도록 입가가 지저분해지지 않도록 주의해서 한 입 깨물었다.

압력솥이 있는 것도 아닐 텐데 고기가 뼈에서 간단히 떨어진다. 다른 손님들이 악전고투하는 모양을 보니, 마사가 좋은 부분을 골라주었을지도 모른다.

손수건으로 손가락을 닦고 벌꿀주를 한 모금 마셨다. 으아, 행복하구나.

미녀가 침을 삼키는 게 보였다.

딱히 보려고 한 건 아니지만 쇄골 쪽을 보고 있었기 때문에 눈에 들어왔다.

혹시 채식주의가 아니라 지갑 사정 때문에 고기를 못 먹나?

"싫지 않으시다면 하나 어때요?"

한번 권해봤다. 그녀는 기쁜 듯 밝은 표정을 지은 다음 조금 망설였다. 하지만 결국은 식욕이 수치심을 이겼는지 「그러면,

말씀해 주셨으니까.」라고 작게 말한 뒤에 한 조각 집었다.

겉으로는 섹시한 누님인데 고기를 먹는 것에 집중했는지 말이 없어졌다. 입에 맞아서 다행이네.

다 먹고서 손가락의 기름을 핥는 동작도 요염하다.

손수건이 없는 것 같아서 테이블 위의 손수건을 가만히 그녀에게 밀어 주었다. 그녀는 인사를 하면서 가져가 손가락을 닦았다.

부족해 보이길래 좀 더 권하면서 잡담을 즐겼다.

그녀는 세류 시 출신인데 상인과 결혼하여 최근까지 왕도에서 살았다고 했다. 남편이 죽자 왕도에서 고향으로 돌아온 모양이다.

함께 여관에 온 상인들은 남편의 지인들로 세류 시까지 상단에 동행시켜 주었다고 한다.

마사에게 추가 안주와 술을 시키고 그녀가 말하는 왕도 이야기를 즐겼다.

이걸 어쩐다.

술을 나누면서 왕도 이야기와 왕도에서 세류 시까지 오는 길 이야기를 듣고 있었는데 두 가지 오산이 있었다.

아무래도 레벨이 오른 내 몸은 술에 강한가 보다. 다소 몽롱하지만 깨려고 하면 확 깬다.

스킬란에 어느 틈에 「주정 내성」이라는 게 늘어났다. 마시던 것이 희석한 벌꿀주라서 그런지 술꾼 계열 칭호는 안 생겼다.

또 한 가지 오산은, 함께 놀면서 마시던 미녀가 취해서 테이블 위에 엎어진 것이다.

대학모임이었으면 기꺼이 테이크아웃을 하겠지만, 남편이 죽은 지 얼마 안 된 여성의 틈을 찌르는 것에는 저항감이 생겼다.

마사가 좀 한가해진 모양이라 그녀의 방까지 안내를 부탁하여 침대에 눕혔다. 공주님 안기를 하면 좁은 계단을 올라갈 수가 없어서 등에 업었다.

"사토 씨는 신사구나."

"그렇지도 않아."

감탄하는 마사에게 쉬라고 인사하고 방으로 돌아왔다.

등으로 느껴지는 감촉에 행복을 느꼈습니다.

벗은 로브를 스토리지에 수납하고 침대에 뛰어들었다.

후우, 이 여관으로 정하길 잘했네. 밥은 맛있고, 침대는 청결하고, 종업원은 귀엽고, 옆 방에는 미인. 내 꿈답지 않게 서비스가 좋다.

침대가 생각보다 쾌적해서 잠에 빠질 법 한데도, 아까 미녀와 나눈 대화가 너무 즐거웠는지 잠이 잘 안 온다. 그래서 졸릴 때까지 이 꿈속에서 일어난 일들을 돌이켜 보았다.

—유성우로 쓰러뜨린 리자드맨과 드래곤.

드래곤은 보지 못했지만 리자드맨은 블록버스터 급으로 리얼했다. 리자드맨 언어까지 설정하다니, 내 꿈도 참 꼼꼼하다.

—영군과 와이번의 전투.

제나 씨 일행과 와이번의 전투도 판타지 RPG의 PV영상에 쓸 수 있을 정도로 격렬했다.

빼소니 와이번도 지금쯤 유니의 뱃속에 있겠지.

—세류 시의 거리 풍경과 사람들.

세류 시에 도착한 다음에는 리얼한 거리 풍경과, 오가는 사람들의 의상이 다양한 것을 보고 놀랐다.

무엇보다도 빈부 차이나 직업별로 의상의 종류가 다른 것, 꿰맨 자국이나 더러운 신발 등의 디테일이 꿈이라고 생각하기 어려울 정도로 각양각색이었다. 메타보 씨도 기합을 넣어서 그 정도의 설정자료를 만들어 주면 좋겠다.

—그리고 아까 먹은 식사.

처음 마신 벌꿀주도 맛있었지만, 그 멧돼지 고기는 이상할 정도로 맛있다. 처음 먹은 호밀빵과 조합이 최강이라고 해도 과언이 아닐 것이다. 그런 고기는 일본에서도 먹어본 적 없었다.

내 꿈도 제법이잖아.

모르는 풍경과 말, 그리고 미지의 맛까지 합성하다니— 응?

……어렴풋이 눈치 챘지만, 역시, 이거 꿈이라기엔 너무 이상하다.

처음 위화감을 느낀 것은 언제쯤이었을까?

거리의 리얼함도 그렇지만, 만난 사람들의 용모나 사고 패턴이 내가 아는 이야기나 게임과 일치하는 점이 적다.

그리고 제나 씨의 계급인 사작 같은 건 들어본 적도 없다. 자작하고는 다른 것 같은데 모르는 지식에서 만들어진 일이 너무 많은 것 같다.

고린족어나 시가 국어 따위가 특히 그렇다.

과거에 중2병을 앓았던 나도 언어까지 창조한 적은 없다. 고작해야 지구에 있는 언어를 적당히 짜깁기 했던 정도다.

거기에 더해서 아까 먹은 음식.

낮에 먹은 키슈는 먹어본 적이 있는 거였고 맛도 상상의 범주 안이었지만, 벌꿀주 맛 같은 건 알지도 못했다. 그 멧돼지고기의 강렬한 맛을 상상으로 합성할 수 있다면 이대로 꿈속의 주민이 되어도 좋을 정도다.

일단 어째서 이런 상황이 되어버렸는지는 정보가 너무 적어서 답을 낼 수가 없으니 보류하자. 꿈이라는 가능성도 완전히 배제할 수는 없지만 일단 게임 같은 이세계라고 생각해야지.

당면한 행동방침은 이 세계를 즐기면서 귀환수단을 찾는 것으로 할까 한다.

어디까지나 메인이 관광이고 귀환방법을 찾는 건 부록이다.

물론 평소의 일상으로 돌아가기 싫은 건 아니지만, 기왕 만난 비일상이잖아. 한껏 즐기면서 게임 크리에이터의 밑천으로 삼아야지.

직장에 관해서는 FFL의 마스터업은 완료했고, WW도 수치 조정만 남아 있다. 다큐멘트도 완벽하게 남아 있으니 메타보 씨라면 어떻게든 할 거다.

무단결근으로 모가지가 될 지도 모르지만 다행히 퇴직한 선배들에게 빚이 잔뜩 있다. 재취업은 어렵지 않을 것이다.

개인적으로는 여친한테 차인지도 오래 됐고, 시골의 부모님은 건강하게 누나 부부랑 사이좋게 살고 있다. 태평한 집안이니까 내가 실종됐다는 말을 들어도 그다지 신경 쓰지 않을 것이다.

여동생한테 혼날 것 같지만 내가 상경할 때 방을 독점할 수 있다고 기뻐하던 박정한 녀석이니까, 돌아가서 이쪽 이야기라도 해주면 기분이 풀리겠지.

만에 하나 원래 세계로 돌아가지 못한다고 해도 평범하게 생활하는데 곤란할 것도 없고, 생명을 위협하는 존재도 마왕이나 신 같은 것밖에 없을 것이다.

얌전히 살아가면 그쪽도 집적거릴 정도로 한가하지 않을 테니까 소소하게 즐기면서 관광이나 해야지.

괜히 대립했다가 유성우 연타 같은 걸 날리면 대마왕이 되는 루트 조건이 성립될 것 같아서 무섭다. 그리고 대량학살은 정말로 봐주세요.

역시 평화가 제일이라니까.

# 데이트

"사토입니다. 옛날부터 연하의 여자애들은 잘 따랐지만 언제나 친구에서 끝이고 연인이 된 적은 없습니다. 어째선지 반하는 상대는 반드시 연상이란 말이죠."

방문을 사정없이 두드리는 소리에 눈을 떴다.

"사토 씨, 일어났어?"

"그래, 일어났다."

닫아둔 창틈으로 아침 햇살이 새어 들어온다. 방에는 창이 있지만 얼굴이나 간신히 내밀 정도로 좁고 유리로 되어있는 것도 아니었다. 환기용인지 마사가 잘 때는 방범을 위해 닫으라고 주의를 주었다.

간단히 몸가짐을 체크하고 문으로 갔다.

하룻밤 지났는데 수염이 안 났네.

그러고 보니 15세 때 나는 수염이 안 났었다. 대학에 입학한 다음 수염이 나기 시작했을 때 기뻐서 보여주러 다녔던 기억이 난다.

물론 당시 여친이 곧장 깎아 버렸지만.

머리도 삐치지 않았길래 그대로 어제 산 하얀 자수가 들어간 로브를 입고 방을 나섰다.

"안녕."

"여자친구분이 마중 나왔으니까 서둘러야지."

으잉? 일이 바빠서 여친한테 차인 게 반 년 전인데 말이죠.

그것보다도 이 도시에 지인 자체가 손가락으로 꼽을 정도밖에 없다. 마사랑 같이 아래층으로 내려가자 마법병 제나 씨가 기다리고 있었다.

"안녕하세요! 사토 씨."

"안녕하세요. 오늘은 예쁜 옷을 입었네요."

오늘 제나 씨는 비번인지 병사 차림이 아니었다.

하얀 블라우스에 하늘색 스커트, 어깨에는 조금 커다란 연두색 숄을 걸쳤다. 조금 촌스런 느낌도 나지만 본바탕이 좋아서 청초한 인상을 주었다.

미소녀는 이득이라니까.

분명히 다리를 삐었을 텐데 걸어 다녀도 되나?

"다리는 좀 어때요?"

"괜찮아요, 어제 갈레온 신전의 신관님이 치료해주셨어요!"

역시 판타지! 신관이 고쳐주는구나. 신성마법 같은 거겠지? 한 번 보고 싶은데.

"오, 오늘은 비번이거든요. 사토 씨를, 아니 사토 씨한테 시내를 안내해 주려고요."

그렇게 열심이지 않아도 되는데. 잘못하면 저러다 쓰러지겠네.

작은 동물 같은 몸짓을 즐기며 가만히 있었던 탓인지 그녀의 표정이 불안으로 흐려졌다.

아차, 이럼 안되지.

"고맙습니다. 꼭 안내해 주세요."

"네!"

내가 안내를 부탁하자, 제나 씨가 활짝 핀 꽃처럼 웃으며 힘차게 대답했다.

으아, 젊음이 눈부시구나.

나는 세수만 하고서 제나 씨와 외출했다.

아침 식사는 동쪽 길의 아침 장에 나오는 매대에서 먹기로 했다. 그녀는 귀족 아가씨인데도 이런 것에 거부감이 없는 모양이다.

바람을 타고서 타오르는 **간장** 냄새가 코를 간질였다.

"이 냄새는 간장인가요?"

"네. 왕조 야마토 님께서 만드신 2대 조미료 중 하나죠. 외국에도 수출할 텐데, 사토 씨 고향에는 없었나요?"

"아뇨, 오랜만이라서요."

"아아, 그랬었나요!"

역시 야마토 씨는 일본어로 야마토가 아닌가 싶다. 또 하나의 조미료는 뭐지? 역시 미소된장인가?

제나 씨가 손짓하는 매대로 갔다.

기름으로 뭔가 튀기고 있다. 저건 크로켓인가?

"아저씨, 세류 튀김 2개 주세요."

"옙. 금방 튀길 테니까 기다려요."

동물의 지방으로 만든 기름을 사용하는 건지 냄새가 독하다.

"오늘은 릴리오랑 같이 안 왔네?"

"릴리오는 어제 원정 갔다 막 돌아온 참이라 아직 방에서 자고 있어요."

이름 모를 이파리에 싼 크로켓을 제나 씨가 건네받았다. 1개에 동화 1닢이라서 제나 씨 손이 막힌 사이에 크로켓 가게 아저씨한테 지불해 두었다.

"아이참, 어제 일에 대한 감사로 사드리려고 했는데."

"아뇨, 세류 시까지 바래다 준 데다가 시내에 들어올 때 힘을 보태주셨으니까 그걸로 충분해요."

매대 근처의 돌 벤치에 앉아서 먹기로 했다.

돌 벤치에 흙이 조금 묻어 있길래, 가방에서 타월을 꺼내 제나 씨와 내가 앉을 장소에 깔고서 앉았다.

"에헤헤, 어쩐지 공주님 같아요."

수줍게 웃으면서 두 손에 든 크로켓을 작은 입으로 쪼듯이 깨문다.

그 모습을 감상하면서 나도 크로켓을 먹었다.

고기가 없는 포테이토 크로켓은 생각보다 맛있었지만, 기름이 별로라서 그런지 조금 끈적한 느낌이었다. 2개 이상 먹으면 분명히 속이 울렁거릴 거다.

"이 세류 튀김은 릴리오의 남자친구가 퍼뜨린 요리에요."

"오호, 요리사인가 보죠?"

"아뇨, 요리는 못하는데 여러 가지 레시피를 알고 있는 별난 사람이었어요."

흠, 어림짐작은 위험하지만 일본인 아닐까?

그 야마토 씨도 그렇고, 나 말고도 이쪽 세계에 온 일본인이 있는 모양이다. 옷장의 서랍 안을 통과하는 방법 같은 걸로 간단히 왕래가 가능할지도 모르겠네.

먼저 다 먹고 손이 비어있는 나한테 꽃이 담긴 작은 바구니를 든 조그마한 여자애가 다가왔다.

"나리, 꽃 사세요."

아이는 작은 꽃을 내민 자세로 움직이지 않았다.

아까부터 힐끗 거리면서 이쪽을 보고 있었으니 다 먹는 타이밍을 재고 있었을 것이다. 어린데도 생각이 깊군.

"좋아, 얼마니?"

"한 다발에 천화 1닢이요."

천화와 교환하여 꽃을 받았다.

아이는 기쁜 듯 인사를 하고 다음 손님 후보에게 달려갔다.

꽃은 그대로 제나 씨에게 선물했다. 물론 크로켓을 다 먹고 손을 닦을 때까지 기다린 다음에 말이다.

제나 씨가 뜻밖이란 표정을 지었다.

아니, 그것 말고 선택지가 없잖아요?

"이거 제가 받아도 되는 건가요?"

"네, 받아주지 않으면 곤란해요."

버릴 수도 없고 말이지.

제나 씨는 기쁜 것을 억지로 참는 표정을 지었다.

어라? 그렇게까지 기쁜가? 뭐 기쁘다면 나도 좋기야 하지만.

입가심으로 참외 같은 과일을 먹기 좋은 크기로 잘라서 팔고 있길래 사먹고, 간장을 뿌려서 구운 줄기 비슷한 것에도 도전했다. 미묘하긴 하지만 겉보기와는 다르게 맛 자체는 괜찮았다.

그러나 제나 씨가 그 다음으로 소개해준 매대는 이색적인 분위기였다.

"이건 용익튀김이라는 건데 박쥐 날개를 튀겨서 검은 된장을 바른 거예요. 옛날부터 세류 시의 명물이었대요."

박쥐 날개랑 드래곤 날개가 닮았으니 붙은 이름이겠지. 복을 부르는 음식이라고 했다.

보기보다 맛있다는 제나 씨의 말을 믿고서 2개 사기로 했다.

"누나, 미안!"

두 사람 분량의 대금을 지불하고 있는데 뒤에서 제나 씨의 짧은 비명이 들렸다. 어린아이가 제나 씨에게 부딪혔나 보다.

상처는 없었지만 제나 씨의 하얀 블라우스에 된장이 묻어서 엉망이 됐다. 「어머니께 빌린 블라우스인데.」라고 하면서 울상이었다.

어제 갔던 테프타 길의 가게라면 얼룩을 빼주지 않으려나?

"저기~? 곤란하신가 봐요? 주술사가 필요하신가요~?"

"미안하지만 지금 필요한 건 얼룩을 지워주는 세탁소야."

이럴 때 주술사가 나서다니 분위기 파악을 좀 해주라.

"아뇨, 저는 생활마법을 쓸 수 있어서 그 얼룩을 깨끗하게 만들 수 있습니다."

뭐야, 그런 직업이었어?

등장한 타이밍이 너무 적절해서 마음에 걸리지만 옷의 얼룩을 지워주는 걸 우선하자.

"그러면 부탁하지."

"네, 세정마법과 건조마법 세트로 대동화 3닢입니다."

흥정도 귀찮아서 말하는 대로 대동화 3닢을 지불하고 마법을 부탁했다.

"그러면 일단 얼룩을 지우죠. ■■■ ■■■■ ■■■■■ 가벼운 세정(소프트 워시)."

생활마법이 걸린 제나 씨가 흠뻑 젖었다.

블라우스가 비쳐서 브라 대신으로 보이는 가슴 띠가 비치길래, 가방에서 꺼낸 커다란 타월을 어깨에 걸쳐 주었다. 주위에 있는 남자들의 낙담하는 소리가 들리지만 무시했다.

방금 전까지 블라우스에 듬뿍 묻어 있던 된장이 깨끗하게 씻겨나갔다.

그야말로 마법이다.

"이어서 말리겠습니다. ■■■ ■■■■■ 건조(드라이)."

옷이 비치지 않는 것을 확인하고 타월을 어깨에서 치웠다. 그때 내 손도 건조마법의 범위에 들어간 건지 드라이어 바람 같은 감촉을 느꼈다.

**〉「생활마법」 스킬을 얻었다.**

오오, 그걸로 입수할 수 있는 거냐?

마법 스킬 배우는 건 간단하네? 그만큼 영창은 힘들어 보이니까 밸런스가 맞기는 하지만.

주술사 아가씨는 마법을 걸고 나서 인파 속으로 사라졌다.

그렇지, 기왕 마법 쓸 수 있는 사람이 있으니까 가르쳐달라고 하자.

생활마법 같은 걸 쓸 수 있으면 세탁기나 드라이어를 대신할 수 있을 것 같고, 샤워를 대신할 마법이 있을지도 모른다.

"제나 씨, 마법의 주문은 어떻게 외는 건가요?"

"주문 말인가요?"

"네, 어떻게 발음하는 건지 신기해서요."

"그렇네요~, 바람 마법은 대부분『■■■■』로 시작되는데요. 무리하게 말로 하자면『리유~리아(생략)라~루레리라~오』가 되요. 하지만 처음에는 절대로 못 외죠. 대부분 암기까지는 할 수 있지만요."

제나 씨는 고개를 갸웃거리면서 어떻게 설명하면 좋을까 생각하는 표정을 지었다.

"……리듬. 그래요, 아까 천천히 했던 영창을 리듬을 맞추면서 노래처럼 하는 거예요. 그리고 리듬을 유지한 채로 박자를 점점 빠르게 하면『■■■■』가 된다! 가 맞을 거예요."

시험 삼아서 제나 씨가 가르쳐 준 처음 부분을 조금 연습해 봤지만, 연습한다고 될 것 같지 않았다.

"상당히 어렵네요."

"그야 그렇죠. 영창은 보통 몇 년 동안 연습하는 거니까요."

"제나 씨는 바람 마법을 쓸 수 있을 때까지 얼마나 연습했나요?"

"본격적으로 수행한 건 3년 정도인데요, 지금 생각해 보면 여러 가지 생활습관이 마법사가 되기 위한 준비였던 느낌이 들어요~."

뭘 했길래? 제나 씨의 미소에 약간 그늘이랄까, 씁쓸함이 섞였다.

"마법사의 역사를 어린이용 그림책으로 만든 걸 낭독하는 것부터 시작해서, 음악에 시, 혀를 움직이는 연습에 복식호흡. 마법의 흐름을 느낄 수 있는 놀이기구. 배우는 것부터 놀이까지 전부 마법사로 성장하기 위한 것들로 짜여 있었어요."

그렇군. 영재교육 같은 건가? 어렸을 때부터 과외를 하느라 친구랑 못 노는 애들은 일본에도 있으니까.

화제를 잘못 골랐나?

"딱히 그런 식으로 키워준 부모님을 미워하진 않아요. 마법을 쓸 수 있으면 즐겁고, 언젠가 하늘을 난다는 목표도 있으니까요."

제나 씨도 분위기가 가라앉은 걸 느끼고 급하게 해명하기 시작했다.

"사토 씨. 사토 씨는 어째서 마법을 연습하려고 하는 건가요? 장사에 도움이 되나요?"

"아뇨, 여관에 목욕탕이 없어서 생활마법이 있으면 밖에서 씻지 않아도 될까 싶어서요."

분위기를 가볍게 만들기 위해 바보처럼 들리게 말해봤다.

어릿광대가 된 보람이 있었는지 약간 게슴츠레한 시선을 받은 다음, 제나 씨가 웃음을 터뜨렸다.

"아하하하핫! 그, 그런 이유로 마법사를 하려는 사람은 처음 봤어요!"

그렇게 재밌었나?

제나 씨의 웃음 코드에 맞았는지 웃음이 멈추질 않는 모양이다.

“그렇게 이상해요?”

생각보다 제대로 된 이유라고 생각하는데? 불편한 걸 편리하게 만들려는 거잖아?

“이상해요!”

즉답이었다.

“왜냐면 생활마법을 익히는데 드는 노력이나 자금이 있으면 집에 욕실을 만드는 편이 빠르잖아요? 그리고 욕조를 데우는 것도 하인을 고용하든 노예를 사든지 하면 문제없고요.”

그런 건가요~.

할 수 있는 일은 내 손으로! 라고 생각했는데, 이쪽에서는 노동력을 고용하는 것도 그 범주에 들어가는 건가? 인건비도 싼 것 같으니.

하지만 기왕 이것저것 가르쳐줬으니까 입문서를 찾아서 발음 연습부터 해봐야지.

그리고 대화를 하는 동안 「겸허」 스킬과 「어릿광대」, 「신사」의 칭호를 얻었다.

로그를 신경 쓸 여유가 없었단 말이지.

미묘한 분위기도 사라졌으니 군것질을 계속해야지.

다음으로 간 곳은 달콤한 향기가 나는 단 음식을 파는 구역이었다.

“이쪽은 단토란 튀김이라고 해서, 불린 단토란을 걸러서 만든 소를 밀가루 반죽에 넣어서 튀긴 거에요.”

고구마 같은 토란을 넣은 빵과자라. 미묘하게 일본요리 같은 낌새가 느껴지는군.

단토란 튀김을 먹으면서 엷은 생강차 같은 따뜻한 음료를 마셨다.

“이 가게는 릴리오가 가르쳐준 특급 가게에요.”

그렇게 말하며 데려간 곳은, 어제 마사와 먹었던 물엿사탕의 노점이었다. 점주 아저씨는 길거리를 돌아다니며 사탕을 팔던 남자와 같은 앞치마를 두르고 있었다.

일단 아저씨한테 동화 2닢을 건네고 2인분 샀다. 그는 2개의 봉을 꺼내서 갈색 액체에 찌르더니 빙글빙글 돌려서 꺼냈다.

모처럼 가르쳐 준 건데 어제 먹었다고 말하면 미안하니까 오랜만에 먹는 걸로 했다.

“물엿사탕이라. 오랜만이네요.”

“알고 계셨어요?”

조금 실망한 것처럼 보인다. 놀라주는 편이 좋았을까? —반성하자.

“내가 아는 물엿은 무색투명한 거라 처음엔 뭔지 몰랐어요.”

“귀족님, 무색투명한 건 쌀과 설탕을 쓴 고급품입니다요. 이건 서민용이라 토란과 가보 열매와 맥아를 써서 갈색입죠.”

아저씨가 초고속반응으로 끼어들었다.

누가 귀족이야. 제나 씨한테 말한 건 아닌 것 같고.

"아저씨, 저 평민이에요. 옛날에 아는 사람한테 받은 건 투명했거든요. 고급품인줄 몰랐네요."

마을 축제에서 100엔밖에 안 했거든.

그 다음에도 여러 노점을 훑어보면서 인파를 즐겼다.

오늘도 노동에 힘쓰고 있는 문전여관의 소녀들에게 선물로 주려고 벌꿀을 넣은 과자를 샀다. 제나 씨랑 하나씩 먹어봤는데 꽤 맛있다. 분명히 기뻐할 것이다.

충분히 먹고 마셨으니, 이번에는 잡화 같은 노점을 돌았다.

귀여운 조개나 도자기병을 파는 가게에 관심이 갔다. 어째선지 조개의 시세가 높았기 때문이다.

가게 주인 할머니에게 물었더니 이 조개는 약을 담은 용기라고 한다.

"젊은 나리, 이 연고는 참 잘 듣는다우."

"효능이 어떤데요?"

"베인 상처나 튼 상처 같은데 잘 듣지. 사용인들한테 나눠주면 짐말처럼 일을 잘해요."

주름투성이 늙은 점주의 손은 확실히 문전여관의 마담보다 갈라짐이 적었다.

맛있는 요리를 만들어주기도 했으니 선물로 사갈까? 비싸다고 해 봤자 동화 몇 닢이니까.

"그러면 5개 살게요."

"그럼 동화 15닢을 12닢으로 해드리지."

이봐요, 그러면 시세보다 싸잖아요.

그대로 사려고 주머니에서 돈을 꺼내는 내 손을 제나 씨의 가는 손이 막았다.

"할머님, 그건 조금 비싸요. 전에 왔을 때는 하나에 동화 2닢이었잖아요. 5개 사니까 9닢에 해주세요."

오오, 제나 씨가 생긋 웃으면서 무리한 흥정을 시작했다.

"남자랑 같이 와서 몰랐는데, 너 릴리오랑 같이 왔던 애구나. 동화 10닢 이하로는 못 판다."

"그러면 여기 있는 작은 거 3개 덤으로 주세요."

제나 씨는 가격을 깎을 수 없다고 판단했는지 사려고 했던 연고 옆에 있는 작은 조개를 가리키며 덤으로 붙이려 했다. 부피를 보니 작은 거 3개가 큰 것 하나쯤 되는 용량 같았다.

"정말이지……. 릴리오 흉내를 내면 혼기가 늦어질 거야. 작은 걸 하나 덤으로 주마. 그 이상은 안돼."

"네, 그걸로 주세요."

혼기란 말에 제나 씨의 볼이 움찔했지만 생긋 웃는 표정을 유지하며 흥정이 완료되었다. 아직 17세니까 혼기를 신경 쓰는 건 너무 이른 것 아닌가 싶은데.

할머니는 솜씨 좋게 조개를 잎으로 감싼 뒤, 가는 식물의 줄기로 만든 끈으로 묶어서 고정해 주었다.

그대로 가져가면 돌아가는 동안 다 새서 가방이 지저분해질 테니까.

흥정해준 제나 씨에게 인사를 하면서 연고 조개를 하나 선물했다.

애당초 선물할 예정이었으니까.

노점을 다 돌아보고, 이번에는 다른 장소 안내를 부탁하기로 했다.

“정말 이런 장소로 괜찮아요?”

“네, 바람이 기분 좋네요.”

“우후후, 그렇네요.”

제나 씨가 키득키득 웃으며 아래쪽 경치를 바라보았다.

이곳은 시벽에 있는 감시탑 중 하나였다. 노점이 끝나는 지점에서 가까운 곳에 있길래 안내를 부탁했다. 일단은 군사시설이라서 마법병인 제나 씨가 함께 안 가면 견학은 불가능하다.

제나 씨는 생각보다 유명한지, 사복인데도 문제없이 들어올 수 있었다.

“그런데 내가 부탁한 거지만 군사시설에 외부인이 들어와도 괜찮아요?”

“네, 세류 시 같은 시골 도시를 공격하는 건 와이번밖에 없으니까요. 근처의 작은 나라에서 쳐들어오는 일은 수백 년 동안 없었어요. 아인이랑 전쟁이 있었던 것도 10년이나 옛날이고요.”

흐~응, 세류 시에 있는 아인 노예는 그 무렵의 포로 같은 건가?

"제나 씨, 저 풍차는 무슨 시설인가요?"

"저거요? 방앗간이요. 와이번이 공격해 오면 포대로 써요."

포대라니, 도시 한복판에?

"저런 곳에서 대포를 쏘면 민가에 피해가 나오지 않아요?"

"포탄도 있지만 와이번한테 쏘는 건 그물이나 공포탄이니까요."

"아하, 내쫓는 용도의 시설이군요."

"네, 건너편에 보이는 경작지로 몰아서 격멸해요."

그건 그거대로 밭이 피해를 볼 것 같은데.

내가 어지간히 흥미를 보였는지 풍차와 경작지를 안내해주기로 했다.

나중에 부탁할까 생각했는데 운이 좋네.

가장 가까운 풍차까지 가는 도중에 파리온 신전이 있다고 하길래 들러봤다. 어제 수상쩍은 연설을 하던 건 자이크온이었지. 제나 씨가 치료를 받은 것이 갈레온이라고 했으니 신들은 마지막에 온이 붙는 건가?

"아, 보이네요!"

노점 길에서 몇 구역 떨어진 길에 파리온 신전이 있었다.

꽤 크다. 900평은 되지 않을까? 얼추 민가 30개는 들어갈 정도의 부지다.

바깥쪽 담이 그대로 건물의 외벽인가 보다. 돌 아치로 만들어진 입구를 통과하자 주차 공간과 열린 상태로 고정된 입구가 보였다.

주차 공간에는 비싸 보이는 마차가 있었다. 편견이지만 부유한 성직자의 냄새가 난다.

제나 씨의 손에 이끌려 신전 안으로 들어갔다.

건물 안은 폭이 10미터쯤 되는 천장이 높은 방이었다. 방 안에는 장막과 성인(聖印)으로 보이는 심볼이 있고, 몇 명의 신관과 아이를 데리고 온 상인 같은 사람이 무슨 세례 의식 같은 것을 하고 있다.

천장에 스테인드글라스는 없지만 채광창이 있고, 벽의 위쪽 절반에는 검을 든 기사와 뿔이 달린 악마가 싸우는 벽화가 그려져 있었다. 데생은 미묘하지만 묘하게 박력 있는 그림이다.

"저건 마왕이랑 초대 용사님이 싸우는 모습이에요."

"헤에, 나는 기사일 거라고 생각했어요."

"저 파란 빛을 뿜는 것이 성검이에요. 기사님의 그림은 마법검을 가지고 있어도 빨갛게 빛나는 검으로 그리니까 구분하기 쉬워요."

그러고 보니 내가 가진 성검도 처음에는 파란 빛을 냈었지. 하지만 그것도 처음에만 그랬지 중간부터 빛이 안 나더란 말이지.

"성검은 용사 말고 다른 사람이 가지면 파랗게 빛나지 않나요?"

"성검에게 인정받으면 파랗게 빛난다고 해요. 왕조 야마토님이 남긴 성검 쥴라혼이나 호국의 성검 클라우 솔라스도 후세에 용사 칭호가 없는 분이 차고 다녔을 거에요."

흠, 「성검에게 인정받으면」 된단 말이지.

용감함에 자신이 없으니까 인정받을 것 같지가 않다. 그리고 클라우 솔라스는 유명하니까 알지만 쥴라혼은 들어본 적이 없네.

그러고 보니 호칭도 이것저것 생겼지. 용을 쓰러뜨렸으니까 용사 칭호도 얻지 않았을까?

그 생각에 칭호란을 조사해 보니까 뜻밖의 칭호가 있었다.

―「신을 죽인 자」는 뭐야?

나는 황급히 로그를 다시 체크했다. 다행히 아직 로그가 넘어가서 사라지진 않은 모양이다.

유성우로 적을 쓰러뜨렸을 때 나온 통지 사이에 「칭호~를 얻었다」라는 메시지도 섞여 있었다.

칭호는 「리자드맨족 살해자」나 「용 살해자 [하급]」, 「용 살해자 [성룡]」, 「용 살해자 [고룡]」, 「용 살해자 [천룡]」 등이 이어진다. 칭호는 「~살해자」만 있는 게 아니라 「~의 재앙」, 「~의 천

적」 같은 것도 있었다.

그리고 마지막으로—.

**〉용신 아콘 카구라를 쓰러뜨렸다.**

**〉칭호 「신을 죽인 자」를 얻었다.**

—라고 나와 있었다.

당신은 신을 믿습니까?

그렇구나, 유성우는 신도 죽일 수 있구나. 그렇구나, 죽였구나…….

급해서 3발 쏴버렸는데, 1발 쏘고 말았으면 화난 신에게 역습을 당했을 지도 몰랐겠네. 결과가 좋으니까 넘어가야지.

내가 그 사실에 아연해져서 침묵하고 있는데, 뒤에서 시원스런 목소리의 소녀가 대화에 끼어들었다.

"성검을 사용할 수 있는 것만으론 부족하답니다. 마왕과 싸울 수 있는 건, 어린 여신 파리온 님의 부름에 대답한 용사님뿐이에요. 신이 내린 성검을 휘두르는 용사님 앞에서는 마왕일지라도 무릎을 꿇을 수밖에 없지요."

돌아보니 붉은색을 기조로 한 서양풍 신관복을 입은 소녀가 서 있었다.

눈동자의 색소가 엷어서인지 존재감까지 희박하게 느껴진

다. 그녀는 다른 신관과 복장이 다르다. 높은 사람인가?

그녀의 얼굴 옆에 AR표시가 떠서 정보를 나열해줬다.

허허, 편리하여라.

"무녀 오나 님!"

"오랜만입니다. 마리엔텔 가문의 제나. 동생 분은 무탈한가요?"

"네, 내년에 가업을 잇게 되어서 필사적으로 공부하고 있어요."

"그런가요, 무슨 곤란한 일이 있으면 사양치 말고 의지하세요."

"네, 고맙습니다."

무녀님과 이야기하고 있던 제나 씨가 돌아보더니, 나에게 그녀를 소개해 주었다.

"오나 님은 백작가의 영애인데, 제 어머니가 유모였던 관계로 제 동생도 신경 써 주고 있어요."

그렇군. 이 영애는 제나 씨의 동생에게 호감이 있는 거구나. 일부러 근황이나 물어보려고 말을 걸지는 않을 테니까.

"처음 뵙겠습니다, 행상인 사토라고 합니다."

"파리온 신을 섬기는 무녀 오나입니다. 제나가 말한 출신내력은 잊어 주세요. 무녀에게 속세의 계급은 무의미하니까요."

스님의 출가 비슷한 건가?

그녀는 제나 씨보다 연하지만 차분한 탓인지 말을 아끼는 어머니 같은 분위기를 풍겼다.

“하지만 안심했어요. 마법의 수행밖에 흥미가 없던 제나에게 드디어 봄이 온 거로군요.”

“아, 아니, 아니에요~. 사토 씨는, 그게, 만난 지 얼마 안 됐고, 그게.”

제나 씨는 연애에 익숙하지 않은지, 무녀의 말에 동요해서 어물어물 변명하기 시작했다.

호의는 있지만 연애감정까지는 아니고, 하지만 부정 당하는 것도 싫고, 이런 사춘기다운 감정을 감당하지 못하는 모양이다.

이야, 풋풋하구나. 학창 시절이 떠오르네~.

무녀와 조금 더 이야기를 하고 싶었지만, 입구 쪽에서 소동이 일어나 어쩔 수 없이 중단되었다.

“신관님, 보릴 어르신이 위독합니다. 부탁드립니다, 제발 도와주십시오.”

“보릴 나리 말입니까? 우리들 같은 평신관은 그의 병을 다스릴 수 없어요.”

“그렇다면 무녀님께!”

“보릴 나리의 저택은 서쪽 거리가 아닙니까! 그런 창관이 늘어선 장소에 신탁의 무녀께서 납시다니, 안될 일입니다!”

“그곳을 돌아서라도……!”

신관과 뛰어들어온 남성이 말다툼을 벌였다.

“제나, 급한 환자가 있는 듯 하니 이만.”

무녀가 그렇게 말하고 신관과 남성 쪽으로 향했다.

“가겠습니다. 마차를 준비하세요.”

아까 창관이 어쩌고 했던 사람이 분개하고 있지만, 무녀 본인의 의향이 강해서 말리지 못하는 모양이다.

분개하던 신관이 작은 소리로 무녀와 대화하는 것이 들렸다. 엿듣는 건 매너 위반이지만 엿듣기 스킬을 꺼두는 걸 깜빡 해서 듣고 말았다.

“오나 님, 아까 내린 신탁을 전하러 백작님께 가야 하지 않으십니까?”

“그것이라면 신관장께 맡겼습니다.”

“하오나, 신탁이 『자이크온 신전에 재앙 있으리』였는데 그들의 신전이 있는 서쪽 거리로 납시는 것은 위험하지 않겠습니까?!”

“보릴 나리의 저택은 신전과 떨어진 곳에 있어요. 괜찮겠지요.”

자이크온 신전이라. 분명히 동쪽 거리에서 길거리 설법을 하던 뚱땡이 신관장이 있는 곳이다.

신도를 모으려고 무슨 짓이라도 저지르나?

뭐, 폭동이라도 일어날 것 같으면 가까이 안 가면 되지. 제나 씨 한 사람이라면 안고서 지붕 위로 피난하면 될 거다.

제나 씨와 신전을 나와 마을 산책으로 돌아왔다.

유럽의 서민가 같은 풍경을 수수하면서 귀여운 아가씨랑 같이 산책하니 꽤나 즐겁다.

이 도시에는 일정한 간격으로 공원이나 광장, 공동 우물 등이 배치되어 있었다.

그 공원 중 하나에 인접한 길을 걸으면서 부지 안을 봤다.

풀이 짧게 깎인 광장에는 유아를 데리고 온 노부부가 벤치에서 휴식하고 있거나, 열 명쯤 되는 젊은이가 무술를 연습하고 있었다. 공원의 풀은 잔디인가 했더니 잡초 같았다.

제나 씨가 뭔가 발견한 듯 공원에 있는 커다란 나무뿌리 쪽으로 달려갔다.

“무슨 일 있어요?”

“사토 씨, 이걸 발견했어요.”

그녀의 두 손바닥 위에 있는 것은 아기 새였다.

아기 새를 든 나무 아래의 미소녀라, 사진으로 남기고 싶을 만큼 좋은 그림이다.

“나무 위에 둥지가 있나 보네요.”

음, 가지까지 2미터 반쯤 되나. 점프는 가능하지만 너무 비인간적이겠지. 가지를 잡고서 몸을 수직으로 들어올리면 되려나?

“저기, 사토 씨. 부탁해도 될까요?”

조심조심 부탁하기에 흔쾌히 승낙했다.

애당초 그럴 셈이었으니까.

아기 새를 받고서 일단 가지를 붙잡았다. 그대로 한 손 턱걸이로 몸을 들어올려, 다리를 먼저 가지에 걸고 몸은 나중에 올라가는 방식으로 올라갔다. 아기 새를 움켜쥐면 안 되니까 고생스럽다.

위에서 두 번째 정도에 있는 나뭇가지에 둥지가 있었지만, 별 고생 없이 올려주었다. 아기 새를 둥지에 돌려놓을 때 어미 새가 위협을 해서, 부리를 한껏 벌리고 먹이를 조르는 아기 새의 모습을 감상하지 못한 게 조금 아쉽다.

내려갈 때는 양손을 쓸 수 있으니 편했다. 마지막 가지에서 내려올 때는 가지에 한 번 매달리고 나서 내려오는 것도 잊지 않았다.

그대로 뛰어내리면 제나 씨가 걱정할 테니까.

"사토 씨는 정말로 몸이 가볍네요."

"아뇨, 그 정도까지는 아니고요."

제나 씨의 칭찬을 흘려들으면서 잡담으로 돌아갔다. 잡담하면서 알게 된 건데, 아까 한 「부탁」은 제나 씨가 나무에 올라가기 위해서 나에게 올려달라는 거였다고 한다.

착각해서 다행이다. 숙녀가 치마 입고 나무에 오르는 건 NG랍니다?

젊은이들이 훈련하는 모습을 보면서 제나 씨에게 말을 걸

었다.

"제나 씨, 영군의 훈련은 주로 어떤 걸 하나요?"

"그렇네요~. 병사의 훈련은 어디나 비슷해요. 마법병의 경우에는 마력을 다 써버리지 않도록 나눠서 훈련하고 있어요. 마법병의 과반수는 언제나 전력으로 마법을 쓸 수 있는 상태를 유지하죠."

훈련을 분산시키는 거구나.

확실히 마력을 다 쓴 마법사는 도움이 안 되니까.

"마법병이나 마법사는 속성마다 요구되는 역할이 달라요. 군인이 아닌 사람에게 얘기하면 뜻밖이라고 하는데, 불 속성 말고는 직접공격을 하는 마법을 별로 안 써요."

확실히 전략 중엔 화공(火攻) 같은 것도 있으니 불은 공격에 잘 맞겠지.

"제 바람은 화살을 막는 바람 방어(윈드 프로텍션)나 공성추를 막는 공기 벽(에어 쿠션), 그밖에는 지시 전달에 쓰는 바람의 속삭임(위스퍼 윈드) 등을 중시해요. 비행(플라이)으로 상공에서 정찰하는 것도 좋지만, 백작령에는 비행을 쓸 수 있는 사람이 없어요."

그러고 보니 제나 씨의 목표는 비행으로 나는 거랬지.

"날 수 있게 되면 하늘에서 데이트 같은 것도 해보고 싶네요."

농담으로 한 말인데 제나 씨는 목까지 빨개져서 "기, 기대하세요!"라고 더듬거리면서 말했다.

귀엽긴 한데 나쁜 남자한테 속아 넘어갈 것 같아서 걱정이다.

공원을 빠져나가자 금방 풍차가 있는 탑이 나왔다.

탑 위에 올라갈 수는 없지만, 1층의 방앗간은 볼 수 있었다.

금속으로 보강된 굵은 기둥이 호쾌하게 휭휭 돌아가는 모습을 보니 마음이 상당히 설렌다.

하지만 평범한 풍차네. 판타지니까 정령이 춤추면서 빻아주거나 그러면 좋을 텐데.

의문이 생겨서 제나 씨에게 물어보았다.

"마법으로 곡식을 빻을 순 없나요?"

"할 수 있지만, 풍차가 훨씬 편한데요?"

무슨 말씀을 하세요? 그런 표정이었다. 하긴 그렇겠죠~.

다음 목적지인 장원은 걸어가기엔 조금 멀어서 중앙 길에서 마차를 잡았다. 시내는 거리에 상관없이 대동화 1닢으로 태워준다고 한다.

마차는 지붕이 없고 앉는 위치가 걸어가는 사람 어깨 높이쯤 되어서 관광 용도로는 아주 좋았다.

마차는 가볍게 달리는 속도로 느긋하게 시내를 나아갔다.

미소녀와 함께 이국정서가 넘치는 거리를 드라이브하다니, 꽤 기분이 좋다. 섹시한 거유미녀였다면 정말 최고지만, 그건 너무 많이 바라는 거겠지.

마차는 메인스트리트를 빠져 나와 북쪽의 장인 거리로 나아갔다.

장인 거리로 들어가니 은근히 근육질에 완고해 보이는 인상의 사람들이 많이 보였다.

공방이나 공장 같은 건물 사이를 빠져 나와 목재를 두는 장소를 지나자 내벽 앞까지 오게 되었다. 어느 정도 서쪽으로 가다보니 서쪽 끝 외벽과 내벽 사이에 좁은 길이 있었는데, 그 너머가 영주의 장원인 모양이다.

"여길 빠져나가면 장원까지 금방이에요."

"양쪽으로 벽이 세워져 있는 걸 올려다보니 상당히 박력 있네요."

"네! 믿음직하죠!"

제나 씨가 두 손을 움켜쥐며 다가왔다.

그 타이밍을 노린 것처럼 마차가 흔들렸다. 아마 돌멩이라도 밟은 거겠지.

"꺅."

중심을 잃고 내 가슴팍으로 폭 날아든 제나 씨를 받아냈다.

요전에 갑옷차림일 때랑 부드러움이 다르다. 가슴은 서글플 정도로 평평하지만 여성다운 부드러움은 건재하다.

가능하다면 앞으로 5년쯤 성장한 다음에 끌어안고 싶구나.

"괜찮아요?"

"네, 네! 죄송해요. 금방 비킬게요오."

제나 씨가 황급히 나한테서 떨어졌다. 그렇게 미안할 것도 없는데.

한 순간 마부가 씨익 웃는 것 같았다. 설마 일부러였냐! 상당히 커플을 생각해주는 마부로군.

어느 정도 나아가자 활짝 열린 문이 있고 문지기 병사가 있었다. 마부는 병사에게 가볍게 인사를 하고 문을 통과하여 장원에 들어갔다.

도시의 식량을 충당하기에는 너무 좁은 것 같지만, 영주 전용 밭치고는 넓다고 느꼈다.

마차는 밭길을 천천히 나아갔다.

작업을 하고 있는 사람들을 보니 뭔가 수확하고 있었다. 망원 스킬로 확대해 보니 어제 봤던 가보 열매였다.

시장에서도 봤지만 상당히 많은 수의 초등학생쯤 되는 아이들이 일을 돕고 있었다.

"저 애들은 아마 양육시설의 아이들일 거예요. 지금은 수확기라서 도시의 아이들까지 일하러 왔을 지도 몰라요."

"저 애들이 수확하는 가보 열매는 맛있나요?"

"맛은 없어요. 군의 식사에도 가끔 나오는데, 냄새는 역하고 쓴맛이 나서 다들 불평해요."

제나 씨가 굉장히 싫다는 표정을 지었다.

그렇게 싫어하나?

“하지만 그렇게 맛있지도 않은데 어째서 저렇게 잔뜩 키우는 거죠?”

널따란 가보 밭을 보면서 제나 씨에게 소박한 의문을 던졌다.

평범하게 토란 같은 걸 키우면 될 텐데. 영양이 풍부하거나 칼로리가 풍부한가?

“문관이 한 말인데요, 연간 수확량이 다르다고 해요. 밭 한 마지기에서 수확하는 양은 적지만 한 달이면 수확할 수 있는 데다가 흉작이 없대요. 그리고 휴경지를 비옥하게 하는 성질도 있다고 해요. 가보 열매 덕분에 굶는 사람이 격감했다고 들었어요.”

참 편리한 판타지 채소로군. 편의주의에도 정도가 있어야지.

아마도 가르쳐준 문관의 말을 그대로 전한 거겠지만 상당히 자세한 해설이네요, 제나 씨.

“다만 벽으로 둘러싸인 장원에서만 키울 수 있어서 다른 농촌의 식량사정은 안 좋대요.”

장원 쪽 외벽은 도시의 외벽보다 상당히 낮다. 2미터 반쯤?

벽 안에서만 키울 수 있는 건 왜지? 바깥에서는 잘 안 자란다든가, 짐승들에게 약하거나, 영주가 독점하는 건가? 이유가 신경 쓰였다.

“무슨 이유가 있나요?”

“고블린이 좋아하거든요. 여기처럼 벽으로 둘러싸인 장소가 아니면 고블린이 와서 순식간에 먹어 치운대요. 그래서 시외로 수출하지도 못해요."

오오, 고블린도 있구나!

꼭 한 번 보고 싶다. 되도록 안전한 장소에서.

"멋대로 빼돌리는 사람도 있을 것 같네요."

"그러다 들키면 노예가 돼버려요."

기근일 때는 노예가 되어도 좋다면서 가져가는 사람이 있을 것 같은데.

"저게 항룡(抗龍)탑이에요."

제나 씨가 가리킨 것은 장원 안에 세워진 12개의 커다란 탑 중 하나였다. 도시 안에 있는 탑처럼 풍차가 달린 탑은 12개 중 2개밖에 안보였다.

"시내에 있는 탑보다 중량감이 있네요."

"네, 이쪽은 와이번이나 드래곤의 습격이 있을 때 퇴치하려고 대형 마력포를 설치한 튼튼한 탑이에요."

아쉽게도 항룡탑은 꼭대기에 대포가 있어서 군인이 아니면 못 들어간다고 한다.

아까도 의문이었지만 이런 곳에서 쓸 바에야 도시 바깥에서 싸우면 될 텐데. 기껏 경작한 밭이 상하면 수확도 줄잖아.

그렇게 생각하여 제나 씨에게 의문을 던졌다.

"그건 여기가 본래 와이번을 섬멸하려고 준비된 평지라서 그래요."

와이번 습격 자체가 많지 않으니까 놀려두는 것은 아깝다고, 당시의 백작이 장원 겸 목장으로 활용하기로 했다고 한다.

그렇군, 순서가 반대구나.

마차는 탑을 잇듯이 만들어진 길을 나아갔다. 딱 하나 검게 그을리고 중간쯤에서 무너진 탑이 있었다.

근처에 측량하는 사람이 있으니 보수하는 중일 것이다.

"저 탑은 와이번이 부순 건가요?"

"아아, 저건 2년쯤 전에 하급 용이 공격해왔을 때 부서진 탑이에요. 그때는 탑이 절반쯤 무너지고 성에도 피해가 생겼어요. 그래도 간신히 격퇴는 했죠."

"쓰러뜨린 건가요?"

"아무리 하급이라도 진짜 용이니까요. 와이번이라면 몰라도 용을 쓰러뜨리는 건 무리에요. 쓰러뜨리려면 왕조 야마토 님처럼 대마술사나 사가 제국의 용사님은 되어야죠."

무심코 로그에 눈이 갈뻔했지만 자중했다.

제나 씨의 이야기는 계속 이어졌다.

"하급 용일 때는 쫓아낼 수 있었는데, 40년 전에 검은 성룡이 공격해왔을 때는 도저히 상대가 안 됐다고 해요. 믿을 수 없는 일이지만 외벽까지 파괴됐다고 들었어요. 장원의 외벽이 도시보다 낮은 건 다시 만든 거라서 그렇대요."

"그럼 어떻게 쫓아낸 건가요? 역시 용사가 퇴치해준 건가요?"

“아뇨, 목장에 있던 염소를 먹어 치운 흑룡은 그걸로 만족했는지 유유히 날아갔다고 해요. 용에게 있어서 인간은 우리가 보는 개미랑 비슷한 건지도 몰라요.”

그 정도까지 실력 차이가 나는 건가?

그렇다면 용을 쓰러뜨린 나는 세계정복도 할 수 있겠다. 그런 정열도 야망도 없으니까 하진 않겠지만.

그렇지, 아까 신전에서 들었던 용사는 어떤 존재일까?

“용사님이요? 사가 제국에는 용사소환이라는 대마술이 있다고 해요. 소환에 필요한 대가가 막대해서 66년 주기의 마왕 습격 때 말고는 안 하는 비술이래요. 야마토 님이나 사가 제국의 초대 황제도 용사 소환으로 세계를 구하기 위해 불려온 분들이라고 해요. 근사하죠?”

용사는 소환되는 건가? 역시 일본인인가? 왕조가 야마토니까, 초대 황제는 성씨가 사가라거나 사가 현 출신인가? 성검의 이름이 엑스칼리버나 클라우 솔라스인 이유는 그거인 것 같은데.

그 사가 제국이란 곳이 본래 세계로 귀환하는 열쇠가 될 것 같다. 잊지 않도록 교류란의 메모장에 써놔야지.

“66년 주기라면 다음에는 언제 마왕이 공격해 오는지 알 수 있나요?”

“그게, 이미 마왕이 언제 공격해와도 이상하지 않을 시기인데요……. 아직도 마왕이 나타났다는 이야기가 없어요.”

흠, 진작에 부활했지만 정보전달력이 별로라서 전해지지 않았을지도 모르겠다.

“단순히 부활했다는 정보가 전해지지 않은 건 아닌가요?”

“시가 왕국이나 사가 제국의 도시에는 긴급용 통지 마법 도구가 있어서, 마왕이 출현하면 도시가 멸망해도 전할 수 있어요.”

호오, 그건 대단하네.

“그리고 마왕이 출현하기 전에는 각 신전의 무녀님한테 신탁이 내려서 사전에 알 수 있어요.”

그건 진심으로 굉장한데. 신들도 제법이네!

“마왕뿐 아니라 커다란 재해가 있을 때에도 신탁이 있는데요, 엊그제 별 내림은 어느 무녀님에게도 신탁이 내리질 않았다고 해요. 『용의 계곡의 결계벽』 너머라서 신탁이 안 내린 건지도 몰라요.”

아아, 그 결계 말이지. 다른 신의 신역이니까 나는 모르쇠 같은 이유겠지.

“마왕은 역시 마물을 이끌고 공격해 오나요?”

“그게, 마왕에 따라서 다르대요. 자기 혼자 싸우는 마왕도 있다고 하고, 마물이나 마족의 대군을 이끌고 전쟁을 걸어오는 일도 많다고 해요. 인간족이나 아인을 이끌고 오는 마왕도 있었다고 하고요.”

흠, 여러 가지로군.

“하지만 마왕의 부하 중에서 가장 무서운 건 『마족』이에요.

하급이라도 요전에 싸운 와이번이랑 비슷할 정도로 강하니까요."

"하급이라면 약하게 들리는데도 강하네요."

"마족은 마법이나 마법의 무기가 아니면 상처 입힐 수가 없어서 힘들어요."

"하급이 있다면 중급이나 상급도 있나요?"

"네, 중급은 도시 하나를 간단히 멸망시킬 수 있대요. 전례를 살펴보면 기사단이나 궁정마도사단이 모두 나서서 토벌해야 할 정도로 강해요. 중급 마족은 마법도 잘 안 통해서 약한 마법으로는 상처도 안 난대요."

도시 하나 멸망시키는 레벨이 중급이냐……. 그런 거랑 싸우는 용사도 고생이겠네.

하지만 중급이란 것은 그 이상도 있단 거잖아?

"그럼 상급은?"

"용이나 마왕이랑 같아요. 인간은 이길 수 없어요. 만나면 『어떻게 쓰러뜨릴까』가 아니라 『피해를 최소한으로 하려면 어떻게 할 것인가』나 『어떻게 도망에 성공할 것인가』를 생각해야 하는 상대죠."

아까 들었던 성룡이랑 비슷하군.

어라? 뭔가 잊고 있는 것 같은데. 뭐였지? 뭐 됐어, 나중에 생각나겠지.

그 밖에도 신경 쓰이는 일을 확인해봤다.

"그렇지, 마왕이랑 용이랑 어느 쪽이 강해요?"

"용이요."

오오, 즉답이네.

"과거에 출현한 마왕 중에 용사님을 이겨버린 강한 마왕이 있었는데요. 그 마왕을 쓰러뜨린 게 용이에요."

"그렇다면 일부러 용사를 소환하지 않아도 용에게 부탁하면 되지 않아요?"

"그건 무리에요. 왜냐면 용은 마왕이나 마족이랑 싸우는 게 즐거운 것뿐이지, 결코 인간을 위해서 쓰러뜨려주는 게 아니거든요. 마왕의 피해보다도 용이랑 마왕이 싸울 때 생기는 피해가 더 크니까요."

그렇군, 용이 나타나기 전에 신과 용사가 협력해서 마왕을 쓰러뜨리는 거구나.

유성우의 파괴력을 생각하면 지금 내 입장은 용의 포지션이 아닌가 싶다. 용사가 패배하면 멀리서 남몰래 유성우로 마왕을 쓰러뜨려야지.

왜냐면 접근전으로 마왕이랑 싸우는 건 겁쟁이인 나한테는 무리거든.

진지한 이야기만 하는 것도 지쳐서, 휴경지에서 풀을 뜯어 먹는 양을 바라보며 서로 좋아하는 음식이나 싫어하는 음식 이야기를 즐겼다.

장원을 나온 다음에는 성 앞 광장에 있는 맛있다고 소문난 레스토랑에 가기로 했는데, 점심을 먹기엔 아직 한참 이른 시간이라서 내벽 안은 나중에 가기로 하고 서쪽 거리로 향했다.

서쪽 거리에 있는 연금술 가게에 들러보고 싶었단 말이지.

"서쪽 거리에는 별로 유복하지 않은 시민용 가게뿐 아니라, 식육가공이나 연금술 등의 가게가 있어요. 그거 말고도 있는데요, 그게……."

제나 씨가 거기서 부끄러운 듯 말문이 막히고 말았다.

맵으로 보니까 전당포, 대부업자, 풍속점 같은 게 있다. 노예상회가 있는 것도 이 거리다. 아마도 풍속점이나 창관이 있다는 걸 말 못했을 것이다.

너무 끈질기게 물으면 성희롱이 되겠네.

식품이나 일용잡화 등 생활필수품을 파는 구역을 넘어가자, 망측한 느낌의 가게가 늘기 시작했다.

섹시한 누님이나 질 나빠 보이는 아저씨들이 어슬렁거린다.

서쪽 거리의 광장에는 노점이 잔뜩 늘어서 있고 새나 가축 등을 경매하고 있다. 가만 보니 가축 옆에 있는 우리에 사슬로 묶인 노예 소년소녀가 서 있었다.

지금까지도 노예를 몇 번 보긴 했지만 이런 취급을 당하는 모습을 보니까 기분이 나쁘군.

모두 사서 해방시켜주고 싶은 충동이 일었지만, 마지막까지 보살필 자신이 없어서 관두었다.

광장 앞에서 상인 같은 남자가 노예 시장의 일정을 게시하고 있었다. 내일 저녁부터 3일 밤 연속으로 열린다고 한다.

광장을 빠져나가자 창관이 늘어서 있었다. 미묘하게 사극의 유곽 같은 느낌이다.

역시 야한 일은 본업인 누님들과 하는 게 제일이지. 싫다는데 억지로 노예에게 야한 봉사를 시키는 것보다 유흥업에 긍지를 가지고 있는 프로를 상대하는 편이 좋다.

오늘 밤에는 예쁜 누님이 있는 가게에 가봐야지!

캬바레 클럽 같은 가게가 있으려나? 거품 목욕보다도 야한 이야기를 즐기는 쪽을 좋아하는데— 아차, 연인은 아니라지만 여자애랑 같이 있을 때 생각할 일이 아니었다. 반성하자, 반성.

외벽을 따라서 일정한 간격으로 널찍한 공원이 있는데, 그 중 하나에 사람이 잔뜩 모여 있었다.

"잠깐 세워 주세요."

인파의 안쪽 상황을 본 제나 씨가 강한 어조로 마차를 세웠다.

"왜 그래요? 제나 씨."

"사토 씨, 저것 좀 보세요."

응? 저건 요전의 뚱땡이 신관장이네.

"악마의 권속에게 철퇴를! 이 성석(聖石)을 권속에게 던져서 덕을 쌓도록 해라아아!"

사람들의 소란 속에서 뚱땡이 신관장의 갈라져가는 새된 목소리가 들렸다.

원정 나간 동쪽 거리에서 상대해주질 않으니까 이번에는 자기 동네인 서쪽 거리에서 포교활동을 하는 건가.

하지만 전과 달리 폭동 직전의 분위기인데? 무녀가 작은 소리로 말했던 「재앙」은 이 소동을 말하는 건가?

“선량한 백성들아! 며칠 전에 일어난 천벌, 별 내림을 기억하느냐!”

““““오오오옷!””””

““““기억한다아!””””

““““오오오오오오!””””

반수 이상은 바람잡이거나 그냥 외치고 싶은 거 아닐까?

“게다가! 거기에 더해서! 어제 백작님의 성에 마왕의 간부까지 공격해왔다!”

““““오오 신이여!””””

““““용사님 구해 주소서!!””””

““““오오오오오오!””””

응? 그런 사건이 있었나?

제나 씨에게 시선을 돌리자 난처한 표정을 지었다.

“어제 『검은 그림자가 백작님 성 주위를 날고 있었다』라면서 위병의 대기소에 온 사람이 있었어요. 하지만 망보는 병사나

성에 있던 사람들은 아무도 그런 걸 못 봤어요."

"헛소리였군요?"

"그런 일을 하는 의미를 모르겠어요. 그 사람도 소란죄로 성 지하 감옥에 투옥됐을 정도니까요."

엄격한 이세계네.

"이것은 신의 가호가 흐려진 것이다! 덕을 쌓아라! 선량한 백성들아! 덕을 쌓아 재앙으로부터 몸을 지켜라!"

""""신관님! 구원을!!""""

""""오오오오오오오!""""

""""덕을!!!""""

백성 여러분들 속이기 참 쉽네. 선동 내성이 너무 낮은데.

"덕을 쌓아라! 알겠느냐! 백성들아! 덕을!"

""""덕을!!!""""

""""오오오오오오오!""""

""""가르쳐 주시오!!""""

이 거리 사람들은 사칭 사기나 다단계 같은데 간단히 속을 것 같다.

"이 녀석들을 보라!"

뚱땡이 신관장이 몸을 젖히면서 광장 안쪽을 가리켰다.

"이 녀석들 아인은 마족이 되다가 만 것들, 아니 마왕의 권속이다! 이것들에게 성스러운 심판을 내리면 덕을 쌓을 수 있다."

""""오오오오오오오!""""

""""죽여라!!!""""

아지테이터
선동자 씨? 작작 좀 하지?

"기다리거라! 선량한 백성들아!! 죽여 버리면 왕국의 법을 어기게 된다. 기다리거라!"

""""어떡하면 됩니까 신관님!""""

""""죽여라!!!""""

""""오오오오오오오!""""

그냥 소리만 지르는 녀석들이 꽤 많은데.

"죽여선 안 된다! 이 성스러운 돌을 악마의 권속에게 맞추면 덕을 쌓을 수 있다."

""""신관님!""""

""""돌을 주시오~!!!""""

""""오오오오오오오!""""

뚱땡이 신관장이 가리키는 곳에 시선을 돌렸다. 그곳에는 세 명의 아인(亞人) 소녀가 있었다.

사슬에 묶여 있는 강아지 귀 종족, 고양이 귀 종족, 비늘 종족의 소녀들이 한데 모여 떨고 있다.

"공짜가 아니다! 대가를 지불해야 덕을 쌓을 수가 있다!!"

""""오오오오오오오!""""

""""덕을!!!""""

아, 목소리 크기가 조금 줄었다.

"성석 하나에 동화 1닢이다. 지금은 크게 베풀어 대동화 1닢에 성석 5개를 주마!"

대답하는 목소리가 멎었다.

민중들은 현실적이네.

"왜 그러느냐! 선남선녀여! 성석은 한도가 있도다!! 덕을 쌓는 것은 먼저 움직이는 자들이다!!"

""""사겠소!""""

""""파시오!!!""""

""""오오오오오오!""""

한정판에 약하군.

"이쪽의 제자들에게 사거라! 줄을 서라! 줄을 서지 않으면 덕을 쌓을 수 없다!"

""""오오오오오오!""""

""""줄을 서라!""""

뚱땡이 신관장, 무슨 정신조작 마법이라도 썼나?

성석을 산 사람들이 그 돌을 사정없이 아인 소녀들에게 던졌다. 놀랍게도 전혀 봐주지 않는다.

으악?! 진짜냐?

"더 이상 보고 있을 수 없어요! 잠깐 다녀올게요. 사토 씨는 여기서 기다리세요."

제나 씨가 재빨리 마차에서 내려 소란의 중심으로 달려갔다.

그 모습에 넋을 잃은 탓에 행동이 늦었다.

"""아인을 죽여라!!"""

"""오오오오오오!"""

"""마족에게 철퇴를!!!"""

비늘 종족의 소녀가 작은 강아지 귀 소녀, 고양이 귀 소녀를 감쌌다.

민중들은 점점 더 열광했지만 아인 소녀들에게 던져지는 돌은 많지 않았다.

아인 소녀들에게 돌을 던지려고 움직이는 자가 보여서 손바닥 안의 천화를 튕겨서 성석을 부쉈다. 주위 사람들에게 맞을까 조금 무서웠지만 투척 스킬 덕분인지 명중했다.

손 안에서 부서진 돌을 보고 기분 나빠졌는지, 일시적으로 성석을 든 사람들의 움직임이 멎었다.

이걸로 제나 씨가 마법으로 저 애들을 지킬 때까지 시간을 벌 수 있겠지.

아인 소녀들 앞에 끼어드는 건 간단하지만 나중에 같은 일이 반복되면 의미가 없단 말이다…….

아인 소녀들을 보고 있으니 평소처럼 상세정보가 AR표시됐다.

이건!

발견한 정보를 서둘러 살펴 봤다.

아인 소녀들을 보면서 발견한 것은 그녀들의 주인의 이름.

그것은 뚱땡이 신관장과 다른 이름이었다.

그러면 주인은 어디 있지?

주인이 여기에 없거나, 뚱땡이 신관장을 거스를 수 없는 입장이거나— 뚱땡이 신관장의 동료인가!

요즘에는 AR표시밖에 안 쓰던 모든 맵 탐사의 진짜 성능을 발휘했다.

주인의 이름을 맵에서 검색.

있다! 광장 구석. 나무 상자 위에 앉아서 광장의 소동을 싱글거리며 보고 있는 여우 눈을 한 작은 남자다.

AR표시된 정보를 확인했다.

남자의 이름은 우스. 39세. 스킬: 「사기」, 「설득」, 「협박」. 소유노예: 「고양이」, 「개」, 「도마뱀」.

……응? 노예는 종족 표시만 되고 이름은 없는건가?

아니, 그런 건 아무래도 좋아. 정보가 더 필요해! 아직 부족하다.

소속: 「세류 시 하급시민」. 길드: 「시궁쥐」. —이거다! 길드: 「시궁쥐」로 검색!

구성원 52명. 이 광장에 있는 건 우스를 포함해 10명. 우스와 그 뒤에 있는 호위로 보이는 거한을 제외한 8명이 광장에서 바람잡이를 하고 있는 모양이다.

이 자리에 없는 자도 포함해서 모두 마킹해 두었다.

그러면 행동 개시다!

**〉「암약」 스킬을 얻었다.**

그러나 아인 소녀의 학대에 동요했기 때문인지 나는 중대한 정보를 놓치고 있었다. 시간은 되돌릴 수 없지만, 이때 첫걸음을 살짝 늦췄다면 결과가 달랐을 지도 모른다.

제나 씨가 뚱땡이 신관장 앞에 이르렀다.

"무도한 짓을 그만 두세요!"

"뭐냐, 계집아! 네놈은 마족 편이냐!"

어느샌가 『권속』이 사라졌네. 거기다 반론하기 힘들게 물어보는 걸 보니 선동의 기본은 아는군.

""""마족 편을 드는 놈도 마족이다!!""""

""""오오오오오오!""""

제나 씨가 시간을 벌어주는 동안 일단 군중 틈에 있는 야바위꾼을 어떻게든 하자.

"얼버무리지 마세요! 자이크온 신전은 왕국의 법을 어길 셈인가요!"

"마족을 성스러운 돌로 치는 것이 뭐가 나쁜가?"

무슨 대화가 저렇게 어긋나냐? 아니, 뚱땡이 신관장은 알면서 논점을 비틀고 있는 거군.

마차에서 내려 군중 속으로 들어갔다. 만원전차에서 길러진 경험과 회피 스킬의 힘으로 집단을 빠져나갔다.

"""오오오오오오!"""

"그래! 그 계집에게도 돌을 던져라!!!"

"""오오오오오오!"""

제나 씨는 사전에 바람 방어(윈드 프로텍션)를 쓴 모양이다. 자기에게만 쓴 게 아니라 아인 소녀들도 지키고 있다. 역시 영군의 마법병이다.

그러면 군중이 폭주하기 전에 정리해야지.

제나 씨라도 다수가 밀고 들어오면 위험하다.

돌을 던지면서 주위를 선동하는 시궁쥐 옆으로 이동했다.

상대를 무력화하기 위한 격투 스킬을 최대까지 올렸다. 스킬의 은혜 덕인지 어떻게 공격하면 무력화하면서도 죽이지 않는지 알 수 있었다.

단 일격으로 시궁쥐를 무력화했다.

한 순간의 움직임이라 주위에서는 눈치 채지 못했다. 빈혈을 일으킨 친구를 배려하는 연기를 하여 광장 바깥으로 옮겨 뒷골목에 버렸다. 시간이 아까우니 구속은 안 한다.

**〉「연기」 스킬을 얻었다.**

**〉「납치」 스킬을 얻었다.**

**〉「암살」 스킬을 얻었다.**

납치 스킬은 쓸만할 것 같으니까 최대까지 터득. 암살 스킬은 필요없다. 됐거든?

광장 중앙에서는 다른 신관복을 입은 청년이 제나 씨에게 가세했다.

"아인이 마족이란 것은 자이크온 신전의 입장이 아니라 당신이 혼자서 말하고 다닌 것 아닌가."

"흥, 박애주의 갈레온 신전의 신관이신가? 그렇게 짐승이 좋다면 일이 끝난 다음에 앞이든 뒤든 좋아하는 곳을 써도 좋다."

우왓, 최악의 성희롱범이네.

제나 씨가 새빨— 개지지 않았네. 의미를 모르는 건가? 차라리 다행이다.

"아인을 죽여라!!"

"마족에게 철퇴를!!!"

""""오오오오오오!""""

논쟁을 하는 무대는 제나 씨에게 맡기고 이쪽은 해충을 제거해야지.

두 명, 세 명 순조롭게 혼절시키고 적당히 뒷골목에 버렸다. 다 마신 술병을 근처에 놓아두는 센스를 발휘했다.

"알고 있는 건가요! 이대로 민중의 불안을 조장하여 폭동이 일어나면! 자이크온 신전이 반역의 주모자가 됩니다!"

"용의 위엄을 빌리는 어리석은 도마뱀아! 마족을 죽이지 말라고? 네놈이야말로 반역자가 아닌가!"

"마족을 죽여라!!"

"그 계집도 마족이 둔갑한 거 아니냐?!"

""오오오오오오!""

절반쯤 제거가 끝났다.

군중의 외침도 상당히 줄었네. 쓸데없이 목소리 큰 녀석이 한 명 있다. 시궁쥐 일당은 아닌 것 같지만. 일단은 마크해 두자.

제거가 끝난 다음에 접촉해야지.

"서쪽 거리의 여러분! 불안한 것은 모두 마찬가지다! 그러나 그것을 약자에게 떠넘기는 비겁자가 되어선 안된다!"

"들었느냐, 백성들아! 갈레온 신전은 네놈들이 나쁘다고 하고 있다! 덕을 쌓으려고 필사적인 너희들을 악이라고 한다!"

뚱땡이 신관의 선동에 민중이 응하지만, 그 목소리는 점점 작아졌다.

"마족을 죽여라!!"

"가짜 신관놈!!"

"오오오오오오!"

좋아, 앞으로 두 명.

재빨리 처리하고 뒷골목에 버렸다.

우스를 무대에 올리기 전에 목소리 큰 친구에게 접촉해서 마지막 처리를 했다.

**〉「음모」 스킬을 얻었다.**

“이제 그만하세요. 아무리 돌을 던져도 모두 막아냅니다!”

“이놈, 성스러운 행위를 방해하느냐! 신에게 대드는 어리석은 놈!”

뚱땡이 신관장이 거품을 물 기세로 외쳤지만 응하는 민중의 목소리는 뜸하다. 뜸한 목소리조차도 하나, 또 하나 사라져 갔다.

나는 뒤에서 우스의 어깨를 툭 두드렸다.

“당신 차례야.”

“뭐, 뭐냐! 이 자식! 야, 반제! 이 녀석 때려눕혀!”

우스는 놀라면서 뒤에 있는 거한에게 턱짓으로 지시했다. 그러나 돌아본 곳에 거한의 모습이 없어서 당황한다.

“반제? 어디 갔냐? 굼벵이 자식!”

“덩치 큰 친구는 여자랑 같이 어디 가던데?”

사실은 기절해서 뒷골목에 나뒹굴고 있다.

우스의 멱치를 발끝으로 차올려 몸부림치게 만들고 무대까지 데려갔다.

“다들 해산하라. 이대로 가면 정말로 영군이 올 거다! 불안한 자는 신전으로 오라. 불안이나 고민을 얼마든지 들어주겠다!”

"이놈, 성스러운 행위를 방해하느냐! 신에게 대드는 어리석은 놈!"

둘 다 신관이잖아?

그들 가운데 우스를 내던졌다.

"오오, 우스 씨! 성스러운 행위에 아인 노예를 제공해준 신앙심 깊은 자에게 무슨 짓을 하는 것이냐! 이 배교자 놈!"

뚱땡이 신관장은 일단 무시했다.

"제나 씨, 기다렸죠. 그쪽 신관님도 수고하셨어요. 이 남자가 주모자입니다."

"역시 사토 씨. 몸이 가벼운 건 폼이 아니네요!"

"주모자라고?"

칭찬할 부분이 좀 어긋났어요, 제나 씨.

의심하는 청년 신관에게 웃으면서 눈인사를 했다. 이름을 밝히기 전에 할 일이 있으니까.

"제나 씨, 마력에 여유가 있으면 광장에 목소리를 울리는 마법 써주실래요?"

"네! ■■■■ ■■■■ ■■■ ■■■ 바람의 속삭임(위스퍼 윈드)."

몸부림치는 우스를 두 손으로 들어 올려 잘 보이게 했다.

우스의 몸을 가림막으로 삼아서 내 모습은 눈에 안 띄게 했다.

"여러분 보이십니까? 이 남자가 흑막입니다! 이 남자가 자이크온 신관에게 노예를 빌려주고 여러분의 불안을 선동했습니다. 그리고 평범한 돌멩이를 성석이라고 속여 여러분의 소중한 돈을 가로채려 한 겁니다!"

**〉「단죄」 스킬을 얻었다.**

"돈 내놔라아아!"

군중 속에서 한층 큰 목소리가 나왔다. 그 목소리에 떠밀려서 「돈 내놔」 콜이 시작되었다.

"그의 목적은 이것뿐만이 아닙니다! 푼돈을 벌 수 있다는 말로 자이크온 신관을 이용한 진짜 목적은! 여러분을 선동하여 백작에게 반역하도록 만들려는 겁니다! 이놈이 바로 악마 숭배자 일당인 겁니다!"

사기 스킬 최고다!

푼돈까지는 사실이겠지만 뒤에 두 개는 그냥 갖다 붙였다.

사실은 이 남자의 목적을 몰라서 괜히 흔들어 본 거다.

**〉「누명」 스킬을 얻었다.**

성석을 파는 게 목적일 경우, 성석이 100개 팔렸다고 해도 은화 5닢. 아인 노예 세 명의 가격에 비해 손해다. 시세 스킬로 본 가격은 셋이 합쳐 은화 6닢이다. 그대로 계속하면 노예들은 확실하게 죽었을 것이다.

그치? 수지가 안 맞잖아?

"그 녀석이 마족을 뒤에서 조종하고 있었나아아!"

저 목소리 큰 친구, 뚱땡이 신관장에게 불리해지도록 선동하라고 의뢰했지만 분위기 파악 좀 하자. 또 폭동이 나잖아.

응? 마족?

그렇지, 생각났다!

이 도시에 처음 왔을 때—.

『크크크크큭.』

두 손을 뒤로 고정해서 공중에 매단 우스가 잠긴 소리로 웃기 시작했다.

움직일 수 없을 거라 생각했던 우스가 **검은 팔을 휘둘러** 반격에 나섰다.

독조(毒爪)가 뚱땡이 신관장의 몸을 찢었다.

—마족이 하나 있는 걸 발견했었지.

자이크온의 뚱땡이 신관장은 날카로운 손톱에 의해 몸이 찢기고 내장을 흩뿌리면서 즉사했다.

눈앞에서 일어난 무참한 살인에 반응할 수가 없었다.

충격이 너무 커서, 무심코 구속하고 있던 우스의 **양팔**을 놓아 버렸다.

"이, 이 팔은, 므우어지?"

독조를 휘두른 검은 팔은 우스의 가슴팍에서 나왔다. 땅에 무릎을 꿇은 우스는 피를 토하면서 자기 가슴을 멍하니 보고 있었다.

"마족이다! 다들 광장에서 피난하라!"

제일 먼저 제정신을 차린 청년 신관이 큰 소리로 주위의 민중에게 경고하고 자신도 거리를 벌렸다. 그리고 힘찬 바리톤의 목소리로 낭랑하게 주문을 외기 시작했다.

광장에 있던 사람들은 우스의 가슴에서 튀어나온 검은 팔을 보고 혼비백산하여 도망쳤다.

독조는 우스의 의지와 관계없는 다른 생물처럼 이쪽을 공격하려고 했지만, 우스의 다리가 풀린 탓에 손톱이 닿지 않았다.

"사토 씨! 그 애들을 데리고 광장 밖으로 피하세요! 저는 지원군을 불러올게요!"

"아, 알았어요!"

한심하게도 제나 씨의 지시를 듣고서야 간신히 내가 해야 할 일을 떠올렸다.

일단 아인 소녀들의 안전을 확보해야지. 뭣 때문에 뚱땡이 신관장이랑 다퉜는데.

사슬을 끊으려고 힘을 줬더니 먼저 말뚝이 땅에서 쑥 빠졌다. 의도한 거랑은 다르지만 일단 여기서 움직일 수 있게 되었다.

“위험하니까 얼른 피하자. 사슬을 풀 수 없으니까 셋이 같이 튼튼한 건물 뒤에 숨어 있어.”

그러나 셋 모두 그 자리에서 움직이지 않았다. 아무래도 다리에 힘이 풀린 건 아닌 것 같은데.

“명령이니까, 무리~?”

고양이 귀 소녀가 포기한 목소리로 말했다. 떨리는 목소리였다.

“움직이면 안돼, 입니다.”

“죄송합니다. 주인인 우스 님이 『이 자리에서 움직이니 말라』고 엄명을 했습니다. 움직이면 예속의 목걸이가 조여집니다. 부디 저희는 버리고 가세요.”

강아지 귀 종족 아이와 등에서 피가 스며나오는 비늘 종족 소녀가 포기한 듯 고개를 저었다.

도움은 뜻밖의 장소에서 왔다.

“가라~! 마족을 쓰러뜨려라!”

아까 전까지 아인 소녀들에게 돌을 던지던 사람들이 팔이 돌아난 우스를 향해서 성석을 던졌다. 호령을 하고 있는 사람은 아까 매수한 목소리 큰 친구다.

우드득 소리가 나며 우스의 목이 이상한 방향으로 돌아갔다. ―무심코 눈길을 돌려 버렸다.

참 목숨이 가벼운 세상이네. 주저 없이 우스째로 마족을 죽이려 들다니.

……내가 너무 평화에 길들여져 있는 건지도 모르지만.

"오옷! 마족이 일어섰다! 다들 숨어라!"

목소리 큰 친구의 말에 돌아보자, 쓰러져있던 우스의 시체가 관절을 사용하지도 않고 비디오를 되돌린 것처럼 일어섰다. 강시 같다.

몸에서 검은 안개가 흘러나왔다.

청년신관에게 시선을 주었지만 아직도 주문을 영창하고 있다. 너무 길잖아.

『버러지들아. 거슬리는 숙주의 머리를 파괴해 주어 고맙다. 소관 감사.』

어쩐지 광대 같은 인상을 주는 말투 때문인지 생각보다 무섭지 않았다.

"……■■■■■■■■■■ 봉마의 원진(서클 오브 안티 이블)!"

『잔재주. 소관 실소.』

집중하여 주문을 외던 청년 신관의 마법이 발동하여 팔 뿐인 마족을 봉하는 빛의 마법진을 만들었다.

실소한 것치고 마족은 마법진에서 나오지 못했다. 청년 신관은 이어서 다음 주문 영창을 시작했다.

『으그그그그. 인간의 목으로는 마법을 못 쓰도다! 소관 오산.』

거리의 사람들은 건물 뒤에서 조심조심 이쪽을 보고 있다.

우스의 몸을 찢고 마족의 본체가 나왔다.

그것은 눈알에서 날개와 팔이 돋아난 것처럼 생긴 기묘한 생물이었다. 보기만 해도 SAN수치가 깎일 것 같다.

『흐스르르르르~. 이것으로 말하기 쉬워져따. 소관 감격.』

이쪽은 알아듣기 힘든데.

그리고 입도 없는데 어디로 말하는 거지? 눈알 표면을 스피커처럼 진동시키는 건가?

아니, 그런 건 아무래도 좋다.

분명 이것이 무녀가 말했던 「재앙」이다. 아까 그 폭동은 전조가 틀림없다.

나는 눈알 마족을 보았다. AR표시가 우스에서 하급 마족으로 바뀌었다. 이름도 나와 있지만 보통 문자가 아니라 발음기호의 나열이었다.

눈알 마족을 시야에 넣은 채 검색해 보니, 우스의 죽음과 더불어 아인 소녀들도 『주인 없음』으로 바뀌었다. 그러면 애들도 움직일 수 있지 않을까?

"……■■■ 성스러운 창(세이크리드 자벨린)."

청년 신관이 빛의 창을 날렸다.

『소관 실소.』

눈알 마족이 한마디 하자, 어둠의 장벽이 나타나 빛의 창이 진로에서 벗어났다.

역시 말하기만 쉬워진 게 아니라 마법도 쓸 수 있게 됐구나.

한 번 더 포효하자, 아래에 있던 마법진이 파괴되어 버렸다.

『아까 전까지 소동, 공포, 불안, 편견, 오만, 실로 좋았다! 소관 만족.』

위험한데, 지금 공격마법이 날아오면 아이들을 지킬 수가 없다.

그러면 선제공격을 할까? 하지만 일격으로 처치 못하면 아이들이 위험해진다.

눈알 마족이 한층 커다랗고 긴 포효를 했다.

『따라서, 이 땅에 내 주인을 위해 둥지를 만든다. 기쁘지 않으냐? 소관 근로!』

주인?! 설마 마왕인가?

눈알 마족을 중심으로 검은 빛의 마법진이 생겼다.

위험하네. 분명히 무슨 공격마법이다. 이 자리를 벗어나고자 세 소녀를 끌어안았다.

청년 신관도 광장에 남겨진 노인을 안고서 피난하기 시작했다.

그때 타이밍 나쁘게도 제나 씨가 선도해온 영군 병사들이 도착했다.

"사토 씨! 원군이에요!"

제나 씨의 몸에서 김이 오르고 있다. 틀림없이 필사적으로 달렸겠네.

불러온 속도를 생각하면 그들은 뚱땡이 신관장이 일으킨 폭동을 진압하러 오던 부대일 것이다. 철컥철컥 금속음을 울리며 병사들이 큰 방패를 들고 마족을 둘러싸며 포진했다.

노력에 찬물을 끼얹는 건 미안하지만 긴급사태다!

"제나 씨! 마족이 뭔가 하고 있어요! 피해요!"

안아 든 세 소녀를 피난시킬 건지, 제나 씨한테 경고를 반복할 건지, 판단을 망설이는 동안 사태는 훨씬 신속하게 전개되어 버렸다.

발치의 땅이 옛날 특수촬영처럼 일그러졌다. 분명히 단단한 지면인데 어두운 보라색 빛을 뿜으면서 일그러지고, 틀어지고, 늘어나더니…… 섬광이 세계를「검게」물들였다.

◆

빛이 사그라지자 동굴 같은 장소에 있었다.

바닥에서 희미하게 보라색 빛이 흘러나와 그럭저럭 주위가 보인다. 땅은 그대로인데 다른 데는 거친 바위로 바뀌었다. 반경 10미터쯤 되는 공간이고 벽 하나에 출구가 있다.

이 장소에 있는 건 안고 있던 아인 소녀 세 사람뿐이었다.

제나 씨는 물론 가까이 있던 눈알 마족도 없다. 물론 제나 씨가 데리고 온 영군 사람들도 없다.

『소관의 주인의 미궁에 잘 와따. 아직 이름은 없지만 마물은 지금부터 만들어 주마. 감사하도록 해라. 소관, 근면!』

어디선가 눈알 마족의 목소리가 들렸다. 텔레파시 같은 건 아닌 것 같은데?

고양이 귀 소녀가 천정 한쪽을 가리켰다. 아무래도 거기 있는 구멍에서 목소리가 들리는 모양이다.

『소관의 즐거움을 위해 마음껏 공포에 떨라! 서로 죽여라! 서로 빼앗아라. 소관 장려!』

조금 지난 다음에 눈알 마족의 목소리가 이어졌다.

『체념은 영혼이 텅텅 빈다, 소관 혐오!!』

『따라서 모든 방은 출구와 이어지도록 했다. 소관 공평!!』

『희망 다음의 절망을 기대한다. 노력해라 먹잇감들! 소관 격려!』

……아하.

게임으로 치면 강제 이벤트 「미궁에서 탈출 미션」 발생! 이란 느낌이군.

**〉칭호 「미궁탐색자」를 얻었다.**

# 미궁

"사토입니다. 어렸을 때 아버지의 콜렉션이었던 미궁 게임에 빠진 것이 게임 업계로 나아가게 된 계기가 된 것 같습니다. 그 게임에서 초 레어 아이템인 칼을 손에 넣었을 때 감동을 잊을 수가 없어요."

맵으로 확인해봤지만 「악마의 미궁, 최하층」이라고 표시되기만 하지 통로는 표시되지 않았다.

……아무리 그래도 그렇게까지 편할 리는 없겠지.

그건 그렇고 시티 어드벤처 같은 상황에서 던전 탐색물로 급변하다니, TRPG였다면 게임 마스터의 머리를 걱정할 레벨이다.

아차, 그런 것보다 아인 소녀들이 불안해 보이네.

일단 이쪽을 보살피는 게 먼저다.

역시 자기소개부터 하자.

"나는 사토. 행상인이다."

"고양이~."

"개, 입니다."

"도마뱀입니다."

그게 이름이냐?

우스뿐만이 아니라 그 이전 주인도 그렇게 불렀다고 한다.

강아지 귀 소녀와 고양이 귀 소녀는 어렸을 적부터 노예였다고 하는데, 비늘 소녀는 성장한 다음에 노예가 되었기 때문에 이름이 있었다. 다만 긴 데다가 마찰음이 섞여 발음하기 어려운 이름이었다.

결국 부르기 쉬운 이름을 붙여달라고 하길래 「포치」, 「타마」, 「리자」라고 붙였다. 애완동물 취급이냐면서 화낼 것 같지만, 평범한 이름을 붙이면 분명히 헷갈릴 테니까 미궁을 나갈 때까지는 봐줬으면 좋겠다.

리자는 도마뱀의 리자드가 아니라, 본명의 첫 두 글자를 따온 것이다.

그러면 탈출하기 전에 세 사람의 치료부터 해야지.

가방에서 타월과 물주머니, 그리고 상처에 바를 연고를 꺼냈다. 마사네 여관에 줄 선물로 산 거지만 다음에 다시 사주면 되겠지.

"이 천이랑 물주머니의 물로 상처를 씻고 소독해라. 그 다음에 연고를 바르고 천을 감아둬. 소독할 때 쓴 천은 쓰면 안 된다?"

새 타월을 받은 소녀들이 난처해한다.

처음에는 평범하게 말을 걸었지만, 명령조가 아니면 말할 때마다 당황하길래 이렇게 되었다. 옛날에 친척 꼬맹이들 봐주던 시절로 돌아간 것 같네.

"왜 그래? 치료하는 동안에는 뒤돌아있을 테니까 안심해."

아무래도 부끄러운게 아니라 깨끗한 천과 약을 노예에게 주는 일 자체가 드문 모양이다.

“고마워, 입니다. 뒤돌지 않아도 괜찮아, 입니다.”

“깨끗한 천. 기뻐~.”

“그것이…… 약이나 물은, 젊은 나리를 위해서 아껴두는 편이……. 그…… 좋지 않을지…….”

포치와 타마는 옷의 허리를 묶고 있던 노끈을 풀더니, 주저없이 알몸이 되어 치료를 시작했다.

둘 다 귀와 꼬리 말고는 인간족의 아이랑 구분이 안 된다.

포치가 갈색 보브, 타마가 하얀 단발이다. 리자는 허리까지 오는 붉은색 머리칼을 뒤로 묶었다.

리자는 괜한 생각이 많은 타입인지 주저했지만, 신경 쓰지 말고 쓰라고 「명령」하자 다른 두 사람과 마찬가지로 치료를 시작했다.

리자도 어엿한 꼬리와 몸의 일부를 뒤덮는 오렌지색 비늘이 없었으면 인간족의 여성과 구분이 안 된다.

보아하니 오렌지색 비늘이 꼬리 부근과 목, 어깨, 팔꿈치부터 손가락까지, 그리고 무릎부터 발가락까지 뒤덮고 있었다. 옷 위로 드러나는 가슴이 상당히 유감스런 사이즈였다.

치료가 끝나기를 기다렸다가 과자를 나눠줬다. 과자라고 해도 손바닥 크기의 벌꿀 과자를 한 사람당 하나씩 주었다. 배는 충분히 부를 거다. 제나 씨랑 돌아다닐 때 선물용으로 사둔 것이다.

포치가 금방이라도 침을 흘릴 듯 보고 있지만 아무도 손을 대지 않았다.

"사양 말고 괜찮으니까 먹어라."

허가를 받아야 먹는 건가. 역시 노예는 학대를 당하고 있군.

"맛있어~."

"아, 달고, 맛이컥."

포치가 사레들려서 물 주머니를 주었다

"안 뺏어먹으니까 천천히 먹어라."

마치 보모가 된 기분이다.

"벌꿀을 사용해서 만든 과자라니……."

리자가 어째선지 말을 잇지 못하지만, 과자 하나에 너무 거창하게 감격하네.

맵을 한 번 더 확인했다. 역시 이 방 말고는 표시되지 않는다.

마법의 효과가 없는 건지, 아니면 시간이 다 된 건지.

메뉴를 열어 「모든 맵 탐사」의 마법을 썼다. 이걸로 안 되면 차근차근 맵핑하는 수밖에 없는데.

그 염려는 금세 해결되었다. 「악마의 미궁」의 전체의 모습이 표시되었다. 이 마법과 맵의 조합은 너무 편리하다. 완전 이지 모드다.

그리하여 모든 것이 드러난 미궁이지만, 평면표시는 파악하

기 어려우니까 3D표시로 전환했다. WW 같은 워 게임은 고저차가 중요한 요소가 되기도 하니까 3D맵이 필수였단 말이지.

단순히 3D가 되는 것뿐만 아니라 회전도 가능하니 여러 각도에서 볼 수 있다.

그리하여 입체로 표시된 맵을 보니 미궁이라기보다는 개미굴처럼 보였다. 나무뿌리처럼 갈라진 통로 끝에 방이 있고, 거기서 다시 나무뿌리처럼 통로가 갈라진다.

입체적으로 교차하거나 다른 방으로 이어지는 문제가 있는 것이 미궁답다.

얼추 검색해 보니 이 미궁에 있는 사람은 159명. 그 중에서 7명이 아인, 나머지 152명이 인간이며, 약 4분의 1 정도가 노예였다. 폭동진압부대는 50명 정도 있는데 세 군데로 분산되었다.

제나 씨도 그 집단 중 하나에 있는 모양이다. 맵을 보니 당분간 만나기 어렵겠지만 병사 동료들과 함께라면 괜찮겠지.

오히려 이쪽으로 와주면 좋겠다.

갈레온 신전의 청년신관은 제나 씨보다 떨어진 위치에 있다. 합류할 수 있는 건 출구 부근이군. 개인적으로 죽지 말았으면 하는 인재지만, 방치해도 살아남을 것 같으니까 만나면 행운이라고 생각하면 되겠다.

연락수단이 있다면 모두 지상으로 유도할 수 있는데. 이 이상하게 편리한 메뉴에도 플레이어 채팅 기능 같은 건 없었다.

그건 그렇고 눈알 마족이 검색에 안 걸린다. 가장 깊은 곳에 그럴 듯한 방이 있으니까 거기 있나 했는데…….

괜히 먼저 쓰러뜨렸다가 미궁이 붕괴하면 농담으로 넘어갈 수 없으니 이 녀석도 방치로군.

적은 10에서 20레벨 범위의 벌레 계통 마물이 중심이었다.

처음 검색에서는 20마리 정도 있었지만 검색을 다시 할 때마다 늘어나서 지금은 100마리를 넘었다. 종류도 개구리나 뱀 같은 것이 추가되었다. 모든 마물이 「시원(始原)의 마물」이란 칭호를 가지고 있다. 미궁 생성 직후에 만들어진 마물이란 의미인가? 전에 본 와이번에게는 이런 칭호가 없었다.

여기는 막다른 길의 방이니 괜찮지만 이동하다가 협공을 당하면 위험하겠네. 소녀들에게도 무기를 준비해줘야지.

좋아, 통로 뒤에서 발견한 척하면서 적당한 창이나 검을 스토리지에서 꺼내자.

그렇게 결심하고 통로 쪽으로 가자, 세 소녀가 황급히 따라왔다.

"버리지 마! 뭐든지 할게 입니다!"

"두고 가지 마!"

"젊은 나리, 미끼로 쓰셔도 괜찮습니다. 데려가 주세요. 부탁드립니다."

필사적으로 붙들었다. 그러면서 다들 옷을 붙잡지 않는 건 노예로서 경험이나 조교 때문인가?

"불안했구나. 통로가 어떤지 보려는 것뿐이야. 안 버릴 테니 안심해라."

되도록 상냥하게 말했다. 그렇게 말을 해 봤자 안심하지 못하겠지만, 말이 없는 것보단 낫겠지.

세 소녀가 남은 것을 다 먹을 때까지 기다리는 동안, 가방에서 단검이나 마법총을 꺼내 장비했다.

이 마법총은 핸드건 사이즈인데 납이 아니라 마력을 탄환으로 쏘는 무기다. 마력조정에 절차가 필요 없는데다가, 최소위력이면 마력을 1포인트밖에 소비하지 않아서 효율이 끝내준다.

나의 경우 마력이 대충 초당 3포인트 속도로 회복하기 때문에 사실상 무한히 쏠 수 있다. FPS의 초기무기처럼 편리하지만 방아쇠를 당기고서 0.1초쯤 딜레이가 있어서 조금 쓰기 어렵다.

셋 중에서 전투스킬을 가진 건 리자 뿐이었다.

그녀는 「창」 스킬을 가졌다. 아무리 그래도 가방에서 창을 꺼낼 수는 없으니 아까 꺼낸 단검을 리자에게 주었다. 노예에게 무기를 주는 것이 뜻밖이었는지 조금 망설였지만 억지로 쥐어 주었다.

내가 전위를 맡고 리자는 등 뒤에서 기습을 받았을 때 대처하도록 부탁했다. 리자는 자기가 선두로 가겠다고 했지만 뒤를 맡겼다.

레이더가 있는 이상 기습은 당하지 않겠지만 역할을 주면 불안을 조금 완화할 수 있겠지.

나, 타마, 포치, 리자의 순서다. 내가 명령할 때까지 전투에 참가하지 말라고 강한 어조로 「명령」해 두었다. 레벨이 2~3이라서 어설프게 마물의 공격을 받으면 일격에 죽어 버린다.

실질적으로 호위 미션이군.

통로 바닥도 석벽과 같은 재질이었다.

당연하게도 빛을 내는 돌바닥은 없기 때문에 어둡다. 몇 미터마다 빛나는 돌기둥이 있어서 동굴의 음영으로 음산한 분위기가 느껴지지만 다행히 걷는 데는 문제가 없다.

돌기둥은 허리 높이쯤 되는데, 음침하게도 빛이 가슴 높이까지만 닿도록 조절해놔서 천정이 새까맣다.

아마도 불안을 부추기기 위한 연출일 것이다. 공을 짜증나게 잘 들였다.

통로가 완전히 어두우면 방에 틀어박혀서 나오질 않으니까 그걸 막기 위한 대책일지도 모른다.

"타마, 통로 앞에 뭔가 보이면 작게 알려줘. 포치, 무슨 이상한 냄새나 소리가 나면 알려줘. 리자, 뒤쪽 경계를 맡긴다. 하지만 너무 신경 쓰다가 뒤처지지 말도록."

"네잉!"

"네, 입니다!"

"넷!"

아직 불안해 보이지만 대답은 잘 하네.

**〉「지휘」 스킬을 얻었다.**

**〉「편성」 스킬을 얻었다.**

흠. 아마도 파티 관련 스킬이겠지. 도움이 될 것 같으니 스킬 포인트를 분배해 두자.

파티 멤버의 적절한 배치에 대한 지식이 뇌리에 떠올랐다. 그 밖에 서로의 위치 파악 같은 것에도 보정이 있는 것 같다.

통로를 나아가자 레이더에 적이 나타났다. 상당히 멀다.

"통로 쪽에서 피 냄새, 입니다."

얼굴을 어둠 쪽으로 내밀고 코를 킁킁거리던 포치가 보고했다.

직선거리로는 가깝지만 길을 따라가면 500미터는 앞에 있는데 용케도 아네.

포치를 칭찬하며 머리를 쓰다듬었다. 애완동물 취급이지만 꼬리를 흔드는 걸 보니 기쁜 모양이다.

다가가면서 맵으로 적을 조사했다. 레벨 20에 특수능력 없음. 공격은 몸통 박치기와 물어뜯기. 다음 방에 한 마리가 있다.

떠오른 바가 있어서 소녀들의 스테이터스를 메모해뒀다. 경험치란이 있는 걸 보고 좀 질렸다. 정말이지, ……게임도 아니고. 경험치는 퍼센트 표시라서 구체적인 수치는 모르겠지만 다음 레벨까지 어림잡는 데는 편리하다.

맵 안에 있는 다른 사람의 경험치는 안 보이는 모양이다. 파티 한정인가? 아니면 무슨 조건이라도 있나?

방에서 흘러나오는 빛이 보였다.

애들한테 기다리라고 하고 방을 엿보았다. 이쪽을 눈치 못 챘는지 거대한 곤충형 적이 「무언가」를 열심히 먹고 있다. 그러니까…… 그로테스크에는 내성이 없다니까요.

나도 지고나면 저런 식으로 먹히는 건가? 레벨 차를 생각해 보면 질 것 같지 않지만, 마음이 편하진 않다.

이야기 속의 주인공들은 어째서 그토록 용감하게 싸울 수 있지?

바람 불어오는 쪽에서 흘러오는 피 냄새가 내 나약한 마음을 부정적으로 만든다. 이대로 구조대가 올 때까지 아까 그 방에서 농성해도 되지 않을까?

"젊은 나리. 외람되지만 마물이 희생자를 먹고 있는 동안 뒤를 통과하거나, 등 뒤에서 기습을 하는 게 좋다고 생각합니다."

리자가 조심조심 말을 꺼냈다. 리자도 무서울 것이다. 실제로 그녀의 팔다리는 잘게 떨리고 있다.

레벨 한 자리 대의 여자애들조차 뭘 해야 하는지 생각하고 있구나. 너무 부정적으로 생각했는지도 모른다. 그리고 이런 곳에 구조대가 올 리 없잖아.

접근전은 절대로 무리니까 멀리서 마법총으로 공격하는 작전으로 가야지. 바위도 부수는 풀 파워 마법총이라면 저 거대한 마물도 쓰러뜨릴 것이다.

씹는 소리에 귀를 막고 마법총으로 저격했다. 물론 위력 게이지는 최대로 했다.

첫 발은 빗나갔지만 벌레 마물은 공격당한 것을 눈치 못 챈 모양이다. 전에 바위를 쏘았을 때와 마찬가지로 사격 스킬은 생기지 않았다.

마법총의 탄은 미약하게 빛나고 있어서 어두운 장소에서는 궤도가 보인다. 두 발째는 마물도 눈치챘지만, 탄도를 보정한 세 발째는 뒤뚱거리며 몸을 돌리려던 마물에게 명중했다.

위력 게이지를 최대로 한 덕분에 총탄이 명중한 뒷다리는 관절부분이 찢어져 날아가 버렸다. 그대로 거대한 **곱등이**마물이 접근하지 못하게 하고 연사해서 쓰러뜨렸다.

아까 고뇌한 게 바보 같을 정도로 압승이다.

**〉「사격」 스킬을 얻었다.**

**〉「저격」 스킬을 얻었다.**

**〉「조준」 스킬을 얻었다.**

**〉칭호 「벌레 살해자」를 얻었다.**

정말이지, 거대 곱등이 주제에 사막도 아닌 곳에 나타나다니…….

"굉장히, 굉장한 거에요."

"강해~."

마법총 덕분이라서 찬탄의 말이 낯간지럽다.

포치와 타마는 단순히 기뻐했지만, 리자는 조금 의문스레 생각한 모양이다.

"별난 형태의 지팡이입니다만, 젊은 나리께선 마법을 사용하실 수 있는 건가요?"

"이건 마법 무기야. 다른 데서 말하지 마라."

일단 못을 박아뒀다. 리자는 진지한 표정으로 고개를 끄덕였지만, 포치랑 타마는 「네입」하고 기쁜 듯 대답했다. 미궁을 나갈 때 한 번 더 말을 해둬야겠군.

곱등이의 찢어진 뒷다리는 중간부터 끝까지 낚싯대나 창처럼 보였다. 평범한 곤충과 달리 중간부터 어딘가가 인공물 같은 인상을 주었다.

그렇지, 이걸로 즉석 창은 못 만드나?

일단 뒷다리의 봉 모양이 되어 있는 장소를 마법총으로 쏴서 절단했다.

이대로는 다리 끝의 발톱 부분이 덜렁거리며 움직이기 때문에 가방을 경유해서 나무조각과 노끈을 꺼내 움직이지 않도록 고정했다. 절단면에서 녹색 액체가 나오길래 지혈할 때 썼던 천을 다시 이용해서 묶었다.

**〉「해체」 스킬을 얻었다.**

**〉「곤충학」 스킬을 얻었다.**

**〉「마물학」 스킬을 얻었다.**

**〉「무기 작성」 스킬을 얻었다.**

**〉「가죽 세공」 스킬을 얻었다.**

**〉「목공」 스킬을 얻었다.**

여전히 이지 모드처럼 스킬이 생기네.

아까 만든 창은 적을 한 번 찌르면 분해되어 버릴 것 같아서 이번에는 무기 작성 같은 스킬을 최대까지 획득한 다음에 다시 한 번 창을 만들기로 했다.

곤충학이나 마물학, 그리고 무기 작성 스킬이 내려준 지식을 이용해서 곱등이의 남은 뒷다리에 단검으로 균열을 넣고 힘으로 뽑아냈다.

우엑, 이 감촉은 기분 나쁘다.

뽑아낸 창 모양의 뒷다리를 단검으로 깎았다. 이 단검도 마법의 물품인지 영군의 병사들이 쓰고 있는 무기와 비교되지 않을 정도로 날카롭게 베인다.

아까는 나무 조각과 가죽 끈으로 보강한 창끝을 이번에는 본체의 일부를 써서 고정했다.

고정할 때 접촉면을 깎아내고 생체조직끼리 붙여서, 마물의 왕성한 재생력을 이용해서 융합시킨다. 죽은 생물로 정말 가능할까 의심했지만 스킬이 주는 지식대로 시험해 봤더니 정말로 융합한 모양이다.

만약을 위해서 가죽 끈으로 묶어 더욱 보강했다.

게임 같은 느낌도 좀 들지만, 처음 만든 즉석 창과 비교가 안될 정도의 공격력을 가진 창이 완성되었으니 좋다 치자.

완성된 곱등이 창을 리자에게 주려고 돌아보니, 리자는 곱등이의 머리 부분과 등의 접합부분에 단검을 찔러 넣고 무슨 작업을 하고 있었다.

……배가 고픈가?

"리자, 그런 거 먹으면 배탈난다."

"아, 아닙니다. 마물이라면 마핵(코어)이 있을 테니까 회수할까 해서……."

마핵?

"마핵이 뭐지?"

"마핵은 돈이 됩니다. 마물 안에 반드시 있는 것이라 행상인에게 건네면 여러 가지와 교환해주죠."

리자의 대답이 듣고 싶은 내용과는 미묘하게 다르지만 위키 레벨의 대답을 기대하면 안 되지.

리자가 마물에게서 녹색 피로 더럽혀진 구슬을 꺼냈다. 주먹 크기의 빨간 구슬이다. 탁한 적색이라서 빈 말로도 보석 같은 용도로는 못쓰겠네.

돌아온 리자에게 가방에서 꺼낸 마 주머니를 건넸다. 별로 깨끗하지 않은 남는 천도 건네서 피를 닦아내게 했다.

"마핵은 이 주머니에 넣어놔. 그리고 이 창을 써라."

주머니는 포치에게 들리고 곱등이 창을 리자에게 건넸다. 리자가 가지고 있던 단검은 타마에게. 장비의 교환을 하고 보니 그야말로 RPG 같았다.

단검을 받은 타마가 사슬을 든 손을 어째야 할 지 모르고 있다. 목걸이의 사슬이 거슬리는가 보다.

그렇지, 이걸로 자를까?

리자를 불러서 목걸이에 연결되어 있는 사슬을 옆으로 당기고, 그것을 위력 최소까지 낮춘 마법총으로 쏴서 절단했다.

포치와 타마 것도 똑 같이 잘랐다……. 그런데 둘 다 무서웠는지 귀가 축 늘어져 있길래, 미안하다고 사과하면서 머리를 쓰다듬어줬다.

사슬은 주머니에 넣어서 마핵 주머니와 함께 포치에게 맡겼다.

"리자, 다음부터 마핵을 회수할 때는 포치랑 타마에게 교대로 하라고 할 테니까 부위랑 방식을 가르쳐 줘라."

"네, 알겠습니다."

"알았어~, 입니다."

"네잉~."

다들 의욕이 있어 다행이다.

그리고 조금 신경 쓰이길래 포치에게 물었다.

"그리고 포치."

"네, 입니다."

"무리해서 『입니다』 안 붙여도 된다."

"입니다 안 붙이면 혼나, 입니다."

그렇군. 처세술인가 했더니 각인된 건가? 임시 주인역할이니까 교정하지 않아도 되려나?

"알았다, 무리해서 안 붙여도 화 안 낼 테니까, 마음대로 해."

"네, ……입니다."

곱등이에게 희생된 누군가를 향해 합장하고서 「나무~.」하며 명복을 빌어준 다음 방을 나섰다. 일단 사망자의 이름만 메모해뒀다.

전투 전에 확인한 수치와 현재 수치를 비교해봤지만 스태미나만 다소 변화했고 다른 수치는 변화가 없었다.

같이 있기만 해서는 경험치가 안 쌓이는 건지, 경험치 표시에 변화가 없다.

그렇다면 보급부대나 신관은 어떻게 레벨을 올리지?

애들 레벨을 올릴 수 있으면 탈출하는 과정에서 사람이 늘어도 눈에 띄지 않을 수 있을 것 같은데, 그렇게까지 이지 모드는 아닌가?

게임 같은 식이니까 게임처럼 접근을 해볼까?

"타마, 발치에 아까 마핵만한 크기의 돌이 있으니까 하나 주워둬라."

"네엡!"

요 앞에서 통로가 갈라진다. 최종적으로는 같은 방으로 이어지지만 한쪽은 중간에 방이 또 있다. 어느 통로를 고르든 마물이 있지만, 중간 방의 마물은 레벨 10의 애벌레가 2마리. 그리고 그 앞 통로에 생존자가 있다.

……구해야겠지.

"길이 갈라져 있어~, 냥."

분기점이 시야에 들어오자 곧장 타마가 보고했다. 이상한 어미로 캐릭터를 잡으려고 노력하지 않아도 되는데 말이지.

타마를 칭찬하고 머리를 쓰다듬었다. 간지러운 모양이다.

포치가 부러운 듯 보이길래 툭툭 머리를 만져줬다.

둘 다 가슴 높이에 머리가 있어서 쓰다듬기 좋다. 110센티미터쯤 되나? 리자는 나보다 키가 크다. ―165센티미터쯤 된다.

"오른쪽 길로 간다."

통로를 나아갔다. 레이더를 보면 보일 때가 됐는데?

"위에 벌레 있어~, 입니다."

타마가 경고했다. 이번에는 포치 흉내냐?

어디, 보이지 않는 적을 어떻게 쓰러뜨린다.

……그래, 좋은 수가 있군. 될지 모르지만 한 번 시험해 봐야지.

레이더로 대강의 위치를 파악하고서 그쪽을 보았다.

그러자 AR표시로 마물의 이름과 레벨이 표시됐다.

해냈다! 그 표시 주위에 파파팡 무차별로 연사. 마법총의 위력은 최소로 되어있다.

중간에 한 발이 맞았는지, 애벌레가 툭하고 땅에 떨어졌다.

"타마, 돌 던져라."

타마가 돌을 3개 던졌다. 2개가 맞아서 애벌레의 표피에 튕겨나가고 1개만 대미지를 주었다.

애벌레가 꿈틀거리며 다가온다.

"포치, 타마, 물러나. 리자, 앞으로. 내 뒤에서 놈을 한 번 찔러라!"

나는 최소한의 발차기로 애벌레의 몸통박치기 공격을 흘려내며 시간을 벌었다. 무슨 고무공이라도 차는 감촉이다.

그 틈에 리자가 창대 끝을 사용해서 공격했다. 창날은 고정이 완벽하질 않으니까 얼마간 창대 끝만 쓰라고 명했다. 그래도 애벌레의 체력이 조금 줄었다.

그걸 확인하고서 마법총을 몇 발 맞춰 애벌레의 숨통을 끊었다.

그러고 보니 용의 계곡 때랑 달리 쓰러뜨린 마물의 시체가 자동으로 스토리지에 회수되질 않네. 그 때도 마지막 한 마리를 쓰러뜨린 다음에 전리품 로그가 있었으니까, 구역 전체의 적을 쓰러뜨리는 게 조건일지도 모른다.

"리자, 타마, 마핵의 회수는 맡긴다. 포치는 따라와, 이 앞에 또 한 마리 있다."

타마가 포치에게 투척용 돌을 잔뜩 건넸다. 타마…… 대체 몇 개를 주운거니?

방 안에는 아까 그 애벌레랑 같은 종류의 마물이 있었다.

그리고 땅에는 젊은 여자와 노예로 보이는 소년의 **시체**가 있었다. 아까 곱등이 때와 달리 먹히진 않았다.

"포치, 방에 들어가면 놈의 옆으로 가서 돌을 던져라. 돌을 다 쓰고 나면 리자가 있는 곳으로 돌아가."

나는 그냥 방에 들어가서 마법총을 쏘았다.

포치는 지시한대로 가까운 데서 연속으로 돌 2개를 던졌다. 명중하긴 했지만 돌을 맞은 애벌레가 포치 쪽을 향해 독액을 토해냈다.

포치의 위기에 조금 간담이 서늘했지만 재빨리 애벌레 측면을 차서 방향을 비틀었다. 생각보다 힘이 들어갔는지, 내 발차기에 애벌레의 머리가 함몰되며 움직임이 멎었다. 발에 전해지는 감촉이 기분 나빠.

독액이 포치에게 가는 건 간신히 회피했지만, 놀란 포치가 통로로 도망쳐 버렸다.

게다가 왔던 방향과 반대쪽 통로다.

당황해서 길을 착각한 것이다.

"포치, 멈춰!"

나는 곧장 쫓았다. 애벌레를 우회해서 가는 만큼 늦어졌다.

"우와~ 오지마, 오지마~!"

응? 누구지? 포치 목소리가 아니다. 통로에 있던 남자인가?

레이더로 보니 위치가 좋지 않다.

"포치, 멈추라니까!"

따라잡아서 목덜미를 잡아 들어올렸다.

완만하게 휜 통로 너머에 남자의 뒷모습이 보인 것 같은데 따라잡기 전에 레이더에서 남자의 광점이 사라져 버렸다.

그건 그렇고 저 남자는 왜 도망친 거지?

포치를 마물로 착각했나?

아니면 아까 그 방에서 애벌레에게 희생된 두 사람에게 뭔가 켕기는 거라도 있나…….

어쨌든지 이 미궁은 내가 생각한 것 이상으로 위험한 장소인가보다. 아이들의 안전에 더욱 신경을 써야겠다.

"젊은 나리! 괜찮습니까!"

"괜찮아~?"

리자와 타마가 달려왔다.

"그래, 괜찮아. 아까 그 방으로 돌아가서 마핵을 회수하자."

"미안해요, 입니다."

포치가 귀를 축 늘어뜨리고 사과했다. 꼬리도 가랑이 사이에 쏙 들어갔다. 포치의 실수에 짜증이 난 건 아니지만, 또 패닉에 빠지면 목숨이 위험하니까 꾸중해두는 편이 좋겠다.

"포치, 아까처럼 위험할 때는 도망쳐도 돼. 하지만 당황하면 안 된다. 알겠지?"

"……네, 입니다."

반성하면서 풀이 죽은 포치의 머리를 툭툭 두들기며 격려해줬다.

**〉칭호 「조련사(테이머)」를 얻었다.**

조련이라니 실례잖아. 교육이라고 해줘.

방으로 돌아가자, 리자와 타마가 거대 애벌레를 해체하는 모습이 보였다. 뭔가 초현실적이네.

죽어 있던 두 사람의 이름을 메모하면서 그들의 시체에 뭔가 도움이 될만한 게 남아있지 않나 조사할까 망설였다. 아무래도 시체를 만질 각오가 안 나서 주저했더니 리자가 신경 써줘서 포치에게 조사를 부탁해주었다.

"옷도 벗겨, 요?"

"신발은 벗겨. 옷은 그대로 두고."

포치가 물어봤지만 옷은 필요 없겠지. 이제 와서 아인 소녀들에게 신발이 없다는 걸 깨닫고 신발만 회수하라고 명했다.

포치가 회수해온 것을 건넸다. 소년노예의 시체에는 아무 것도 없었지만 여성의 시체에는 잔돈지갑과 반지나 목걸이 등의 보석류가 남아 있었다.

스토리지에 유품 폴더를 만들고 그 아래 이름 폴더를 추가하여 유품을 넣어두었다. 유족이 있으면 나중에 줘야지. 생각난 김에 두 사람의 머리카락을 한줌 잘라서 유품에 추가해 두었다.

회수한 신발은 포치와 타마에게 신겼다.

가장 체격이 좋은 리자는 다음순서를 기다려야 한다. 이 앞에 있는 거대 뱀의 방에는 아까전의 젊은 남자의 신발이 남아있을 테니, 그리 오래는 안 기다려도 되겠지.

위력이 약해도 공격을 시키는 시도는 아무래도 성공한 모양이다. 타마와 리자는 1레벨, 포치는 2레벨이나 올랐다.

아무래도 세 사람의 스킬은 레벨이 올라가면 멋대로 생기는 건지 포치는 투척 스킬, 타마에게는 채취 스킬, 리자는 해체

스킬이 생겼다.

아니, 리자의 스킬에 위화감이 있다.

창 스킬은 하얗게 표시되어 있는데 해체는 회색 표시다. 포치나 타마의 스킬도 회색이다.

내 스킬 표시와 같다고 가정하면 아직 유효화되지 않은 것이다. 유효화되면 단숨에 전력강화가 되지만, 나는 정보를 볼 수만 있지 가정용 게임처럼 파티멤버의 스킬 구성을 만질 수는 없는 모양이다.

출구까지 방이 100개 이상 있으니 천천히 연구해야겠다.

나는 아인 소녀들을 데리고 다음 방으로 향했다.

◆

그 이후로 방을 6개쯤 지났지만 아직 살아있는 인간은 못 만났다. 시체를 몇 번 보긴 했다.

"주인님, 마핵 회수가 끝났습니다."

"좋아, 잠깐 쉬자."

물주머니에서 물을 한 모금 마시고 아이들에게도 돌렸다.

어느샌가 「젊은 나리」가 「주인님」으로 변해있었다. 그쪽이 부르기 편한 모양이니 놔둬야지.

리자가 물주머니의 뚜껑을 닫으려다가 떨어뜨려, 물주머니에서 물이 흘러 물웅덩이를 만들었다.

“죄, 죄송합니다! 주인님!!!”

리자가 필사적으로 물주머니를 주웠다. 손이 떨리고 있다.

그러고 보니 싸울 때 포치와 타마도 투척의 명중률이 안 좋았지.

“지쳤니?”

“죄송합니다! 소중한 물을 흘려버렸습니다. 어떤 벌이라도 내려 주세요.”

거창하긴. —아니, 리자는 진심으로 큰 실수를 했다고 생각하는 것 같다.

물이 무한히 나오는 물주머니라고 말 안 했었나? 이제 그만 눈치챌 법도 한데 말이지.

그것보다 몸 상태를 확인해야지.

“리자, 물은 또 확보하면 돼. 그보다 몸이 안 좋은 거 아냐?”

“죄송합니다. 아까부터 몸이 무겁고 생각한대로 움직이질 않습니다.”

포치와 타마는 물을 마실 기운도 없는지 땅바닥에 털퍼덕 앉아 있다.

일단 확인해봤지만 이상은 없었다. 스태미나 잔량이 적은 걸 보니 지친 모양이네.

“잠깐이 아니라 일단 휴식을 취하자.”

포치와 타마를 안아서 순서대로 물을 먹였다.

과자는 남은 게 없어서 스토리지에 있던 슬라이스한 말린 고기를 꺼냈다.

맨 처음 전리품이었던 보존식 중에 비교적 맛있을 만한 걸 골랐다. 하늘사슴이라는 처음 듣는 종류의 동물 고기를 말린 건데, 이름이 사슴이니까 괜찮겠지.

셋 다 졸음을 못 견디는 것 같지만 배가 고팠는지, 코앞에 말린 고기를 내어주자 손가락까지 깨물 기세로 매달렸다.

"마이어~?"

"맛있는 거에요!"

"아아, 말린 고기. 씹을수록 맛이 입 안에 퍼집니다. 행복해요."

아니, 그렇게까지 맛있는 건 아닌 것 같은데.

"말린 고기? 마시써~."

"맛있는 거에요! 고기는 최강인 거에요!"

리자는 처음 한 조각을 아직도 입 속에서 우물우물 씹고 있다. 대체 고기를 얼마나 좋아하길래 이러나.

말린 고기는 몇 킬로그램이나 있으니 적당한 분량을 세 사람에게 나누어 먹였다.

"다 먹고 나면 3시간 정도 자둬라."

포치와 타마는 행복한 표정으로 내 곁에 웅크리고 잠들었다. 리자는 두 사람을 지키는 위치로 가서 앉았다.

"야영을 한다면 제가 망을 보겠습니다."

리자가 그렇게 말했지만, 도저히 일어나 있을 수 있는 얼굴이 아니다. 다시 한 번 자라고 명령했더니 그제야 조심스레 누워서 잠들었다.

세 사람이 자고 있는 동안 스테이터스를 관찰했다.

휴식하자고 한지 1시간 반 정도 지나자, 회색이던 스킬이 하얗게 변했다.

보아하니 자는 동안 레벨 업을 몸에 반영하나 보네.

정말이지, 미궁물 중에서도 고전 명작 같구만. 마구간을 벗어나면 노화#6할 것 같아서 무섭네.

그건 그렇고 어째서 세 사람은 레벨 업을 하면서 스킬이 늘었지? 나처럼 뭔가 행동하면 금세 얻는 건 일반적인 게 아닌가?

방 몇 개를 더 돌파했다. 전에 휴식했을 때는 3레벨쯤 오른 상태에서 한계가 온 것 같았으니 앞으로 방 2개쯤 더 돌파하고 휴식하는 편이 좋겠다.

"멈춰!"

타마가 늘어지지 않는 목소리로 경고하는 일은 드물다.

하지만 앞에 적은 없는데?

"왜 그러니?"

"땅이~ 이상해?"

---

**#6 마구간을 벗어나면 노화** 서테크(Sir-Tech)에서 제작한 RPG 게임 위저드리의 시스템. 레벨업을 위해서는 반드시 숙박을 해야 하는데 숙박을 할 때마다 나이를 먹고, 나이가 많으면 성장률이 떨어지며 심하면 노쇠해서 사망한다. 그런데 어째선지 마구간에서 숙박하면 나이를 먹지 않는다.

의문형으로 되물어 온다. 뭔가 이상하긴 한데 뭐가 이상한 건지 모르는 건가? 가만히 살펴보니 확실히 땅의 질감이 다르다.

차이를 눈으로 이해하는 것보다 빨리, AR표시로 「함정: 생명흡수(드레인)」이라고 표시되었다.

하긴 미궁이니까 함정이 있어야지. 지금까지는 함정이 없어서 의식하지 않았다.

"잘했어, 타마. —거기 함정이 있나 보다. 주의해."

"네잉!"

타마의 머리와 고양이 귀를 쓰다듬어 줬다. 말의 후반은 포치와 리자에게 경고한 것이다.

세 사람을 뒤로 물리고 함정이 있는 장소에 돌을 던져봤지만 발동하지 않았다. 함정의 이름을 봐서 생물에만 반응하는 거겠지.

발동범위까지는 표시되질 않으니, 구석을 지나가도 안전한 건지 알 수가 없다. 아인 소녀들 중 누군가가 밟아보도록 하는 건 말도 안 된다.

맵으로 확인해봤지만 돌아갈 수 있는 길은 없다.

생명에 반응하는 거라면 마물을 유도하면 안 되나?

다행히 앞에 있는 방에 쥐 마물이 몇 마리 있다. 돌을 멀리 던져서 소리로 유도해봐야지.

타마에게 돌을 받아서 3개 정도 연속으로 던졌다.

"쥐, 왔어~."

타마가 보고하자, 세 사람을 더욱 뒤로 물렸다. 여기 있는 쥐는 레벨 10정도라서 약하지만, 2~4마리가 무리 지어 행동한다. 함정을 돌파하는 녀석도 있을지 모르니 조금 거리를 두었다.

함정보다 상당히 안쪽에서 쥐가 검은 불꽃에 붙들렸다. 결과적으로 3마리의 쥐는 모두 다른 함정에 걸렸다. 이 통로에는 함정이 3개나 있었나 보다.

**〉「함정 해제」 스킬을 얻었다.**

**〉「함정 이용」 스킬을 얻었다.**

**〉「함정 발견」 스킬을 얻었다.**

함정 계열 스킬은 여러모로 도움이 될 것 같아서 곧장 스킬 포인트를 분배하고 유효화 시켰다.

◆

리자가 혼신의 힘을 다하여 거대 개구리의 입 안을 찔렀다.

측면에서 뛰어든 포치가 곤봉으로 두들겨 주의를 끌고, 그 반대쪽에서 타마가 개구리의 커다란 눈에 단검을 찔러 마무리를 짓는다.

"좋아! 잘했다!"

"네!"

"네잉~."

"잘 한 거에요!"

처음으로 셋이서 마물을 처리한 것을 칭찬해 주었다.

상대는 레벨 10의 개구리 한 마리인데다 특수공격이 혀로 구속하는 것뿐이라 시험 삼아 시켜봤는데 꽤 여유롭게 처리했다. 역시 수인의 전투력은 같은 레벨의 인간보다 높은 거겠지.

이 공동(空洞)은 지금까지 지나온 방들의 3배 가까운 넓이와 높이였다. 이렇게 넓다면 다른 적도 있을 법 한데 레이더에 비치는 빨간 광점은 없었다.

이 공동 끝에는 집이 있었다. 정확하게는 세로로 절반이 깔끔하게 잘린 집이다. 아마도 미궁이 만들어질 때 말려든 집이겠지. 유감이지만 레이더에 사람은 없었다.

리자가 거대 개구리를 해체하고 포치와 타마는 출구를 경계하고 있다.

이번에는 리자가 해체 당번이구나. 스킬도 익혀야 하니까 로테이션으로 역할을 교대시키고 있다.

"포치, 타마, 저 집을 조사하러 가자. 따라와."

맵으로 확인했지만 주변에 적은 없는 모양이니 경계할 필요는 없겠지. 나는 두 사람을 데리고 집으로 향했다.

집 안에는 산 자도 죽은 자도 없었지만 물건은 여러 가지 있었다. 아무래도 자산가의 숨겨진 별장 같은 장소 같았다.

집 안으로 들어가자 조명이 자동으로 점등됐다. 마법인가? 떼어낼 수 있는 것 같아서 하나 떼어내 봤는데 얼마 안 가서 빛이 사라져 버렸다. 설치 전용인가 보네.

일단 눈에 띈 것은 벽에 걸린 의례용 숏 소드 2자루. AR표시로 확인해보니 뜻밖에도 제대로 된 공격력이 있는 실용적인 것이었다. 이건 마침 사이즈도 잘 맞으니 포치랑 타마더러 쓰라고 해야지.

고전적이게도 벽에 걸린 그림 뒤에 숨겨진 금고가 있길래, 마법총으로 자물쇠를 부수고 안을 확인했다. 금화가 들어있는 주머니와 보석 말고도 용린분(드래곤 파우더)이라는 이름의 마법 재료가 작은 병에 몇 개 들어 있었다.

주인이 연금술산가?

그것을 뒷받침하듯 다른 장소에서 회복용 마법약(포션)을 몇 개 발견했으니 틀림없는 것 같다.

그밖에는 책장에서 마법서 몇 권과 마법의 두루마리(스크롤) 하나를 찾았다.

두루마리는 쓰는 방법을 모르겠지만 같이 있던 책 중 어딘가에 설명이 있을 것 같다. 아인 소녀들이 자는 동안에 읽어서 쓰는 방법을 조사해봐야지.

거추장스럽지 않은 보석류 같은 건 회수했지만 미술품 같은 커다란 것은 방치했다. 스토리지에는 무한히 들어가지만 의미도 없이 수납하면 정리가 귀찮다.

미술품 중에 2개는 박제인 것 같았는데 받침대만 남아 있다.

아무래도 좋지만 수선이라도 하고 있었나? 판타지 생물의 박제라면 보고 싶은데.

**〉「발굴」 스킬을 얻었다.**

**〉「보물 발견」 스킬을 얻었다.**

**〉「보물 상자 열기」 스킬을 얻었다.**

부엌에서 점화 지팡이(틴더 로드)를 발견했다. 마법의 물품은 이것뿐이었지만 프라이팬과 냄비, 식기 네 사람 분량 등을 주머니에 넣어 가져가기로 했다.

물이 담긴 물병이 있길래, 다른 사람들과 합류할 때를 대비하여 스토리지에서 꺼낸 보통 물주머니에도 물을 보충해 두었다.

그 밖에는 술병만한 도자기병이 잔뜩 있었다. 병 속에 기름을 넣어 즉석 화염병을 만들어서 스토리지에 넣어 두었다.

“이쪽에 말린 고기 냄새! 입니다~.”

포치가 노래라도 부르는 것처럼 보고하길래 가봤다. 무너진 가구 너머에 식량고가 있었는지 포치와 타마가 얼굴을 비비면서 가구 틈으로 파고들려고 한다.

위험하니까 뒤로 물려놓고 가구를 순서대로 움직여 들어갈 수 있는 공간을 만들었다.

식량고에는 커다란 호밀빵 덩어리 3개와 치즈, 훈제 고기 덩어리가 있었다. 그 외에도 상질의 와인이 담긴 나무통이 있길래, 둘이 고기에 정신이 팔린 틈에 스토리지에 회수해 두었다.

"포치, 타마, 먹어볼래?"

"네잉~."

"보는 거예요!"

AR표시로 썩지 않은 것을 확인하고, 치즈와 훈제 고기를 한 조각씩 포치와 타마에게 주었다.

"맛나맛나~."

"하우~, 맛있어서 행복한 거예요!"

포치와 타마가 꼬리만으로도 부족한지 손까지 꼭 쥐고서 붕붕 흔들며 기쁨을 표현했다.

나도 치즈를 한 조각 먹어봤는데 제법 맛있다. 체다 치즈처럼 농후한 맛이었다.

"나머지는 리자랑 같이 먹자."

"리자 기뻐할거야~."

"그런 거에요! 리자도 먹여주는 거에요!"

식량이 든 주머니는 타마에게, 무기나 소품이 든 주머니는 포치에게 들려주고 나는 물병과 대야를 안고서 둘과 함께 리자가 기다리는 공동으로 돌아갔다.

밖으로 나오자 리자가 마핵 회수를 완료했는지 이쪽으로 오는 중이었다.

"주인님, 부탁이 있습니다……. 불을 피우고 싶은데 괜찮을까요?"

"지하에서 불? 이유가 뭐지?"

리자가 조심조심 묻길래 이유를 물었다.

"이 개구리 고기를 구워먹고 싶어서……. 죄송합니다."

"사과는 안 해도 되는데, 정말로 먹을 수 있나?"

"네, 괜찮습니다. 옛날에 같은 종류의 거대 개구리를 해체해서 먹은 적이 있어요. 내장에는 독이 있습니다만 그것만 피하면 괜찮습니다. 다만 굽지 않으면 중독될 위험이 있어서……."

리자는 조금 어물거리며 대답했다.

지하지만 공기의 흐름도 괜찮고, 꽤 올라왔으니까 산소가 부족할 염려도 없겠지.

"좋아, 허가한다."

리자가 포치와 타마에게 개구리 다리 고기를 해체하도록 지시하고, 자기는 주머니에서 나무조각과 톱밥 같은 걸 꺼내서 늘어놓았다. 그렇군, 이럴 때를 위해서 나무 조각을 발견할 때마다 챙겨뒀구나.

리자가 부싯돌로 불을 붙이려는 걸 말리고 아까 발견한 점화 지팡이를 써서 불을 붙였다.

이런 점화 기구는 원리는 몰라도 누구나 쓸 수 있게 만드는구나.

리자에게 집에서 회수한 조리도구와 식기를 건넸다.

얼마 지나지 않아, 포치와 타마가 개구리 허벅지 고기를 머리위로 들고 돌아왔다.

"고기~."

"인 거에요~."

아까 먹은 훈제 고기보다 좋아한다. 야생의 피가 들끓는 건가?

리자가 고기조각을 잘라서 프라이팬 위에 늘어놓고 굽기 시작했다.

일단 지방이 많은 부분을 올려서 프라이팬에 기름을 두르고 사용한 지방은 다른 접시에 치워둔다. 그 다음에 진짜배기 부위를 굽기 시작했다. 굽는 냄새가 닭고기랑 비슷하다. 냄새만 맡으면 참 맛있어 보인다.

참을 수 없는 건지, 포치와 타마가 눈을 가늘게 뜨고 코를 벌름거리고 있다.

이윽고 개구리 고기가 다 익자, 리자가 구운 고기를 나무 꼬챙이에 꿰어 이쪽으로 내밀었다.

역시, 먹어야 돼? 먹어야 되는구나~.

"고맙다. 리자."

각오를 굳히고 먹었다. —닭고기처럼 담백한 느낌이지만 솔직히 맛이 조금 싱겁다. 간을 소금으로만 했으니 어쩔 수 없나? 집 안에 조미료를 찾으러 가기도 귀찮다. 스토리지 안을 찾아봤지만 후추는 없었다.

내가 먹는 것을 바라보는 아이들.

그렇군, 허가를 해줘야 하나.

"보지만 말고 먹어. 잘 먹고 쉬지 않으면 미궁 탈출할 때까지 못 버틴다!"

허가를 받은 포치와 타마가 프라이팬 위의 고기를 먹기 시작했다. 리자도 먹으면서 굽고 있다. 가끔 뼈가 붙은 고기가 섞여 있는지 콰드득하는 굉장한 소리가 들렸지만 다들 맛있게 먹는다.

나는 그것을 보면서 호밀빵과 치즈와 훈제 고기를 주섬주섬 먹었다.

아니, 맛이 있어도 개구리는 좀 그래서…….

그렇게 30분쯤 해체, 굽기, 먹기의 사이클을 반복하다가 장작이 떨어지자 연회가 끝났다.

리자의 제안으로 만약을 위해 고기 한 덩어리를 천에 싸서 가져가기로 했다.

저번 경험으로 비춰보면, 앞으로 두세 번 싸우면 몸 상태가 안 좋아질 것 같아서 배가 부를 때 휴식을 취하기로 했다. 이걸로 세 번째 휴식이다.

가지고 온 대야로 세 사람을 씻기고 집 안에서 발견한 새 옷으로 갈아입힌 다음에 재웠다.

싸우면서 금세 지저분해지겠지만 청결하게 잠들면 기분이 좋잖아?

나한테 꽤 익숙해 졌는지 포치와 타마가 내 무릎을 베개 삼아 잠들고, 리자는 내 바로 옆에서 웅크렸다.

그렇지, 셋이 자는 동안 회수한 마법서를 읽어볼까?

스토리지에 수납해둔 마법서를 확인해 보니, 「열람」이란 항목이 있길래 선택했다. 아무래도 게임과 마찬가지로 스토리지에 수납한 채 책을 읽는 기능을 쓸 수 있나 보다.

그러고 보니 지금까지 의문을 품지 않았는데, 메뉴 화면은 어두운 장소에서도 명료하게 보인다. 망막에 직접 투영되는 건지, 머릿속에서 합성되는 건지 잘 모르겠다?

어쩌면― 문득 떠올라 검색해 보니 게임과 마찬가지로 열람하는 서적의 문자열 검색이 가능했다. 오 편리하도다! OCR이 필요 없네!

두루마리(스크롤)는 마법서 하나에 몇 줄인가 설명이 있었다.

그에 따르면 두루마리는 손에 들고 펼쳐서 마법명을 읽으면 쓸 수 있다고 한다.

아까 발견한 두루마리는 「불씨 탄환(파이어 샷)」이라는 불 계열 공격마법을 쓸 수 있다. 이것은 불 마법사가 처음으로 배우는 초급 공격 마법이라고 한다.

이 발견 덕분에 모두 잠든 동안 독서로 시간을 때울 수 있게 되었다.

◆

그 이후로 한 번 더 휴식을 하면서 미궁 출구까지 가는 길을 80퍼센트 정도 답파했다.

포치와 타마의 장비는 그 집에서 발견한 의례용 숏 소드와 버클러 방패로 바뀌었다.

장비의 변경은 그것뿐이지만 레벨은 셋 다 13까지 상승했다. 스킬은 포치가 「한손 검」, 「투척」, 「색적」, 「해체」, 타마가 「한손 검」, 「투척」, 「채취」, 「해체」, 리자가 「창」, 「관통」, 「요리」, 「해체」를 얻었다.

처음이랑 비교하면 하늘과 땅 차이라고 할 수 있는 전력 강화다.

상태이상 공격이 없는 적이라면 5레벨 정도 위라도 셋이서 쓰러뜨릴 수 있다. 탱커가 없으니까 적이 다수일 때는 같은 레벨이 아니면 위험하지만 그래도 대단하다.

통로에서 슬라임을 발견했다. 국민적인 게임에 나오는 물방울 계열이 아니라 아메바 같은 점액질의 고전적인 슬라임이다.

기왕 나온 거 불 마법의 두루마리를 써봐야지.

마법서에 나온 대로 「불씨 탄환(파이어 샷)」의 두루마리를 사용했다. 손가락만큼 작은 불씨 탄환이 출현하더니 어린애가 던지는 공

같은 속도로 슬라임을 향해 날아갔다.

슬라임에 명중된 불씨 탄환은 점액의 표면을 약간 그을리고 사라져 버렸다. 슬라임의 체력 게이지를 확인해봤지만 아주 약간 줄어들었다. 레벨 10의 슬라임 상대로 이래서는 못 써먹겠네.

불씨 탄환을 썼을 때 불 마법 스킬을 얻었으니 좋다 치자.

사용 가능한 마법 일람에도 불씨 탄환이 추가되었다.

물론 마력효율을 생각해도 마법총이 훨씬 효율이 좋으니까 불씨 탄환 마법은 없는 걸로 생각하자. 점화도구가 없을 때는 도움이 될 것 같다.

내가 낙담한 것을 보고 착각했는지 리자가 조언을 해줬다.

"주인님, 외람되지만 슬라임을 쓰러뜨리는 방법은 핵을 노리는 겁니다."

"어떤 건데?"

"색이 조금 다른 부분이 핵입니다."

마핵이랑은 다른 건가? 그러고 보니 투명한데 빨간 마핵이 안 보이는 걸 보니 슬라임은 마물이 아닌가?

그보다도 리자가 가리킨 곳을 가만히 보자, 확실히 주먹 절반쯤 크기의 색이 짙은 부분이 있었다.

"슬라임은 핵만 노리면—."

우리가 느긋하게 대화하는 동안에도 슬슬 접근해오던 슬라임을 리자가 창으로 한 번 찔러서 쓰러뜨렸다.

"—이렇게 쉽게 쓰러뜨릴 수 있습니다."

"나설 차례 없어~."

"쪼그라들어서 녹아 버린 거에요."

슬라임을 공격할 생각으로 가득했던 포치와 타마가 슬라임이 간단하게 쓰러지는 걸 보고 실망했다. 아니, 포치는 슬라임이 물웅덩이처럼 된 게 아쉬운 모양이다. 물웅덩이를 향해서 숏 소드를 콕콕 찌르고 있다.

그건 그렇고, 지지난 번 휴식 때부터 생존자는커녕 시체도 안 보인다. 커다란 집단은 건재하지만 작은 집단은 일부를 제외하고 마물에게 제거되어버렸겠지.

"저기 벽~ 이상해?"

타마가 방의 벽에서 위화감이 드는 곳을 발견했다.

숨겨진 문 같았다. 맵으로 확인하자 확실히 뒤에 통로가 있다.

하지만 조금 이상하다. 맵 표시를 회전시켜서 내려다보는 시점으로 확인해봤다.

그 통로는 15미터쯤 위에 있는 방에서부터 아래로 300미터쯤 수직으로 이어져 있다. 수직굴이라고 해야 할지, 직경 3미터쯤 되니까 함정 같은 건가?

게임이었으면 깊은 곳으로 가는 지름길용 엘리베이터라도 설치할 법한 장소다.

선불리 다가가면 위험하니까 타마에게 숯으로 표시해 놓으라고 시켰다.

이 방을 나가면 십자로가 있고 그 정면의 방에 생존자가 세 사람 있다. 1시간 전에 휴식할 때도 거기에 있었으니까 안전지대에 틀어박힌 모양이네.

앞으로 방 3개쯤 지나면 출구지만 맵이 없으면 모를 테니 어쩔 수 없나?

“다들 멈춰!”

레이더를 보니 적을 표시하는 빨간 광점이 굉장한 속도로 다가온다. 하나밖에 없으니까 아까 그 방으로 돌아가서 싸워야지.

돌아가면서 적의 정보를 조사했다.

죽음의 짐승(언데드 비스트), 불사족. 약점: 성 속성. 입체 기동과 질주 스킬을 가지고 있다.

이어지는 정보를 보고 조금 놀랐다.

“레벨 40……이냐?”

여태 본 적들 중에서 제일 강하다. 미궁의 청소부인가?!

점점 더 옛날 게임 같구만. 시간 다 되면 플레이어를 죽이기 위해서 등장하는 엄청나게 강한 적인가.

셋을 재촉해서 마주치기 전에 방으로 돌아왔다. 다들 방의 구석으로 피난시켰다. 아무리 그래도 이 녀석은 위험하다. 어설프게 싸우게 했다간 일격에 죽을 거다.

놈이 통로에서 천천히 모습을 드러냈다. 몸길이 5미터, 몸의 높이는 2미터쯤 되는 거구에, 이마에 루비처럼 빨간 뿔이 달린 칠흑의 표범 같은 마물이었다.

—죽음의 짐승이 시야에서 사라졌다.

황급히 레이더를 확인했지만 위치가 바뀌지 않았다.

위에서 충격! 도약해서 천장을 차고 몸통 박치기냐?!

드러눕혀진 나의 양 어깨에 놈의 발이 올라타자 등 밑의 바닥에 금이 가는 것을 느꼈다. 미궁에 들어왔을 때 고통 내성을 켜두지 않았으면 위험했겠네.

그건 그렇고 언데드 계열 주제에 재빠르다니! 괜히 입체적으로 뛰어 다니게 만들면 아인 소녀들이 위험할 지도 모른다. 두 손으로 이 녀석의 다리에다 손가락을 찔러 넣어 구속했다.

—무슨 스킬의 영향인지 아까 본 숨겨진 문이 신경 쓰였다.

죽음의 짐승에겐 통각이 없는지 손가락으로 다리를 찔렀는데도 꿈쩍도 않고 깨물려고 한다.

이렇게 거대한 이빨에 물리는 건 사양하겠어.

놈의 배를 밀어 올려 배대되치기 요령으로 벽에 던져 버렸다.

죽음의 짐승은 벽에 착지하여 — 반격하려고 다리에 힘을 주면서 — 그대로 벽을 부수며 낙하해 버렸다.

함정 이용 스킬 덕분에 살았다.

◆

그러면 생존자들이랑 합류해야지.

십자로를 넘자 땅에 하얗고 끈끈한 실이 깔려 있었다.

"끈적끈적~."

"발이 달라붙어 입니다."

"거미줄일까요?"

방에 다가갈수록 두꺼워지는 거미줄을 포치랑 타마에게 숏소드로 베어내라고 시켰다.

방에는 고치 같은 게 7개 있었다. 생존자는 그 중 3개에 들어있다. 거미가 없는 틈에 구출해야지.

우리가 고치에 다가가자 그걸 눈치 챘는지 안에 있는 사람이 몸부림쳤다.

일단은 구하기 전에 알맹이를 확인해야지.

니들렌. 노예상인. 40세. 레벨: 11. 「교섭」, 「조교」, 「산술」 스킬 있음.

진 베르톤 자작. 귀족. 33세. 레벨: 15. 「불 마법」, 「불꽃 마법」, 「사교」 스킬을 가졌다. 영군 마법사들의 고문을 맡고 있는 사람이군.

남은 한 명은 무직의 젊은이였다. 레벨 3에 스킬은 없다. 니트냐?

자작은 전력이 될 것 같은데 왜 귀족이 그런 광장에 있었지?

일단 각자 나뉘어 구해내기로 했다. 내가 자작을, 리자는 상인을, 포치와 타마는 젊은이 담당이다.

피해자를 몇 겹으로 감싼 고치를 반쯤 벗겨냈을 때 밑에서 거미가 접근해오는 것을 레이더로 포착했다. 아까 죽음의 짐승을 처리한 것과 같은 수직으로 된 굴이 여기에도 있나 보다.

"적이다! 포치, 타마, 리자, 구조를 일단 중지하고 싸울 준비!"

아인 소녀들은 신속하게 무기를 쥐고 싸울 준비를 갖추었다. 연속해서 싸우다보니 연계도 익숙해졌다.

구조자들의 얼굴이 가려져서 이 장면을 못 보는 게 다행이다. 성가신 일이 없어서 좋다.

거미가 바닥에서 기어 나왔다.

일단 내가 머리에 돌멩이를 던져서 의식을 빼앗았다. 이어서 리자가 거미의 머리를 관통하여 움직임을 멈추고, 포치와 타마가 동체의 이음매를 숏 소드로 찔렀다.

처음 공격으로 죽어 주면 참 편할 텐데 말이지. 머리를 꿰뚫어도 즉사하지 않는 것을 보면 역시 마물답다.

거미가 앞다리를 휘두르자 리자가 창을 수평으로 들어 받아내고, 그 틈에 포치와 타마가 쿡쿡 숏 소드로 거미의 체력을 깎았다.

시간이 걸릴 것 같길래, 몰래 잔돈을 손가락으로 튕겨서 심장을 꿰뚫어 처리했다. 리자의 공격에 타이밍을 맞췄으니 아무도 눈치 못 챘을 것이다.

마핵의 회수는 타마에게 맡기고 다른 멤버는 구조 활동으로 돌아갔다.

"덕분에 살았다. 나는 왕조 야마토 님의 대부터 이어지는 명가, 베르톤 자작가의 당주인 진 베르톤이다. 여기서 나가면 포상을 기대하게!"

"고맙습니다, 자작님. 저는 행상인 사토라고 합니다."

서로 자기소개가 끝날 때쯤 자작을 고치에서 완벽하게 떼어냈다. 자작에게 물주머니를 건네고, 다른 사람들의 구조를 도우러 갔다.

"구해 주셔서, 고맙습니다. 상인인 니들렌이라고 합니다. 아가씨들은 싫어할 것 같지만 노예를 다루고 있어요."

"신출내기 행상인 사토라고 합니다."

"행상인, 인가요? 분명히 모험자일 거라 생각했습니다."

니들렌에게 물을 주면서 물었다.

"모험자란 직업은 처음 들어 보는데요, 어떤 사람들인가요?"

"네……. 아아! 시가 왕국에서는 『탐색자』로군요. 미궁에서 마물을 쓰러뜨리고 마핵이나 보물을 얻는, 수입은 좋지만 언제나 죽음과 마주하는 위험한 직업입니다."

그렇군, 그런 게임 같은 직업도 있구나.

"칫, 수인이 만지지마. 그 단검 내놔, 내가 직접 할 거다."

"아, 안 되는 거예요. 이 단검은 주인님 거인 거예요."

"뭐야! 수인이 건방지게!"

포치가 구해주려던 젊은이가 시비를 걸길래 도우러 갔다.

참 건방진 놈이네. 저 금발이 눈에 익었다. 전에 동쪽 거리에서 장작을 나르던 포치를 걷어찬 녀석이다.

"포치, 돌아오렴."

"네, 입니다."

큰 소리 때문에 눈물이 그렁그렁한 포치를 끌어안고 머리를 쓰다듬어 줬다. 배에다 얼굴을 비비는 게 좀 간지러웠지만 하고 싶은 대로 냅두자.

"어이, 얼른 구해줘!"

"미안하지만 구할 생각이 사라졌다. 그대로 거기서 마물에게 먹히도록 해. 한 손은 풀어줬으니까 자기 힘으로 탈출하면 되겠네."

물론 진심은 아니다. 그냥 공갈이야.

포치를 울렸잖아. 이 정도는 겁을 줘야지.

"야, 장난할 때냐! 얼른 구해!"

"닥쳐라, 평민. 그 이상 소란을 피워 마물을 불러들이면 내 불꽃으로 뼈까지 잿더미로 만들어 주마."

아직도 입장을 분간 못하고 떼를 쓰는 젊은이를 베르톤 후작이 꾸짖었다.

젊은데도 박력이 대단하다. 역시 평소에 고용인들을 부리는 사람은 다르네.

조용해진 젊은이를 구출하는 역할은 니들렌이 담당하게 되었다. 가지고 있던 가느다란 단검을 능숙하게 다루어 실을 끊었다. 도중에 그가 젊은이의 귓가에 뭐라고 속삭이자 구시렁대던 젊은이가 입을 다물었다.

나이를 허투루 먹지는 않았단 건가?

감탄하면서 타마가 회수해온 빨간 마핵을 받았다.

"이곳의 마핵은 등급이 높군요. 이 정도로 붉은 마핵은 얼마 없어요."

니들렌 말을 들으니 마핵은 정제해서 마법물품을 만드는데 쓰이며, 등급이 높을수록 마력운용의 효율이 좋고 고도의 마법도구를 만들 수 있다고 한다.

아인 소녀들에게 나머지 고치의 유품 회수를 맡기고 구해낸 사람들에게 식량을 건넸다. 물론 개구리 고기는 아니다. 자작은 조잡한 음식에 불평을 하면서도 배가 고팠는지 상당한 먹성을 자랑했다.

희생자들의 고치에서 몇 가지 싸구려 무구를 발견했기에 니들렌과 자작에게 건넸다. 젊은이도 니들렌이 달래서 얌전해졌기 때문에, 만약을 대비해 호신용 무구를 주었다. 이걸로 조금은 전력이 늘었다고 생각해도 되겠지.

결과적으로 그 생각은 물렀다고 할 수밖에 없었다.

"이런 잔챙이들에게 쓸 마법은 없다. 내 마법은 강적에게 걸

맞지."

"자기 몸을 지키는 건 어떻게든 가능합니다만, 전력으로 생각하지는 말아주세요."

자작은 괜한 이유를 들어 마법을 안 쓰고, 니들렌도 시원스러울 정도로 전력 이탈을 선언하며 전투에 참가하지 않았다.

니들렌은 그렇다 쳐도 자작의 마법은 기대했었는데.

그보다도 곤란한 것은 젊은이였다. 청동제 숏 소드와 동그란 방패를 손에 넣고 기가 살아나서—.

"흥! 수인 꼬맹이가 해치울 정도의 마물이라면 내가 그 마물보다 몇 배는 강하다! 무기만 있으면 저런 거미 따위에게 잡히지도 않았어!"

—라고 선언하면서 마물에게 돌격하여 한 방에 날아가 버렸다.

상대가 레벨 10의 해골(스켈레톤) 병사 하나라서, 완전히 당하기 전에 포치가 끼어들어 해골 병사의 곤봉을 버클러로 받아내 젊은이를 구해냈다.

"리자, 부탁한다."

"네."

내 명령을 받은 리자의 창이 울부짖었다. 일격으로 해골 병사의 자세를 무너뜨리고, 다음 공격으로 무기를 가진 팔을 후리고, 다음으로 두개골을 파괴했다.

본래 안구 같은 것도 없었는데, 머리를 잃은 해골 병사는 앞이 안 보이는지 막무가내로 공격을 한다. 그때 포치와 타마가 참전하여 아인 소녀들의 해골 병사 퇴치는 일방적으로 끝났다.

그건 그렇고 해골 계열 마물은 처음 보는데 어떻게 움직이는 거지? 마핵이 동력원인가?

쓰러져 신음하고 있는 젊은이를 보살피는 역할은 니들렌에게 부탁했다.

"괜찮습니까?"

"칫, 해골 마물이 저렇게 강적일 줄 몰랐어."

"이거 늑골이 부러졌을 지도 모르겠군요."

되도 않는 소리를 하는 젊은이를 무시하고 노예상인의 의견을 들었다. 늑골이 부러졌다면 이동시키는 건 안 좋을 텐데, 어쩐다.

"아파, 난 여기서 이대로 죽는 건가?"

"포치가 안 구해줬으면 곤봉에 머리가 깨져서 즉사했겠지."

생명의 은인인 포치에게 아까 일을 사과하긴커녕 감사 인사 한 마디도 안 했다. 앓는 소리를 해 봤자 위로해줄 마음이 안 생기네.

"젠장, 젠장, 젠장! 난 살 거야. 이런 데서 죽을 것 같아."

젊은이가 입가에서 피를 흘리며 원망 섞인 말을 뱉었다.

"흠, 자기 힘으로 걸을 수 없다면 내버려 둬라. 지금은 진압하러 온 군인들과 합류하는 편이 중요하다. 평민이여, 만용을 부린 끝에 죽는 것이다. 자업자득이라고 생각하여 포기하도록 해라."

우오, 자작님 쿨하셔. 나랑 달리 진심인데?

포치랑 타마가 밑에서 「어떻게 해주세요」 오라를 뿜으며 올려다 보길래 어쩔 수 없이 비장의 수를 꺼내기로 했다.

"이 약을 써보세요."

"이것은?"

"마법약(포션)입니다."

"마법약이라고?!"

어째선지 마법약이란 말에 다들 놀라는데, 연금술사로 추정되는 사람의 집에서 찾아낸 거라서 효과는 보증할 수 없다.

포치와 타마의 상냥함에 감사하도록. 만약 둘이 부탁하지 않았으면 약 같은 거 안 내줬을 거다.

젊은이가 조심조심 약을 입에 머금었다. 효과는 놀랄 정도로 빨랐다.

방금 전까지 신음하던 젊은이가 마법약을 마시고 1분도 안 지나서 "나았다!" 하면서 일어선 것이다. 그야말로 게임 같은 즉효성이다. 좀 기분 나쁘네.

"중급 마법약은 하나에 금화 3닢은 하는 고급품입니다. 그것을 알지도 못하는 젊은이에게 먹이다니, 이거 참 별난 분이시구려."

노예상인이 시세보다 조금 높은 금액을 말하자, 혈색이 돌아온 젊은이의 표정이 다시 파래졌다.

굳이 요금을 청구할 생각은 없지만 딱히 아무 말 없이 방치했다.

◆

전방의 소란이 엿듣기 스킬로 예민한 귀에 들려왔다.

제나 씨가 있는 집단이 슬라임과 교전하고 있을 것이다. 그런데 슬라임을 소탕하지도 않고 슬라임이 우글거리는 공동에 들어갔나? 아무리 그래도 너무 부주의하네.

"전투~."

"저쪽에서 싸우는 소리가 들리는 거예요!"

포치와 타마도 들리는지 소리 나는 쪽을 가리키며 보고했다.

나는 고개를 끄덕이고 자작 일행에게 앞서가겠다고 말했다.

"이 앞에서 누가 싸우고 있나 봐요. 우리가 앞장설 테니까 여러분은 후방을 경계하면서 쫓아오세요."

자작이 무슨 말을 하려고 했지만 듣지 않고 달려 나갔다.

제나 씨한테 부상은 없는 것 같지만 마력 잔량이 적어서 걱정이거든.

제나 씨 일행이 있는 공동의 입구에서 튜닉 차림의 남자들이 굴러 나왔다.

"우왓, 오지마!"

"뜨거어, 탄다아, 아아, 죽기싫어어."

마지막 남자는 슬라임에게 깔려 쓰러져 있다. 남자는 손을 필사적으로 뻗어서 도움을 청했지만 주위에 있는 남자들은 다리가 풀려서 물러서기만 하고 도와주는 자가 없었다.

"포치, 타마, 주머니에서 횃불을 꺼내라."

"네잉~."

"네입니다!"

나는 두 사람이 꺼낸 횃불에 점화 지팡이로 불을 붙였다. 나도 불이 붙은 횃불을 하나 받았다.

"이걸로 슬라임을 견제하면서 저 사람한테서 떼어내. 리자는 슬라임의 핵을 노려서 처리하고. 쓰러지면 뒤 처리는 저 사람들한테 맡기고 따라와라."

세 사람의 대답을 확인하고 공동 안으로 달려갔다.

아인 소녀들만 남기는 건 걱정이지만, 슬라임을 쓰러뜨리는 법을 알고 있는 리자가 같이 있으니 괜찮겠지. 횃불도 있고.

레이더에 표시된 제나 씨의 마커를 의지해서 슬라임과 혼전을 벌이는 사람들 사이를 달렸다.

있다! 무녀님을 감싸는 여신관들을 더욱 감싸면서, 과감하게도 긴 지팡이로 슬라임을 때리는 제나 씨 모습이 보였다. 지팡이로 싸우고 있는 걸 보니 결국 마력이 고갈됐나 보다.

원거리에서 잔돈으로 슬라임의 핵을 저격할까 했지만 각도가 나쁘다. 까딱하면 뒤에 있는 여신관에게 맞는다.

슬라임이 긴 지팡이에 얽히듯 제나 씨를 쓰러뜨렸다.

제나 씨가 고통스런 소리를 냈다!

지금 갑니다!

달리면서 외투의 고정장치를 풀어 제나 씨를 덮친 슬라임 위에 씌우고 외투째로 슬라임을 떼어냈다.

제나 씨의 짧은 비명과 천이 찢어지는 소리를 남기고 슬라임을 후방으로 던져버리는 것에 성공했다. 불로 견제하면서 나설 차례가 적었던 나이프를 투척하여 슬라임의 핵을 파괴해 쓰러뜨렸다.

"괜찮아요?"

돌아보며 안부를 물었다. ―까딱하면 말 속에 놀라움이 담길 뻔했다.

파렴치한 슬라임 탓에 제나 씨의 블라우스가 크게 찢어져 버렸다. 덤으로 가슴 띠도 녹아서 풀어져 버렸다.

아, 그러니까, 제나 씨의 소소한 여성스러움을 감추는 것이 아무 것도 없단 거지.

본인은 죽다 살아난 참이라 아직 눈치 못 챈 것 같다.

뚫어져라 쳐다보면 미안하니까, 가방을 경유하여 스토리지에서 꺼낸 청결한 천으로 제나 씨 앞을 가려주었다.

"꺄, 고맙습니다. ―사토 씨?!"

내가 건넨 천으로 가슴을 감추고 나서야 내 존재를 깨달은 제나 씨가 놀라는 목소리와 함께 안겨왔다.

기껏 건넨 천이 떨어졌는데요?

"사토 씨! 무사하셨네요!"

그렇게까지 가까운 사이도 아니었지만 귀여운 여자애가 안기는 건 대환영이다. 나 역시 재회한 것이 기쁘기도 하니까 말이지.

제나 씨가 정신을 차릴 때까지 부드러운 감촉을 즐기고 싶었지만, 주위가 아비규환이니까 때와 장소를 가리자.

제나 씨가 지키고 있던 무녀님이 걸어왔다.

어라? 그러고 보니 어째서 파리온 신전의 무녀가 이런 데 있는 거지? 서쪽 거리로 왕진을 간다고 했으니까 돌아가던 중에 미궁 소동에 휘말렸나?

"제나, 재회를 기뻐하는 건 나중에 하세요. 지금은 마물을 격퇴하는 것이 우선입니다."

"아, 죄, 죄송합니다. 저도 참."

"괜찮아요. 재회를 기뻐해주니 나도 기쁘네요."

무녀가 지시하자 여신관들이 발치에 떨어진 천을 주워 제나 씨에게 건넸다.

부끄러운 듯 재빨리 블라우스 앞을 가리면서 천을 건네받는 제나 씨의 모습에 흐뭇해하면서 무녀님한테 시선을 돌렸다.

"아까 솜씨를 보았는데 저 마물의 약점을 알고 계시군요?"

"네, 슬라임은 핵이 있어서 거길 노리면 쓰러뜨릴 수 있어

요."

"역시 사토 씨, 몸만 가벼운 게 아니라 박식하시네요!"

"아뇨, 리자가 가르쳐 줬어요."

"여, 여성인가요?"

제나 씨가 리자의 이름을 듣고서 질문했다. 그러고 보니 미궁 안에서 이름을 붙였으니 리자의 이름을 모르는구나.

"바람기를 힐문하는 건 나중에 하세요. 슬라임의 핵이란 것을 구분하는 요령이 있나요?"

무녀님, 바람이라뇨. 사실무근인데다 듣기도 안 좋잖아요.

뭐, 오해는 나중에 풀어야지.

"네. 색이 다르고, 횃불을 가져다 대면 싫어하면서 핵을 멀리 떨어뜨리려고 하니까 핵이 있다는 것만 알면 구분할 수 있어요."

"제나, 『바람의 속삭임(위스퍼 윈드)』을 쓸 수 있나요?"

"죄송해요, 마력이 다해서 얼마간 무리에요."

내 쓸데없이 윤택한 마력을 양도할 수 있으면 좋겠는데. 그건 그렇고 마력의 회복량은 개인차가 있는 건지, 이 아가씨들의 마력은 고갈된 채 회복될 기미가 없다.

아차, 해석은 나중에 해야지. 큰 소리를 내보면 뭔가 전달에 편리한 스킬이 생기지 않을까?

공기를 한껏 들이쉬고, 배에 힘을 주어 외쳤다.

"슬라임의 핵을 노려라!"

〉「확성」 스킬을 얻었다.

직업상 큰 소리를 낼 기회가 적은 탓인지 목소리가 조금 갈라졌지만 분명하게 스킬을 얻었다. 포인트를 분배하고서 다시 한 번 슬라임의 핵을 노리라고 외쳤다. 보충설명도 덧붙였다.

짧은 설명인데도 병사들에게는 제대로 전달된 듯 적절하게 슬라임을 제거하기 시작했다. 그들이 우수하기도 하지만, 외침 소리와 지휘 스킬 같은 것이 상승효과를 발휘했을지도 모르겠다.

가까운 그림자에 숨어서 접근하는 슬라임은 뒤쫓아온 아인 소녀들이 가볍게 쓰러뜨렸다.

병사들은 괜찮아 보이지만, 민간인 그룹 몇 개가 궁지에 몰려있길래 소녀들을 데리고 구조하러 갔다. 오기 전에 여신관에게 횃불 하나를 건넸다. 그 주위에 슬라임은 없지만 만약을 위해서다.

포치와 타마가 횃불로 견제하고 리자가 창으로 찌르는 필승패턴으로 슬라임을 착실하게 처리했다.

내 역할은 수인들이 출현하여 놀라는 사람들에게 말을 걸어서 안심시키는 것뿐이었다.

이거 편해서 좋은데.

슬라임들 처리가 대강 끝나자, 제나 씨가 있는 장소로 갔다.

어느샌가 니들렌이나 베르톤 자작도 공동에 도착한 모양이다. 그들도 아는 사람을 발견하고 재회를 기뻐하고 있다.

"사토 님, 아까 조력해주신 것을 감사 드립니다."

"아뇨, 때맞춰 와서 다행이네요."

제나 씨가 있는 장소로 돌아가자, 주위를 경계하던 여신관이 인사를 했다.

무녀님과 제나 씨는 앉은 상태로 눈을 감고 있었다.

명상이라도 하는 건가?

아마도 마력을 회복하기 쉬운 자세겠지. 아까보다 명백하게 마력이 회복되고 있다.

조용히 명상하는 제나 씨와 무녀님의 옆모습을 조금 즐기다가 주위에 시선을 돌렸다.

미궁에 갇힌 영군 병사 50명 중에서 70퍼센트를 조금 넘는 수가 여기에 있다. 7명쯤 사망, 5명이 다른 집단과 함께 있는 모양이다.

영군의 병사들만이 아니라, 아까 통로를 굴러서 나온 사람들처럼 민간인도 20명 정도 같이 있다.

또 한 명의 여신관이 다친 사람들을 무녀님 옆으로 모으고 있었다. 범위회복마법을 쓴다고 하길래 우리는 조금 떨어진 장소로 이동했다.

마력이 다소 회복된 무녀님이 기나긴 주문을 읊었다.

2, 3분이나 걸리는 영창이라서 포치와 타마가 지루한 듯 크게 하품을 했다.

졸린가?

"……■■■ 범위회복(에어리어 힐)."

주문이 완성되자, 무녀님을 중심으로 주위 사람들에게 원추형의 부드러운 빛이 내렸다. 광원은 어디지? 신경 쓰여서 조금 빛을 만져봤다.

**〉「신성마법: 파리온 교」 스킬을 얻었다.**

오오, 만지기만 했는데 얻어 버렸네. 역시 너무 이지 모드라니까.

대부분의 사람들이 지금 그 마법으로 나은 모양이다.

무녀님은 이 범위회복마법으로 마력이 고갈됐는지 시중드는 여신관들이 추가로 치유가 필요한 사람에게 회복마법을 걸러 다녔다.

명상을 끝낸 제나 씨가 손으로 머리칼을 정리하면서 말했다.

"하지만 정말로 무사해서 다행이에요."

"네, 이 아이들 덕분에 살았죠."

기뻐하는 제나 씨에게 새삼 아인 소녀들을 소개했다.

"아아, 그때 그 아인족 아이들이군요."

"포치, 인 거에요."

"타마~."

"리자라고 합니다."

포치와 타마는 낯을 가리는지 최소한의 자기소개만 하고 내 뒤로 숨어 버렸다.

"지상에서 날아오는 돌로부터 지켜주신 것에는 정말로 감사드립니다. 아가씨의 마법이 없었다면 저도 이 아이들도 살아남을 수 없었겠지요."

리자는 폭동 때 지켜준 것을 기억하는지 최고로 경의를 표하며 감사의 말을 바쳤다.

"감사~."

"고마워, 인 거에요."

"우후후, 천만에요."

리자의 말에 제나 씨를 떠올렸는지, 포치와 타마가 내 뒤에서 나와 꾸벅 인사했다. 그 다음에 금방 내 뒤로 숨어버린 건 애교로 봐주자.

"그렇지, 사토 씨! 이 앞이 출구로 통할 지도 몰라요."

"그런가요? 그건 마법으로?"

"네, 『바람의 길(패스 파인더)』이라는 공기의 흐름을 조사하는 마법이 있어요!"

제나 씨가 소근소근하면서 내게 가르쳐 주었다.

"하지만 말이죠, 공기의 흐름으로 판단하는 거라 사람이 지

나갈만한 길이 있는지 알 수가 없어요. 지금 척후병이 조사하러 갔으니까 조금만 기다려 주세요."

"네, 좋은 소식 기다리죠."

그 척후병이 출발한 직후에 천장에서 슬라임이 떨어져 아까 그 사태가 일어났다고 한다.

기다리는 동안 주위를 관찰했다. 민간인들은 방의 구석에 모여서 쉬었다.

자작은 진압부대의 대장 같은 사람이랑 무슨 이야기를 하고 있었다. 이번에는 불꽃 마법 덕을 좀 보고 싶다.

이 앞의 공동을 빠져나가면 이제 출구까지 긴 회랑이 이어지는데, 이 공동에는 조금 문제가 있다.

수준 낮은 게임 마스터가 만든 것 같은 회피불가능위치에 있는 살인공간(몬스터 하우스)이다.

레벨 10부터 15쯤 되는 해골 병사 30여 마리는 병사들이나 자작의 마법으로 어떻게 될 법 하지만, 3마리 정도 난적이 있다.

레벨 30의 해골 기사(스켈레톤 나이트), 해골 전사(스켈레톤 워리어), 죽음의 낫 해골(스켈레톤 데스사이즈) 3마리다.

특히 죽음의 낫 해골은 즉사공격을 가지고 있어서 방심할 수 없다. 게임처럼 악령을 퇴치하는 정화(턴 언데드) 마법이라도 있으면 편할 것 같은데.

공략하려면 그걸 쓸 수 있는 무녀님이나 여신관들의 마력이 회복되길 기다려야 하려나.

공동을 조사하러 간 척후병이 귀환하여 아까 내가 조사한 것과 같은 정보를 대장에게 보고했다. 대장은 영군의 간부나 무녀님, 자작과 함께 작전을 짰다.

기다리는 것에 지친 포치와 타마가 꾸벅꾸벅 졸기 시작해서, 내 무릎 위에서 재우기로 했다. 리자도 내 옆에서 휴식을 취했다.

그리고 대장의 설명을 들은 다음, 전투가 시작되었다. 우리는 구경꾼이다.

그들은 자작의 마법으로 해골 병사의 체력을 깎아내고, 제나 씨의 마법으로 적을 분산시켜 이쪽 방까지 유인하여 각개 격파하는 전법을 골랐다.

통로를 이용해서 소수 대 다수가 되도록 할 모양이다.

무녀님 일행 세 명이 병사들 뒤에서 턴 언데드 마법으로 엄호한다고 한다.

민간인들은 그보다 앞에 있는 작은 방으로 이동하여 대기하고, 병사들 말고 싸울 수 있는 인재― 사냥꾼이나 상인의 호위들이 배회하는 마물(원더링 몬스터)으로부터 민간인을 지켜주게 되었다.

우리도 같이 작은 방으로 피난했었지만 지금은 밖으로 나왔다.

아까 젊은이의 동료라고 생각되는 놈들이 아인과 같이 있는 것을 싫어했기 때문이다. 그들의 불평이나 매도로 우리 애들이 상처받는 것이 싫었다.

노예상인 니들렌이나 그의 친구들이 그런 녀석들을 달래주긴 했지만, 그 찌르는 듯한 분위기 속에 있느니 전장 가까이 있는 편이 낫다.

목숨을 구해줘서 그런지, 그 젊은이 본인은 아인 소녀들을 나쁘게 말하진 않았다. 소극적이나마 매도하는 방향을 돌리려고 해보지만 별로 도움은 안 됐다.

니들렌 일행에게 감사 인사를 하고 방을 나와 전장이 된 공동의 출구 부근에서 대기하기로 했다.

여기서는 공동 안이 잘 보인다.

해골 방과 이 방 사이는 직선통로로 되어있는지, 해골 방에서 휘몰아치는 불꽃같은 빛이 희미하게 보였다.

"온다! 창 부대 준비!"

분대장으로 보이는 사람의 지휘를 따라 병사들이 창의 숲을 만들 준비를 했다.

거기에 마법으로 견제를 하고 있던 자작과 제나 씨 두 사람이 순서대로 방에 뛰어들었다. 조금 늦게 경갑의 기사가 돌아왔다. 그들 뒤에 해골 병사가 잔뜩 있었다.

중갑의 기사 두 사람이 통로 앞에 벽을 만들어 해골 병사의 진격을 막았다.

"창병! 찌르지 마라, 두들겨!"

분대장의 지시로 무수한 창을 해골 병사들에게 휘둘러 착실하게 해골 병사들의 체력을 깎았다.

거기에 신관들의 정화마법이 발동되어 마무리를 짓는다.

듣자니 체력이 떨어져 있어야 저항하기 어렵다고 한다.

"커다란 놈이 2마리 온다! 키골리 대장, 부탁합니다!"

"오냐! 보우저, 한 마리 맡긴다."

"맡겨만 두라고 대장! 피가 끓는구나!"

가장 레벨이 높고 대검을 가진 대장과, 두 번째로 레벨이 높고 전투 도끼를 든 중전사가 해골 기사와 해골 전사를 담당하려나 보다.

그들은 전선을 돌파한 2마리의 대형 스켈레톤을 상대로 전선에서 떨어진 장소에서 싸우기 시작했다.

대장의 대검을 해골 기사의 방패가 막고, 해골 전사의 곤봉과 배틀 마니아 중전사의 전투 도끼가 격렬하게 맞부딪혔다.

"……■■■ 바람 속박(바인드 에어)."

제나 씨가 약간 열세인 배틀 마니아 중전사를 지원하려고 해골 전사의 움직임을 저해하는 마법을 걸었다.

자작은 팔짱을 끼고 잘난 듯 서 있지만 도와줄 생각은 없는 것 같았다.

"■■ 정화(턴 언데드)!"

그때 무녀님의 정화마법이 발동했다. 잔챙이 스켈레톤은 흩어진 뼛조각으로 돌아가 땅에 떨어졌지만, 대형 스켈레톤들은 저항해 버렸다.

그래도 약간 물러서게 만들어서 형세가 조금 호전되었다.

“큭, 이 검은 녀석을 주의해라! 이 녀석의 낫은 방패를 뚫는다!”

전선에서 소란과 피보라가 일었다.

죽음의 낫 해골(스켈레톤 데스사이즈)은 다른 잔챙이들과 비슷한 크기의 새까만 스켈레톤이었다. 무기인 대낫은 사신이 가지고 다니는 형태라 전투에 적합하지 않지만, 기사의 방패를 꿰뚫고 갑주를 종잇장처럼 찢어버렸다.

전선을 구축하고 있던 기사들은 데스사이즈보다 10레벨은 낮다. 이대로 방치하면 전선이 붕괴될 것이다.

주머니에서 꺼낸 잔돈을 손 안에서 만지작거렸다.

데스사이즈가 낫을 휘둘러서 창병들이 거리를 벌린 순간에 천화를 투척했다. 목표는 데스사이즈의 발목 관절이다. 투척 스킬과 저격 스킬의 지원 덕분인지 20미터 앞의 작은 표적도 정확하게 맞췄다.

낫을 휘두른 순간을 노렸으니 데스사이즈가 균형을 못 잡고 그대로 땅에 넘어졌다. 싸우고 있는 병사들에게는 낫의 기세를 못 이겨 넘어진 것처럼 보였을 것이다.

기사나 병사들이 그 타이밍을 놓치지 않고 메이스나 창대 끝으로 연타하여 낫을 든 팔의 관절을 파괴하는데 성공했다.

그때 쉴 틈 없이 무녀님의 정화마법이 발동하여 데스사이즈가 하얀 뼛조각으로 부서져 땅에 흩어졌다.

거기서부터는 고전하면서도 희생자 없이 해골들을 처리하는 데 성공했다.

피난해 있던 사람들을 따라 우리도 해골 방으로 이동했다.

그곳은 아까 있던 공동보다 몇 배 넓은 공간이었다. 대략 체육관 2개를 붙여 놓은 넓이다.

주위는 암반이 다 드러나 있고 바닥은 천연 바위가 깔려서 울퉁불퉁한 지면이라 걷기 어렵다.

천정은 어두워서 안 보이지만 높이가 15미터쯤 되는 것 같다.

지상으로 돌아가기 위한 통로가 중후한 금속제 대문으로 막혀 있다. 잠겨 있는 모양인지 아무도 열 수 없었다.

기사들이 곤봉이나 메이스로 파괴하려고 했지만 허무하게 소음만 울릴 뿐이었다.

포치와 타마가 양 손으로 귀를 막고 난처한 표정으로 몸을 움츠렸다.

소음이 얼마간 이어졌지만 이윽고 포기했는지 마법에 의지하기로 한 모양이다.

"베르톤 자작이나 제나의 마법으로 파괴할 수 없나?"

"내 불꽃이라면 손쉬운 일이지만, 이번에는 젊은이에게 공을 양보하지."

"제, 제 마법이요?"

마법을 쓰기 싫어하는 베르톤 자작이 제나 씨에게 일을 떠넘겼다.

제나 씨의 공기 망치(에어 해머)는 대문 주위의 흙을 피워 올리기만 하고 효과가 없었다. 공기는 가벼우니까 물리적인 효과는 낮은 마법계통인가보다.

나중에 위로해줘야지.

이어서 자작이 화염의 혀(플레임 텅)를 발동했지만 대문을 그을린 게 다였다.

음울한 대문 앞의 분위기와는 달리 마이페이스인 타마가 로브 자락을 당기면서 보고했다.

"주인님~, 저 벽 이상해."

타마가 가리킨 곳을 보니 분명히 위화감이 있다.

맵으로 확인해 보니 숨겨진 문이다. 전에 거미 방 앞에서 죽음의 짐승을 떨어뜨린 수직굴의 윗부분이 이 방인가 보다.

"용케 찾았네."

타마의 머리를 쓰다듬으며 고양이 귀를 만졌다. 포치가 쓸쓸한 표정이라 다른 한쪽 손으로 쓰다듬어 주었다. 물론 강아지 귀도 만졌다.

그러는 와중에 레이더에 새로운 적이 나타났다.

그런데 적이 있는 방향을 탐색하고 있던 병사나 상인들 쪽에서 비명이 아니라 환성이 들렸다.

무슨 일이지? 의문스레 그쪽을 바라보며 맵으로 적의 정체를 체크했다.

“어이 보물 상자가 있다!”

“오오! 미궁에서는 때때로 보물 상자가 출현한다고 하지.”

“나다! 내가 발견했어!”

그 한심한 주장은 어떤 목소리가 들리자 비명으로 바뀌었다.

『호호호호~호, 이렇게 잔뜩 몰려올 줄이야, 소관 감격!』

우리들을 미궁의 바닥으로 끌고 들어온 눈알 마족이 나타났다. 안 보인다 싶더라니 미믹 흉내냐!

“전원 제 위치로 가라! 원진이 아니라 세 군데 진을 쳐라! 놈은 마법을 쓴다! 베르톤 자작과 제나 두 사람은 전위에 방어 마법을!”

대장이 재빨리 진형을 지시했다. 제나 씨가 바람 방어(윈드 프로텍션)나 공기 벽(에어 쿠션) 마법을 순서대로 전개했다. 무녀님 일행은 마력을 다 썼는지 방의 구석으로 재빨리 대피했다.

“역시 나왔구나, 마족 놈! 미안하지만 불 마법에는 방어 마법이 없다. 화염 기둥(블래스트 폴) 마법을 쓰겠다. 시간을 벌도록!”

호오, 마법을 쓰기 싫은 건 줄 알았더니 마족전에 대비해서 마력을 보존한 거구나. 마음속으로 사과하면서 베르톤 자작을 조금 다시 봤다.

마족이 포효를 지르자, 눈알 마족 주위에 검은 구슬이 출현했다. 검은 구슬은 서서히 눈알 마족 주위를 돌더니 공격하려는 기사들을 밀어냈다.

『인간의 마법은 느리다, 소관 무료.』

응? 뭐야? 한 순간 이상한 느낌이 들었는데.

**〉「마안 내성」 스킬을 얻었다.**

시선을 로그로 돌리자, 그 메시지가 늘어 있었다. 주위를 둘러보니 눈의 정면에 있던 사람들의 상태가 「매료」로 바뀌었다.

내 옆에 있던 아인 소녀들도 저항하지 못하고 「매료」된 모양이다.

"주인님! 큰일 난 거예요! 고기가 잔뜩 있는 거예요!"

"고기, 통째로 와구구~?"

"포치, 타마! 주인님을 위해 한 마리라도 많이 잡아야 합니다!"

아마 병사들이 로스트 치킨이나 소고기 통구이로 보이는 모양이다.

행복해 보이는 와중에 미안하지만 재빨리 손날로 기절시킨 다음, 들쳐 업고 방의 구석으로 피난시켰다. 여기는 바위 뒤니까 마족이 커다란 마법을 써도 괜찮겠지.

매료된 병사가 다른 병사들에게 덤비고 있다. 수적으로 많은 차이가 있어서 처절한 살육전으로 발전하지는 않았다.

지금 눈알 마족과 직접 접근전을 하고 있는 것은 대장과 배틀 마니아 중전사 둘뿐이었다. 대검이나 전투 도끼를 검은 구슬이 모조리 받아내서 마족에게 닿질 않는다.

제나 씨는 조금 떨어진 장소에서 지원마법을 쓰고 있지만 마력의 잔량이 별로 없었다.

『어리석은 인간들, 서로 죽여라! 소관 유쾌.』

그 소동이 재미있는지 눈알 마족이 조소했다. 조소 마지막에 포효를 지르자 눈알 마족의 몸이 검붉은 빛을 띠었다.

그리고 드디어 베르톤 자작의 영창이 끝나 눈알 마족의 발치에서 불꽃이 뿜어져 나왔다.

“마족이여! 인간족이 언제까지고 네놈들에게 유린당하는 존재라 생각지 마라!”

긴 지팡이를 겨누고 멋진 대사를 말하는 자작을 비웃듯이 눈알 마족이 태연한 모습으로 불꽃 속을 하늘하늘 날고 있었다. AR표시로 「불 마법 대미지 75퍼센트 차단」이라고 나와 있으니 마법 발동 직전에 방어계통 마법을 썼겠지.

마족이 말한 것처럼 자작이 주문영창을 시작한 다음에 대항마법을 사용해도 충분히 막을 수 있는 것이다. 치사한 놈이네.

『뜨겁다! 뜨으겁다아! 근사하게 뜨겁다! 소관 여름.』

“뭐, 뭣이?! 중급마법이 효과가 없다니?!”

『효과 있는데? 효과가 있다, 인간. 소관 친절.』

분명히 눈알 마족의 체력은 줄고 있지만 아주 조금이다.

『아아, 절망이 달콤하도다! 소관 행복.』

이대로는 피해가 생기는 것도 시간문제다.

제나 씨는 하급 마족이 와이번만큼 강하다고 했지만, 이 녀석이 확실하게 더 강한 것 같네.

지금은 눈에 띄더라도 싸워야 하나?

인간과 동떨어진 힘을 휘두르면 세류 시에서 쫓겨날 지도 모르지만, 제나 씨가 죽는 걸 보고만 있을 수는 없지.

그 결심에 찬물을 끼얹듯, 옆방에 피난해 있던 사람들 쪽에서 비명이 들렸다.

통로를 보니, 굴러 나오는 니들렌 일행의 모습과 피투성이가 된 죽음의 짐승이 보였다.

아차! 눈앞의 상황에 너무 집중해서 레이더 체크가 소홀했네.

분을 삭이며 근처에 있는 돌을 주워 죽음의 짐승 얼굴에 던졌다.

일격으로 처리하지 않은 것은 이 녀석을 이용하기 위해서다.

놈은 휑한 눈구멍을 나한테 돌리더니, 방금 죽이려던 중년 남성을 무시하고 이쪽으로 뛰어 들었다.

제나 씨가 놀라는 표정이 시야 구석에 보였다.

"사토 씨?!"

나는 죽음의 짐승이 돌격해오는 것을 양팔로 받아내고, 그 기세를 유지하며 숨겨진 통로가 있는 벽에 격돌했다.

벽이 간단히 무너지고 나와 죽음의 짐승은 함께 어둠 속으로 떨어졌다.

"제나! 제 위치를 벗어나지 마라!"

"싫어, 놔줘! 사토 씨가, 사토 씨가아아."

제나 씨가 내 이름을 외치는 목소리를 등지고 나락의 바닥으로 가라앉았다.

미안해요, 제나 씨. 나중에 혼날게요.

여기는 숨겨진 문 뒤에 있는 수직굴이다. 300미터 아래까지 떨어지면 전장에 복귀하는 게 귀찮아지니까 손을 짚어 15미터 아래의 작은 방에 들어갔다.

보통은 손의 뼈가 부러지면서 결코 성공 못할 아크로바틱한 행동이지만, 레벨이 오른 이 몸은 무리 없이 실행할 수 있다.

나와 함께 굴러 떨어진 죽음의 짐승은 오랜만에 꺼낸 성검으로 베었다.

파란 빛은 안 나왔지만 무시무시한 절삭력을 발휘하여 막힘 없이 죽음의 짐승을 두 동강 냈다. 성검을 뽑으면 약간 대미지를 받으니까 다시 칼집에 넣었다.

이 방에서 변장해야지.

로브를 촌스런 걸로 바꾸고 극채색의 외투를 걸쳤다. 이 외투에는 후드가 달려 있어서 얼굴을 감출 수 있을 것 같지만 약간 마음이 안 놓인다.

스토리지를 찾아보니 마침 좋은 게 있네.

마사랑 같이 산 용 가면이다. 이 은색 가면은 작년에 유행했다고 하니까 주인이 누군지 모를 거다. 같이 산 금발 가발도

써야지.

좋아, 이걸로 완벽하다.

나는 전장을 향해 바람 같은 속도로 통로를 달렸다.

해골 방 바로 앞방에는 마족이 불러낸 잔챙이 마물이 밀려들고 있어서, 사냥꾼이나 호위들이 필사적으로 입구를 지키고 있었다.

통로에 나와 있는 사람이 없는 걸 확인하고 스토리지 안에 있는 **바위**를 꺼내서 던졌다.

압도적인 질량이 마물들을 유린했다.

**〉칭호「무자비한 자」를 얻었다.**

일격으로 마물들 소탕이 완료된 것을 레이더로 확인하고, 넋이 나간 사냥꾼이나 호위들 사이를 빠져나가 해골 방으로 갔다.

해골 방에서는 아직 마족과 전투 중이었다.

몇 분 사이에 여러 명의 병사가 중상을 입었지만 제나 씨는 무사해 보였다. 방의 구석에 숨겨둔 아인 소녀들도 기절해 있지만 무사했다.

자작의 마법으로 보이는 불꽃이 마족 주위를 둘러싸듯 휘몰아치고 있어서 접근전은 힘들다. 스토리지에서 꺼낸 돌을 거대한 눈알의 중심에 던졌다.

『큽? 웬 놈이냐으? 소관 경악.』

“기사들이여, 마족은 내게 맡겨라.”

“장난하냐! 너처럼 수상한 은가면 따위의 도움은 필요 없다!”

어라라, 거부해 버리네.

정체가 안 들키게 축제용 은가면을 쓴 게 화를 불렀다.

눈알 마족이 포효를 지르자, 놈의 앞에 반투명한 검은 판 같은 게 생겼다.

돌을 가볍게 던져봤는데 검은 판 앞에서 기세를 잃더니 땅에 떨어져 버렸다. 아마 투척방어계열 마법이겠지.

『네놈 정체가 뭐냐? 그냥 돌멩이로 마족에게 타격을 주다니, 소관 곤혹.』

이어지는 포효가 검은 창을 만들었다.

저 포효가 마족의 마법 영창인가?

날아오는 검은 창을 가볍게 회피했다. 상당한 속도로 날아왔지만 회피 스킬이 타이밍을 알려주는 건지 쉽게 회피할 수 있었다.

나한테 주의가 쏠린 틈에 자작이 뿜어낸 「불꽃의 창(플레임 스피어)」 마법과 무녀님의 「성스러운 창(세이크리드 자벨린)」 마법이 마족의 옆부분에 꽂히자 체력이 크게 깎였다.

더욱이 반대쪽에서 대장의 대검과 배틀 마니아 중전사의 전투 도끼가 박혔다.

전투 도끼는 대미지를 못 줬지만 대장의 대검은 마법의 무기인지 눈알 마족의 체력을 깎아냈다.

『아아, 인간족에게 쓰러진다? 쓰러진다아?! 소관 유감.』

눈알 마족의 발치에 마법진이 생겼다.

"뭔가 수작을 부린다. 전원 방어 태세를 취하라!"

대장이 경고하자 병사들이 가까운 바위 뒤로 숨었다.

게임이었으면 여기서 함께 쓰러질 것을 각오하고 공격을 거듭하겠지만, 현실에서는 피해를 줄이는 것을 우선시하나 보네. 여기서 마족에게 돌격하는 건 폭발 직전인 다이너마이트의 도화선을 끄러 달려가는 거랑 마찬가지겠지.

그래도 나는 이 틈에 마무리를 지으려고 허리띠에 찬 성검을 뽑아 달렸다. 하지만 머리 위에서 떨어진 뭔가가 진로를 막아 넘어져 버렸다.

**〉「어둠 마법: 마족」 스킬을 얻었다.**
**〉「어둠 내성」 스킬을 얻었다.**

젠장, 아까 병사들의 공격을 막던 검은 구슬인가?

스킬을 얻은 건 행운이지만 그보다도 저 마법진이 위험해 보인다. 넘어질 때 성검을 놓쳐서 맨손으로 검은 구슬을 때려서 날려버렸다.

마족을 중심으로 검은 마법진이 하늘로 뻗어 올라가더니—.

『아아, 주인님! 소관 갈망.』

—마법진에서 솟아 나오듯 칠흑의 거인이 출현했다.

◆

그것은 정말로 마족이라는 말밖에 안 나오는 존재였다.

숫양의 뿔, 검붉게 빛나는 눈, 번들거리며 빛나는 칠흑의 피부, 2쌍인 4개의 팔에는 은광을 내뿜는 날카로운 갈고리 손톱. 등에는 붉은 핏줄이 보이는 박쥐 날개가 달려있었고, 엉덩이에는 침이 달린 두 갈래 꼬리가 나 있었다. 몸길이 7미터의 거구인데 하늘을 날고 있다.

이 녀석은 레벨 62의 상급 마족인데 바람, 벼락, 어둠의 3종 마법과 격투 스킬을 가졌다. 더욱이 종족고유의 능력이 「비행」, 「석화의 한숨」, 「독」, 「자기 재생」, 「권속 창조」 이렇게 5개나 된다.

"바보 같은?! 중급마족을 소환하다니?!"

『부정한다. 인간아. 본관 불쾌.』

『주인님은 마왕의 측근! 신에 가까운 마족의 군주(데몬 로드)! 소관 정정.』

"믿을 수 없다. 상급 마족, 이라고?!"

새로운 마족의 출현에 경악한 자작이나 대장이 상급 마족이란 말을 듣고 절망에 빠진 표정으로 무릎을 꿇었다. 견디고 있는 건 배틀 마니아 중전사와 무녀님뿐이다.

『미궁의 설치와 본관의 소환 수고하였다. 본관 위로.』

상급 마족이 눈알 마족을 붙잡더니—.

『아아, 주인님의 일부로 돌아갈 수 있다! 소관 환희.』

—그대로 깨물어 먹어 버렸다.

갑작스런 참극이 끝나고 나니, 놈의 머리 옆에 눈알만 달린 얼굴이 생겼다.

합체한 건가? 진화나 레벨 업이 아니니 다행이라고 생각해야지.

『잔챙이들아, 두려워하라! 강자여, 맞서보도록 하여라. 본관 선별.』

놈의 목소리와 겹쳐서 포효가 들렸다. 저 새로운 얼굴이 영창을 하나 보다.

태풍과는 비교가 안될 정도의 바람이 공동에 불어 닥치고, 병사들이 벽에 부딪혔다.

나는 바람 속을 달려서 제나 씨나 무녀님 일행이 벽에 부딪히기 전에 순서대로 받아냈다.

남자들은 자력으로 버텨라. 나라도 전원은 무리다.

**〉「바람 마법: 마족」 스킬을 얻었다.**

**〉「바람 내성」 스킬을 얻었다.**

상급 마족의 마법에 견디는 동안 2종의 스킬을 얻어서 내성 스킬에 포인트를 분배했다.

바위에 꽂힌 성검을 주워 상급마족과 대치했다.

상급 마족은 자신에게 맞서는 내 모습을 보고 비웃더니, 내가 가진 성검을 보고 다시 검토하듯 표정을 고쳤다.

『설마 용사가 있었다니. 신의 계시라도 받은 것인가?! 본관 역정.』

마족은 나한테 말을 걸면서 등 뒤에서는 마법을 사용했다. 상당히 치사한 기술이네.

놈의 몸에서 칠흑의 오오라가 뿜어져 나왔다. 지원마법의 일종이다.

하지만 치사한 걸로 따지면 나도 지지 않지. AR표시로 놈의 마법 효과를 확인했다. 아무래도 강화마법인가 보다. 「물리 대미지 90퍼센트 차단」이라는 말도 안 되는 효과다.

『방심 금물! 본관 전력.』

상급 마족이 다시 울부짖었다. 손톱이나 뿔, 꼬리에 칠흑의 오오라가 번득였다. AR표시에는 「물리공격력 300퍼센트 업(up)」이라고 나왔다.

야, 강화를 얼마나 할 셈인데.

이대로 보고 있다간 점점 불리해질 것 같아서 움직이기로 했다.

검으로는 놈의 다리밖에 못 베니까 최대위력으로 설정한 마법총을 쏘았다.

거의 보이지도 않는 탄환을 놈이 몸을 비틀어 피하더니, 그 거대한 몸집으로는 상상도 못할 속도로 공격해 왔다.

놈이 붉은 잔광을 남기며 오른손의 독조를 휘둘렀다. 몸을 찢으려는 공격을 몸을 뒤로 눕혀 피하고 바보 같은 근력으로 무리한 자세에서 칼을 휘둘렀다.

하지만 그래서는 놈의 몸 표면을 스치는 정도의 얕은 상처밖에 못 낸다. 마물 퇴치로 꽤 익숙해졌나 했는데 아직도 겁이 나는 모양이다.

『왜 그러나, 용사? 성검도 제대로 못 쓰는 것이냐? 본관 낙담.』

내가 낸 미약한 상처는 눈 깜빡 할 사이에 회복돼 버렸다.

역시 무녀님이 말한 것처럼 「용사」 칭호가 없으면 성검은 제대로 된 능력을 발휘 못하는 건가?

놈의 공격을 피하면서 카운터로 공격했지만, 마법총의 탄환은 피해버리고 성검은 얕게 베이기만 해서 좀처럼 대미지를 줄 수 없다.

참을성이 바닥났는지 놈은 근접전을 벌이면서 뇌격을 떨궜다.

피할 틈도 없이 전격이 나한테 명중했다.

**〉「벼락 마법: 마족」 스킬을 얻었다.**
**〉「벼락 내성」 스킬을 얻었다.**
**〉「마비 내성」 스킬을 얻었다.**

"아야, 팔다리가 저릿하네."

굳이 말하자면 정좌한 다음에 다리가 저린 거랑 정전기의 찌릿함을 더한 느낌이다. 내 체력 게이지를 보니 5포인트쯤 대미지를 받았다.

놈이 독조를 휘두르길래 피하려고 했지만 마비가 남아 있어서 반응이 늦어버렸다. 성검으로 흘렸지만 어깨를 살짝 스쳤다.

**〉「독 내성」 스킬을 얻었다.**
**〉「질병 내성」 스킬을 얻었다.**
**〉「부패 내성」 스킬을 얻었다.**

무슨 공격이 이렇게 상태이상 덩어리냐? 하지만 저항했으니까 몸에 이상은 없다.

놈과 거리를 벌리면서 내성 스킬에 포인트를 분배했다.

『튼튼한 놈! 본관 감탄.』

그러나 마법이나 상태이상 공격을 어렵잖게 저항한 탓인지 조금 방심한 모양이다.

놈이 뿜어내는 회색 브레스를 왼쪽 반신에 맞아 버렸다.

몸의 표면이 뿌옇게 석화됐다. 스토리지에서 급하게 꺼낸 망토로 석화 브레스의 나머지를 막아냈다.

**〉「석화 내성」 스킬을 얻었다.**

조금 당황했지만 석화한 것은 옷과 몸의 표면뿐이었는지, 손을 쥐었다 폈다 했더니 석고가 떨어지듯 석화된 부분이 떨어지고 아래서 깨끗한 색의 피부가 나왔다.

정말이지, 레벨 차이가 나서 진짜 다행이네.

놈은 석화가 나에게 통하지 않는 것을 보고 놀랐지만, 어둠의 탄환이나 바람의 칼날을 견제로 사용하면서 내가 공중으로 뛰어 피하자 철조를 휘둘렀다.

아차, 격투 게임에서도 공중으로 도망치는 건 악수였지 참.

석화 때문에 약해진 로브가 찢어져서 어깨가 드러나 버렸다.

대미지 자체는 받지만 자기 치유 스킬이 상처를 입을 때마다 회복시켜 준다. 덕분에 로브에 피가 묻어 있지만 체력은 꽉 차 있다.

하지만 피를 많이 흘려도 괜찮을 거란 보장은 없으니 자기 치유 스킬을 과신하지 않도록 주의해야지.

나를 붙잡으려고 조심성 없게 뻗은 팔을 천재일우의 찬스란 생각에 성검으로 베어냈다.

어라? 물리 대미지 90퍼센트 차단 아니었나?

하지만 놈은 잘린 팔을 금세 재생시켰다. 베어낸 팔은 점토처럼 바뀐 뒤 하급 마족으로 변화했다.

『꽤나 날카로운 성검으로 보인다만, 본관은 베면 벨수록 권속이 태어난다. 본관 충고.』

하급 마족은 대장 일행을 공격했다. 그 녀석은 마법스킬이 없으니 대장 아저씨들이 어떻게든 상대할 수 있겠지. 조금이라도 편하게 싸울 수 있도록 마법총으로 두 다리를 저격해 두었다.

『아무리 뛰어난 검사라도 성검의 힘을 쓰지 못하는 네놈은 본관을 쓰러뜨리지 못한다. 본관 조소.』

무녀님이 했던 말이구나. 「용사가 휘두르는 성검이 아니면 마왕을 쓰러뜨릴 수 없다」라는 거. 상급 마족도 마왕이랑 같은 취급인가?

그러나 사용할 수 있는 마법은 2종류밖에 없다.

제나 씨가 하급 마법은 통하지 않는다고 했으니까 불씨 탄환(파이어 샷)은 안 되고.

유성우는 위력이 너무 강해서 논외다. 놈을 쓰러뜨릴 수는 있겠지만, 제나 씨나 아인 소녀들까지 말려든다. 세류 시의 사람들이나 나 자신도 무사하진 못할 테고.

그런 생각을 하다가 주의가 흐트러졌는지, 상급 마족의 철조는 피했지만 연이어 공격해오는 꼬리에 맞아버렸다. 그리고 멀리 날아가 땅을 굴러 벽에 격돌했다.

충격으로 몽롱해지는 머리를 흔들며 일어섰다.

이대로는 상황이 악화될 뿐이다.

성검으로 벨 수는 있지만 베어도 금방 회복하고 적이 늘어난다.

마법은 위력이 너무 강한 것과 너무 약한 것 2종류밖에 없다.

마법총은 피해 버린다.

응? 피한다고?

『본관 추격.』

그때 상급 마족이 날아 차기로 공격했다.

몇 톤은 될법한 중량이 내 몸에 가해져서 그대로 바닥을 깎아내며 미궁의 벽으로 밀려갔다.

큭, 정말이지. 고통 내성이 없었으면 통증에 기절했을 지도 모르겠다.

"……■■■ 공기 망치(에어 해머)."

"……■■■■ 불꽃의 창(플레임 스피어)."

"■■ 성스러운 창(세이크리드 자벨린)."

그때 제나 씨와 자작, 그리고 무녀님의 마법이 상급 마족을 때렸다.

저항 때문에 거의 대미지다운 대미지는 입히지 못했다. 그러나 틈을 만들어주는 걸로 충분하다. 손에 들고있던 성검과 마법총은 떨어뜨렸지만 스토리지에 아직 예비 마법총이 있다.

『나약한 마법으로 내 즐거움을 방해하다니! 본관 역정.』

놈은 내 배를 발로 밟은 채 근처에 있는 바위를 들어 제나 씨 일행에게 던지려고 했다.

그러면 안 되거든?

스토리지에서 예비 마법총을 꺼내 제로거리에서 쏘았다. 물론 위력 게이지는 최대다.

『그으으으, 본관 방심.』

첫 발은 명중했지만, 상급 마족이 바위 던지는 것을 고집하지 않고 재빨리 떨어져 버려서 두 발째부터는 회피해 버렸다. 마법총의 탄이 발사되기까지 걸리는 0.1초의 딜레이가 밉다.

게다가 줄 수 있는 대미지는 마족 체력의 1퍼센트도 안 된다. 마법총의 대미지는 성검보다 재생되는 속도가 느린 걸 보니 연속으로 맞추면 어떻게 될 것 같긴 하다.

불씨 탄환(파이어 샷)으로 견제하고 지근거리에서 마법총을 맞추는 작전으로 가야지. 나는 마력 회복 속도가 뛰어나서 유성우라도 쓰지 않는 한 마력이 고갈될 염려도 없으니까.

조금이라도 위력을 올리기 위해, 방금 회수한 성검을 집어넣고 긴 지팡이를 꺼냈다. 자작이나 제나 씨도 지팡이를 썼으니까 분명히 위력이 오르겠지.

『쓰지 못하는 성검을 포기했는가? 본관 괄목.』

놈은 어디로든 도망갈 수 있게 나한테서 거리를 벌리고 자세를 약간 낮췄다.

먹어라!

## 쿠앙!

시야가 하얗게 물들면서 귀가 먹먹할 정도의 굉음이 울려 퍼졌다.

회복된 시야에는 상반신의 절반이 탄화되어 증기를 내고 있는 상급 마족과, 그 뒤에 반구형으로 녹은 미궁의 벽이 보였다. 벽은 아직 붉디 붉은 용암처럼 타오르고 있다.

이게 뭐야?

—아차, 잊고 있었네.

유성우도 아이콘으로 썼을 때와 마법란에서 선택해서 썼을 때 몇 십 배의 위력 차이가 있었다. 그러면 다른 마법도 그렇겠지.

뜨거운 증기 바람이 이쪽으로 몰려들었다. 어설프게 들이쉬면 목이 탈 것 같아서 숨을 멈추었다.

『설마, 그만한 체술을 쓰는 자가 마법사일 줄이야! 본관 이해불능.』

"저것은 틀림없이 상급마법인 홍련창(크림슨 자벨린)이다!"

바위 뒤에 있는 자작의 말소리가 들렸다.

아닌데요, 완전 초급인 불씨 탄환(파이어 샷)인데요.

하지만 이렇게 위력이 강하면 오히려 쓰기 어렵다. 앞으로 세 발 정도 맞추면 이길 수 있지만, 놈도 그걸 이해하고 있는지 쏘지 못하게 제나 씨 일행이 등 뒤에 오도록 위치를 잡기 시작했다.

미안하지만 본관 군.

자네는 벌써 체크메이트거든요.

나는 지팡이를 수납하고, 성검을 다시 쥐었다.

그래, 아까 마법을 떠올렸을 때 같이 생각난 게 있었다.

나는 땅을 내달리며 바위를 박차고 놈에게 접근했다.

—마왕을 쓰러뜨리려면 용사가 휘두르는 성검이 필요하다.

놈이 다급하게 뿜어낸 석화 브레스를 스토리지에서 꺼낸 천막으로 막아내고 놈의 가랑이 사이로 파고 들었다.

—상급 마족은, 마왕의 측근이며 「신에 가까운」 마족의 군주(데몬 로드).

돌이 된 천막이 가림막 역할을 해주었다.

그 뒤에서 천장을 향해 불씨 탄환(파이어 샷)을 쏘아 주위의 이목을 빼앗았다.

—하지만 나한테 성검은 있어도 용사의 칭호가 없다.

레이더에 의지하여 땅을 박차고, 아직도 붉게 타오르는 천장을 차서 방향전환을 했다. 좀 뜨겁네.

—그러니까 유효타를 줄 수 없다.

삼각 점프의 요령으로 사각 지대에서 하늘을 날아 놈의 날개를 베어 비행수단을 빼앗았다.

—정말로 그런가?

재생이 완료되기 전까지 승부를 내야지.

—칭호를 떠올려라. 넌 뭘 가지고 있지?

나는 칭호와 검을 변경했다. 그리고 새로운 날개를 만들기 위해서 한순간 움직임이 멈춘 상급 마족의 정수리에 대나무를 쪼개는 요령으로 참격을 때려 넣었다.

빛을 흡수하는 **암흑**의 칼날이 칠흑의 마족을 베어냈다. 베자마자 검은 재가 뿜어져 나오며 상급 마족의 몸이 붕괴됐다.

『뭐냐, 그 검은?! ……본관…… 패……배.』

그 말이 끝나는 것을 기다렸다가, 검은 재는 안개처럼 투명하게 사라져 버렸다.

마치 환영을 벤 것처럼 베는 느낌이 없어서 조금 불안했지만 로그를 보니 제대로 쓰러뜨린 모양이다.

주위가 넋을 놓고 있는 동안 검을 칼집에 넣고 자리를 떴다.

내가 놈을 쓰러뜨린 것은 지금 생각해 보면 간단한 일이었다.

용사의 칭호와 성검이 「신에 가까운 자(데미 갓)」을 쓰러뜨린다면, 「신(갓)」을 죽일 수 있는 「신을 죽인 자」의 칭호와 신검이 같은 일을 못할 리가 없잖아.

뭐, 그렇게 된 거다.

아까 그 작은 방으로 돌아가 옷을 갈아입고 수직굴을 기어 올라갔다. 미궁의 벽은 보통 바위보다 단단해서 손잡이를 만들기 힘들다.

"주인니임~."

정상까지 5미터쯤 남았을 때 위에서 구명줄을 묶은 타마가 내려왔다. 아마 날 구조하기 위해서겠지. 입구에서 리자와 포

치가 보고 있다.

"마중 수고했다."

"네잉!"

타마를 무등 태우고 그대로 벽을 올랐다.

"포치와 리자도 고맙다."

"무사하셔서……."

"다행인 거예요!"

리자가 감격한 듯 울어 버렸기 때문에 가방에서 새 손수건을 꺼내서 건넸다. 거기에 이끌리듯 포치랑 타마까지 내 목을 끌어안고서 울음을 터뜨렸다.

오냐 그래, 무사한 걸 기뻐해주는 눈물이라면 실컷 울어라.

이쪽으로 달려오는 제나 씨에게 가볍게 손을 흔들어 답했다. 미궁에 갇힌 지 아직 이틀밖에 안 됐는데 상당히 오래 있었던 기분이다.

어느샌가 칭호가 늘었다.

**〉칭호 「미궁답파자」를 얻었다.**

**〉칭호 「악마와 춤추는 자」를 얻었다.**

**〉칭호 「마족 살해자 [상급]」을 얻었다.**

**〉칭호 「용사」를 얻었다.**

마지막 칭호는 좀 일찍 가지고 싶었어.

# 지상으로

"사토입니다. 약간의 착오와 행운으로 고급 호텔의 스위트룸에 묵은 적이 있습니다. 소시민이라서 긴장한 탓에 별로 즐기지 못했습니다. 「지나침은 모자람만 못하다」라는 게 괜한 말이 아닙니다."

나는 포치와 타마의 손을 잡고서 출구로 이어지는 나선계단을 올랐다. 민간인 중에서는 가장 마지막이다. 배틀 마니아 전사와 그의 부하 몇 명이 아까 전 공동의 문을 지켰다. 밖으로 나가면 짐을 조사할지도 모르니까 남들 안 보는 곳에서 격납 가방과 보통 가방을 교환해두기로 했다. 포치가 가지고 있던 마핵도 30% 정도로 수를 줄이고 나머지는 격납 가방을 경유해서 스토리지로 이동시켰다.

다른 사람들이 쓰러뜨린 수와 비교하면 너무 많으니까, 이렇게 조정해두는 편이 트러블을 막을 수 있을 것 같으니까.

"밖으로 나가면 뭐 맛있는 거라도 먹자. 뭐 먹고 싶은 거 있니?"

"고기~?"

"고기가 좋은 거예요! 커다란 고기가 마차에 실린 거 봤던 거예요!"

정말로 고기를 좋아하는 애들이네.

수인들이니까 그런가 했는데 가만 생각해 보니까 애들은 원래 고기를 좋아하지.

하지만 포치가 말한 「커다란 고기」는 역시 와이번이겠지? 되도록 다른 고기로 유도해서 회피하고 싶군.

"포치, 타마. 고기는 분명히 근사합니다. 그렇지만 일개 노예가 고기를 달라고 조르는 것은 분수를 모르는 짓이에요."

"분수~?"

"리자 말은 어려운 거예요."

"사치란 말입니다."

리자가 둘을 타이르지만 노점 같은 데라면 그렇게 안 비쌀 텐데.

요전에 먹은 멧돼지 고기 스테이크 같은 것도 대동화 몇 닢이었으니까.

"미궁에서 생환한 걸 기념하는 거니까 고기 요리로 하자."

"해냈다~."

"인 거예요!"

"주인님께서 그리 말씀하신다면. 저 리자는 마지막 고기 한 점까지 맛보겠습니다!"

포치와 타마가 나랑 손을 잡은 채 점프하며 기쁨을 표현했다.

뒤따르는 리자를 돌아보자, 진지한 표정으로 주먹을 쥐고

맹세하는 포즈를 취하고 있었다.

아니, 그렇게까지 진지할 필요는 없다니까요?

미궁의 출구에서 들어오는 햇빛이 눈부시다.

두 발을 모아서 뿅 뛰어 빛 속으로 뛰어나간 포치와 타마에게 이끌려 미궁 밖으로 나왔다.

밖으로 나온 우리를 기다린 것은 먼저 탈출한 사람들의 불안한 표정과 소란이었다.

이유는 주위를 둘러보기만 해도 어느 정도 이해할 수 있었다.

출구 주위는 학교의 운동장 정도 되는 넓이의 평지가 되었다. 평지라고 했지만 평평한 건 아니고, 출구를 중심으로 소용돌이 모양의 골이 생겼다. 아마도 미궁이 생겼을 때 광장이나 주위의 집들을 끌어들인 흔적일 거다.

그리고 출구를 둘러싸듯, 흙주머니로 고정시킨 울타리에 둘러싸인 진지가 생겨 있었다. 울타리 사이에는 항룡탑에서 본 대포가 늘어서 있고, 그 대포 뒤에는 대형 투석구를 장비한 궁병들이 대기하고 있다.

물론 포구가 겨누고 있는 건 미궁의 입구— 다시 말해서 우리가 있는 방향이다.

포치와 타마뿐 아니라 리자까지 불안해 보이길래 사정을 알 법한 사람에게 물어보러 갔다.

“그게 말이죠, 우리들 중에 『마물이 둔갑한 자가 없는가』나,

『마물에게서 병이 옮은 자는 없는가』를 조사할 때까지 여기서 대기하란 명령이 떨어졌어요."

그렇군, 검역은 필요하지.

내가 사전에 체크한 범위에서는 모두 마물도 아니고, 병이나 독에 걸린 사람은 없었다. 물론 나는 그것을 증언할 생각도 없고 증언해봤자 아무도 안 믿을 것이다.

주위를 둘러싼 병사들을 확인해봤지만 감정계열 스킬을 가진 자가 없으니, 조사할 방법이 있는 사람이나 기재가 도착할 때까지 기다릴 수밖에 없겠네.

다행히 탈출한 멤버 중에 무녀님이나 신관도 있기 때문에 부상자의 걱정은 필요 없어 보였다. 경상인 자는 방치되어 있지만, 골절이나 위중한 열상을 입은 사람은 치료가 끝나 땅에 망토를 깔고 눕혀 놓았다.

그렇지, 포션이 아직 세 개 남았고 연고도 안 쓴 게 하나 남아 있으니까 제공하자. 마사네 여관에 줄 선물은 다음에 다시 사러 가면 되겠지.

모르는 녀석에게 받은 약은 쓰기 싫을 테니까, 제나 씨를 통해서 부상자의 치료에 쓰도록 했다.

기다리는 동안 한가했는지, 앉아 있는 내 무릎 위에서 타마가 축 늘어져 드러눕거나 포치가 내 어깨를 기어오르기도 했다.

너무 떠들면 불안한 주위 사람들이 시비를 걸지도 모르니 적당한 선에서 저지하고 나한테 기댄 채로 조금 재웠다. 리자는 창을 든 채 보초 흉내를 내고 있길래 옆에 앉혀서 휴식시켰다.

1시간 정도 기다린 다음에 몇 대의 마차가 도착하자 검역작업이 시작되었다. 한 사람씩 순서대로 울타리 너머로 불려가서 야마토 석을 만지는 것으로 확인하는 모양이다.

대장이나 무녀님에 이어 마법병 제나 씨가 불렸다.

병사들의 체크가 먼저인지, 우리는 마지막이었다.

"그러면 먼저 넘어가서 기다린다."

"네잉~."

"네, 입니다."

"알겠습니다."

불안해 보이는 표정의 세 사람에게 말하고 울타리 너머로 나아갔다. 기다리고 있던 문관느낌이 나는 여성에게 짐을 맡기고 야마토 석이 있는 테이블로 향했다.

역시 미궁을 돌파하고서 레벨 1에 스킬이 없으면 이상하겠지?

메뉴 화면의 교류 탭을 조작했다. 아인 소녀들의 레벨이 13이니까 그보다 약간 낮춰서 레벨을 10으로. 스킬은 상인답게 「흥정」과 「시세」. 전투계열 스킬이 없으면 부자연스러운가? 덤으로 「투척」과 「회피」도 넣어둬야지.

공무원처럼 보이는 사람이 재촉하는 대로 야마토 석에 손을 올렸다. 야마토 석 너머에 앉은 여성 문관의 가슴골에 시선이 갈뻔했지만 열심히 버텼다.

야마토 석에 표시된 문자를 읽고서, 설정된 정보로 갱신된 것을 확인했다.

"굉장하네요. 병사나 탐색자도 아닌데 그 나이에 이 레벨이라니, 상당히 고생을 많이 하셨나 봐요."

"그 정도는 아니에요."

야마토 석의 좌우에 서있던 경비 담당의 화장이 짙은 여성 기사가 감탄했지만, 일본인답게 겸손을 떨어봤다.

"—그러니까, 창을 내놔!"

"이건 주인님이 저를 위해서 만들어 주신, 제 반신과도 같은 소중한 창입니다. 한시라도 손에서 놓을 수 없어요."

"네 의사 따위 상관없다니까!"

뒤에서 말다툼을 벌이길래 돌아봤더니 리자가 창을 맡기기 싫다며 버티는 모양이다.

"리자, 나중에 돌려받을 테니까 지금은 이 사람한테 맡겨라."

"주, 주인님께서 그리 말씀하신다면……."

내가 설득하자 리자는 마땅찮은 기색이지만 담당자에게 창을 맡겼다.

그녀의 이름과 소속을 교류란의 메모장에 기입해 두었다. 금세 돌려준다면 좋겠지만, 맵을 보니 먼저 간 사람들을 마차에

태워서 성으로 호송하고 있는 것 같단 말이지.

투옥 당하고 입막음을 위해 처형당하는 것은 아닐 것이다. 하지만 사태가 수습될 때까지 연금 당하는 정도는 있을 법 하다.

평범하게 생각해 보면 도시 안에 미궁이 발생하거나 상급 마족이 출현하는 건 희귀한 사태일 테니까.

뒤에서 조그만 환성이 들렸다.

리자의 레벨이 노예치고 높은 13인 것과 스킬을 4개나 가진 것에 놀란 모양이다.

리자는 표정을 읽기 힘들어서 잘은 모르겠지만 꼬리가 미묘하게 움찔거리며 움직인다. 조금 우쭐한 걸지도 모른다.

마핵이 든 주머니를 얌전히 맡긴 포치와 타마가 이쪽으로 달려왔다. 어린애라서 그런지 둘이 세트다.

야마토 석에 손이 안 닿아서 리자가 뒤에서 끌어안아 올려줬다. 팔다리를 축 늘어뜨리는 걸 보니 재미있나 보다.

포치가 야마토 석 담당관 말에 따라 손을 올렸다. 리자 때보다 커다란 환성이 들렸다. 10살에 레벨 13은 굉장한 거겠지. 스킬도 4개나 있고.

포치가 꼬리를 붕붕 흔들었다. 이쪽을 보면서 코를 벌름벌름하는 걸 보니 아마 자랑스러운가 보다.

마지막은 타마다. 포치와 마찬가지로 리자가 끌어 안아줬다. 팔다리를 축 늘어뜨리는 걸 따라하고 싶었는지 굉장히 기쁜 표정으로 힘을 빼고서 시체 놀이를 했다.

타마의 스테이터스가 표시되었을 때의 환성은 포치 때보다 낮았다. 포치와 마찬가지로 굉장하지만 비슷한 스테이터스가 세 사람째니까 놀라움도 덜한 거겠지. 타마가 조금 불만스러워 보였다.

"아인 노예를 저만큼 단련시키려면 고생했겠군?"

"그렇지도 않아요. 우수한 애들이니까요."

고생한 건 사실이지만 우수했던 것도 사실이다. 그녀들이 곁에 없었다면 죽지야 않았겠지만 틀림없이 함정에 빠지거나 험한 꼴을 당했을 것이다.

우리들 넷은 병사들의 재촉에 따라 마차에 올라탔다. 먼저 검사를 마친 사람들 몇 명이 먼저 타고 있었다. 천막이 달린 마차인데 앞뒤의 출입구 쪽에 검을 가진 병사가 탔다.

이 마차에는 아는 사람이 없어서 딱히 대화할 일도 없었다.

수인을 싫어하는 사람도 있으니 포치와 타마에게 얌전히 있도록 일렀다. 불안은 사람을 공격적으로 만드니까.

결국 무거운 분위기를 유지한 채, 마차는 백작의 성에 도착했다. 유감이지만 마차 바깥이 보이지 않도록 출입구가 천으로 막혀 있어서 경치를 즐기지는 못했다.

마차에서 내리자 또 다시 병사들에게 둘러싸여 이동했다.

"어, 어디로 데리고 가는 건데."

"그래! 우리는 죽을 고생을 하면서 미궁에서 돌아왔다고!"

건들거리는 젊은이와 험상궂은 중년 남성이 병사들에게 시비를 걸었다. 이만큼 무장한 사람들에게 둘러싸여 있으면서 배짱도 좋지.

"너희들은 앞으로 며칠 동안 지하 감옥에 들어가야 한다. 이것은 백작님이 정하신 일이다. 저항하는 자에게는 반역죄가 적용된다. 치안유지를 위해서 입 다물고 따라라."

오오, 연금은 예상했지만 귀족의 권력을 얕보고 있었나 보다. 갑자기 감옥을 체험하게 될 줄이야.

기껏 세류 시를 상급 마족의 마수에서 구해냈는데, 그 보수가 「지하 감옥 초대권」이라니 개탄스럽기 그지없구나. 정체를 숨겼으니까 불평도 못하고.

반역죄 운운이 효과가 있었는지 그 이후로 아무도 거스르지 않고 병사를 따라갔다. 나중에 들었는데 반역죄가 적용되면 본인뿐 아니라 가족들까지 죄를 뒤집어쓰게 된다고 한다.

지하 감옥은 어두컴컴하고 조금 추웠다. 조잡한 침대조차 없고 돌바닥 위에서 누워 자야 하나보다. 얇은 모포 한 장만 준다고 하니 밤에는 춥겠다. 그건 그렇다 해도 화장실이 가릴 것이 전혀 없는 장소에 있는 항아리라는 게 괴롭다.

조금 더 사생활에 신경을 써주면 좋겠는데.

상당히 하드한 장소지만 결과적으로 우리가 이 지하 감옥에서 하룻밤을 지내는 일은 없었다.

"어이, 사토란 게 누구냐?"

"전데요."

"따라와라. 너는 다른 장소다."

지하 감옥에 안 어울리는 문관느낌의 남자가 나를 부르러 왔다.

어허, 이런 곳에 아인 소녀들을 놓고 가면 안 되지. 교섭 스킬 씨가 활약을 좀 해야겠어.

"이 애들은 내 노예입니다. 장소를 옮긴다면 이 애들도 동행시켜 주세요."

"흠, 내가 받은 명령은 네놈을 데리고 오라는 것뿐이다. 아인 노예 따위 듣지 못했다."

이럴 때는 금속 과자가 나설 차례겠지?

금화는 역시 너무 큰돈이라서, 「그걸 좀 어떻게 해주시면 안 될까요?」라고 부탁하면서 슬며시 안내하는 문관에게 은화를 쥐어주었다.

**〉「증여」 스킬을 얻었다.**

**〉「설득」 스킬을 얻었다.**

은색 과자는 효과가 상당히 높은 모양이다. 남자의 태도가 갑자기 부드러워졌다.

"……그렇지만 네놈의 노예를 데리고 오지 말라는 명령도 없었다. 일단 데리고 와도 좋다. 다만, 도착해서 쫓겨나게 되어도 모른다."

"네, 그래도 괜찮아요."

그 때는 날 불러낸 사람을 설득하면 되니까.

도움이 될 것 같아서 새로 얻은 스킬에 포인트를 분배해 두었다. 지나치면 악덕상인이 될 것 같다.

안내된 곳에서 기다리고 있는 사람은 낯선 노신사였다.

"처음 뵙겠습니다, 사토 님. 저는 베르톤 자작가의 집사를 맡고 있습니다. 데샨이라고 합니다."

우~음. 세바스찬이 아니었어.

"처음 뵙겠습니다, 데샨 님."

"사토 님, 부디 데샨이라고 편하게 불러주십시오."

이렇게 어엿한 노신사를 막 부르는 건 난이도가 높다.

"손쓰는 것이 늦어져 뭐라 사죄의 말을 드려야 할 지 모르겠습니다. 자작님의 은인을 지하 감옥에 들어가도록 하다니. 제 부덕의 소치라 하겠습니다."

"아뇨, 덕분에 지하 감옥에 숙박하지 않고 넘어갔어요. 그리고 지하 감옥은 좀처럼 볼 수가 없잖아요."

빈틈없이 사과하는 데샨 씨에게 성 안에 있는 영빈관 중 하나로 안내받았다. 이 성의 부지는 넓다. 내가 다니던 대학의 캠퍼스 정도는 된다.

“이 방을 사용해 주십시오. 방에 메이드가 딸려 있을 겁니다.”

데샨 씨가 입구 옆 테이블에 놓인 방울을 울리자, 안쪽 방에서 20대 후반의 메이드가 나왔다.

메이드라고 해도 아키바 계나 빅토리아 계가 아니다. 메이드복이 아니라 평범한 시종처럼 원피스 차림이었다.

에이프런 드레스나 화이트 브림은 아직 보급되질 않았군. 된장이나 간장보다 그쪽을 보급시키는 게 일본인의 의무라고 생각하는데. 어, 아닌가? 하지만 유감이다.

“저는 이걸로 실례하도록 하겠습니다. 뭔가 용건이 있다면 사양치 마시고 메이드에게 말씀해 주십시오. 이것은 사소하지만 주인나리께서 드리는 감사의 표시입니다.”

데샨 씨가 작은 주머니를 건넸다. 안에는 화폐가 아니라 자갈 같은 알갱이가 들어있다. 아마도 보석이겠지. 이것의 내용물이 사탕이라면 나름대로 재미있겠다.

거절하는 것도 실례가 될까 싶어 자작에 대한 답례의 말을 부탁했다.

본인에게 직접 말하는 게 맞는 거지만 사례품을 집사에게 맡길 정도니까 분명히 만나지 못할 정도로 바쁜 거겠지. 자작이라면 백작 다음 정도로 높은 작위인가 그러니까 말이다.

하지만 내가 기억하기로 지방영주가 있는 곳에 다른 작위를 가진 귀족이 사는 건 드문 일 아니었던가? 계급이 비슷하다고 선불리 중세 유럽이랑 동일시하면 안 되겠네.

데샨 씨는 메이드에게 뒷일을 맡기고 나가 버렸다.

"그러면 방을 안내해 드리겠습니다.

"네, 부탁 드려요."

나는 메이드의 뒤를 따르며 설명을 들었다.

포치와 타마는 리자가 조용히 있으라고 엄명을 하고서 양 옆구리에 인형처럼 안고 있었다. 손가락을 펴고 양손바닥을 교차시켜 입을 막는 포즈를 하고 있는 게 참으로 귀엽다.

집사 아저씨도 메이드도 대수롭잖게 방이라고만 했지만, 이 출입구의 홀만해도 10평은 넘고 전체 바닥 면적이 200평은 되는 서양관이다. 호텔의 스위트룸이었다면 하루 묵는데 몇 개월 치 급료가 날아갈 레벨이었다.

거실에는 융단이 아니라 펠트 같은 것이 깔려 있고 부드러운 가죽 소파도 몇 개 있다. 소파에는 천 쿠션이 몇 개 있어서 빈둥거리며 지내기 참 좋아 보였다.

이 방은 50평 약간 안 되는데, 방의 구석에 연통이 없는 난로 같은 게 있다.

내가 흥미롭게 보고 있자 메이드가 보충설명을 해줬다.

"이것은 화석(火石)을 이용한 마법도구입니다. 이 구리판을 만지며 마력을 흘리면 난로 안의 화석이 열을 냅니다. 온도를 조정하고 싶을 때는 방울을 울려주시면 바로 찾아올 테니 마음 편히 불러 주십시오."

오오! 판타지답네.

천장의 샹들리에도 초가 붙어있는 게 아니니까 틀림없이 마법도구다. AR표시로는「빛이 내리는 샹들리에」라고 되어 있다. 밤이 기대된다.

이어서 30평 좀 넘는 응접실로 안내되었다.

여기의 장식품도 방금 전 거실과 같은 랭크의 고급품이었지만, 이쪽에는 직선적인 가구가 많아서 그런지 격식을 차린 인상을 받았다.

그 옆에는 식당이 있고 다수가 동시에 식사를 할 수 있는 커다란 테이블이 놓여 있었다. 화강암 같은 검고 매끈한 촉감의 돌 테이블이다.

메이드는 설명을 생략했지만 린넨실이나 메이드 대기실, 급탕실도 응접실 가까이 있는 모양이다.

출입구 쪽에 있는 계단을 올라가니 거실과 비슷한 넓이의 침실이었다. 거기에는 침대지붕이 달린 킹사이즈 침대가 떠억하니 자리 잡고 있었다. 실로 푹신푹신하다.

포치와 타마가 뛰어들려고 했지만 리자가 단단히 붙들고 있어서 메이드가 눈썹을 치켜세우는 일은 없었다. 나이스, 리자.

바로 옆방은 사용인이나 호위의 방이라고 한다. 그쪽 방은 딱딱한 침대에 심플한 나무 의자만 있는 검소한 방이었다. 방 등급 차이가 극단적이네.

화장실은 각 층마다 있지만 문전여관과 같은 푸세식이다. 화장지를 대신하는 것이 지푸라기가 아니라 갱지니까 조금 낫군.

유감이지만 욕실은 없는 모양이다.

"필요하신 것 있으십니까?"

"아뇨, 욕실이 없어 보이길래요."

아련하게 기대를 품고서 말해봤다.

"목욕을 좋아하십니까? 그렇다면 하인들에게 욕조를 날라오도록 할 테니 저녁에는 준비할 수 있을 겁니다."

욕조를 날라오는 거냐! 하인 아저씨들 굉장하네.

"미안해요, 힘들어 보이는 일을 부탁해서."

"아뇨, 더 시키실 일이 있다면 뭐든지 말씀해 주십시오."

나에게 더 필요한 건 없었지만, 뒤에서 꼬르르~ 귀여운 소리가 들렸다. 포치인지 타마인지 몰라도 슬슬 점심시간이니까.

"그러면 점심 식사 준비를 해오겠습니다. 싫어하시는 음식이 있다면 말씀해 주십시오."

"아뇨, 딱히 가리는 거 없으니까 괜찮아요."

메이드는 인사를 하고서 방을 나섰다.

포치와 타마는 리자에게 안긴 채 새근새근 잠들어 있었다. 그렇다면 아까 그 소리는 리자구나. 리자의 볼이 살짝 빨간데, 눈치 못 챈 척 해야겠다.

테이블에 놓인 식사를 보고 고개를 갸웃거렸다.

크고 작은 7개의 접시가 놓였고, 식는 걸 막기 위해선지 반구형 은제 뚜껑이 덮여있는 건 알겠는데 왜 1인분? 이것도 아인 차별인가?

"저기, 애네들 먹을 건 없어요?"

"사용인의 음식은 별실에 준비했습니다."

"이 방으로 옮겨 주실래요? 식사는 같이 하는 게 우리 집안 규칙이라서요."

물론 뻥이지만 혼자서 쓸쓸히 식사하는 게 싫거든.

패스트푸드는 그렇다 쳐도 맛있는 건 역시 다수가 떠들썩하게 먹는 게 좋단 말이지.

아인 소녀들 앞에 놓인 접시는 깊은 접시에 담긴 스튜와 호밀빵뿐이다. 메이드에게 부탁해서 접시를 가져와 내 요리를 4등분해서 다 함께 나눠먹었다.

"응, 역시 성의 식사라서 맛있네."

"마시써어~."

"스튜의 고기가 커다랗고 맛있는 거에요!"

"그렇습니다. 이를 밀어내는 탄력이 너무나 좋아요."

어라, 내 접시에는 그런 고기 없었는데? 내 접시에 들어간 고기랑 달리 뭔가 거뭇한 고기 같은데.

AR표시로 확인해 보니 내 접시에는 새끼 양의 고기였지만 애들 접시에는 와이번 고기였다. 미궁에서 나왔을 때 포치가 말한 고기다. 세 사람 다 기쁘게 먹고 있으니 괜한 불평은 말자.

맛있는 식사에 대한 감사인사를 한 다음에, 다음부터 식사의 급을 낮춰도 되니까 네 명 모두 같은 걸로 해달라고 부탁했다.

매번 내 요리를 나눠먹는 것도 귀찮으니까.

대망의 목욕시간이 왔다. 사람 한 명이 들어갈 정도 크기의 대리석으로 된 욕조를 하인 네 명이 들고 날라왔다.

더욱이, 다른 곳에서 데운 물을 하인인지 노예인지 싶은 남자들이 몇 번이나 왕복해서 날라왔다. 일이 상당히 커졌다.

난 생활 마법을 사용해서 짠하고 물을 데울 줄 알았거든.

준비를 시작한지 한 시간이나 지나서야 입욕준비가 끝났다.

노동을 하게 된 사람들에게 조금 미안하지만 이제 와서 사양할 수도 없지. 나중에 팁을 후하게 주자.

"다들 같이 씻을래?"

"네잉!"

"같이 씻는 거예요!"

흥미롭게 욕조를 보고 있던 포치와 타마에게 말했다. 초등학생 연령이니까 같이 씻어도 문제없겠지.

일단 욕의라는 것이 있지만 욕탕에는 다 벗고 들어가야 하는 법이다.

"일단은 물에 들어가기 전에 때를 씻어내야지."

활기차게 대답하는 아이들에게 비누 쓰는 법을 가르쳐 주었다.

"아와와~ 하얀 게 퍼져어~?"

"몽실몽실인 거예요!"

"그렇지만 때가 잘 벗겨집니다. —왜 그러십니까 주인님?"

어느샌가 리자가 자연스럽게 포치랑 타마와 함께 씻고 있다.

비누 거품으로 중요한 곳은 가려졌지만 고교생쯤 되는 그녀가 같이 있으면 좀 음란한 느낌이 든다. 리자의 가슴은 포치와 타마만큼이나 절벽이지만, 등에서 허리까지의 라인이 상당히 위험하다.

"물이 따뜻한 거예요."

"이상해~. 그치만 기분 좋아~."

"몸을 씻는데 데운 물을 쓰다니! 사치스럽지만 근사합니다."

아직 욕조에 안 들어갔지만 목욕은 상당히 호평이다. 특히 리자가 기뻐 보인다.

오랜 노예생활 탓인지 때가 잘 안 져서 큰일이다. 덕분에 물이 조금 식어 버렸다.

그래서 메이드에게 더운 물 추가를 부탁했다.

"■■■ ■ ■■■■ 가열(히트)."

메이드가 밖에서 가져온 더운 물을 추가해서 양을 조정한 다음에 생활마법으로 물을 가열해 주었다.

추가는 마법으로 하는구나.

아마 물을 전부 바꾸는 것보다 효율적인 거겠지.

아니, 지금 추궁할 것은 그게 아니다.

어째서 마법을 쓰는데 그런 차림인 건가요? 라고 묻고 싶다. 전라는 아니라지만, 반라에 가까운 욕의 차림이다. 그녀는 스타일이 좋아서 젖으면 꼭지 부분이 비쳐서 큰일이 날 거다. 수증기가 다른 의미로 일을 하게 될 거다.

물을 다시 데워준 그녀에게 감사를 표하고 에둘러 물어봤다.

"네, 언제든지 봉사를 명하셔도 괜찮도록 이 차림으로 대기하고 있었습니다."

하아, 그래요.

굉장히 아쉽지만 봉사는 사양하기로 하자.

아인 소녀들이 없었으면 에로스 방향으로 질주할 뻔했다. 위험했다 위험했어.

모두 함께 들어갈 정도로 커다란 욕조가 아니라서 순서대로 욕조에 들어가 몸을 데웠다.

리자는 목욕이 마음에 들었는지 조심스레 더 들어가 있고 싶다고 하길래, 포치와 타마를 데리고 먼저 나왔다.

부드러운 타월로 둘을 닦아 줬다. 원피스 차림으로 돌아온 메이드가 내 몸을 닦아주려고 했지만 부드럽게 거절했다.

그런 봉사에 익숙하질 않아서요.

저녁 식사는 커다란 새 통구이가 올라간 호화로운 접시가 놓였다. 보기에는 로스트 치킨 같지만 닭이 아니라 시가 쌍미조라는 새를 조리한 것이었다.

통구이에서 살을 발라내는 게 어렵길래, 괜히 허세 부리지 않고 메이드에게 부탁했다. 그녀는 실로 깔끔한 솜씨로 살을 발라내 주었다.

아인 소녀들은 뼈가 붙은 부분을 좋아했다.

새삼스럽지만 자작에게 감사해야겠네. 감옥이랑 비교가 안 될 정도로 후한 대접이다.

그러고 보니 니들렌 일행은 감옥에 있겠구나. 꺼내줄 수는 없지만 처우를 좋게 해줄 수는 없을까?

식사 후에 메이드에게 말했더니, 좋은 식사와 모포를 나눠 주는 것 정도는 가능하다고 하는데 비품을 멋대로 쓰는 건 그녀의 권한 밖이라서 자작이 예산을 내주어야 한다고 했다.

돈 문제라. 그러면 스토리지에서 내면 되지.

"얼마나 필요한데요?"

"한 명이라면 은화 1닢이면 충분합니다만, 열 명 가까이 된다고 하니 모두에게 주려면 금화 2닢쯤 필요합니다."

뭐야, 그거면 되나? 나는 주머니에서 금화를 2닢 꺼내 그녀에게 건네며 감옥에 있는 사람들의 처우 개선을 부탁했다.

"와~아."

"푹신푹신한 거예요!"

포치와 타마가 침대에서 뛰논다.

애들은 침대를 보면 트램펄린처럼 뛰려고 한다니까.

리자도 침대 끝에 앉아서 얌전하게 침대의 탄력을 즐기고 있다.

다들 각자의 침대에서 자야 하지만, 포치와 타마가 같이 자는 게 좋다고 부탁을 하면서 올려다 보길래 모두 함께 자기로 했다.

리자만 혼자 자는 것도 쓸쓸할 테고.

나는 몸이 가라앉는 느낌의 침대에 몸을 눕혔다.

미궁에 있을 때는 아인 소녀들의 안전확보를 위해서 계속 깨어 있었다. 철야에 익숙하기도 했지만 스태미나가 많은 탓인지 별로 괴롭질 않았단 말이지.

그래도 피로는 착실하게 쌓여 있었는지 침대에 몸을 맡기자 긴장을 풀면 꾸벅꾸벅하기 시작한다.

찜질주머니마냥 체온이 높은 포치와 타마를 안고서 오랜만에 안락한 잠을 즐겼다.

연금 생활은 생각보다 알찼다.

미궁 안에서 손에 넣은 마법 입문서나 연금술 입문서를 읽고 있자니 시간은 눈 깜빡 할 사이에 지났다.

틈이 나는 대로 마법의 주문을 연습해 봤지만 그 공략불가 게임 같은 영창은 한 번도 성공 못했다.

아인 소녀들은 한가한 생활이 익숙지 않은 건지 좀이 쑤시는 모양이라 안뜰에서 숏 소드를 휘두르거나 간단한 대련을 통해서 발산시켰다.

활자가 부족해서 메이드에게 책을 사달라고 했다. 현금을 너무 많이 내는 것도 수상하니까 자작에게 받은 보석을 대금 대신 썼다.

포치나 타마를 위해서 그림책도 사달라고 했는데, 문자를 못 읽는 둘을 위해서 내가 낭독하게 되어 버렸다.

어째 딸들이 생긴듯한 기분이네.

그리고 연금이라지만 면회자가 없는 것도 아니었다. 문관 같은 사람이 두 번 정도 찾아왔다.

처음에는 미궁 안에서 일어난 일의 사정청취와 맡겨놓은 짐의 반납 때문에 왔다.

그때 들었는데, 「미궁에서 취득한 것은 회수한 사람에게 소유권이 있다」는 말에 조금 놀랐다.

왜냐하면, 미궁 안에서 죽이고 빼앗으면 그 사람 게 되잖아.

그것에 대해 질문해 봤다.

"괜찮습니다. 야마토 석의 상벌란으로 판정되기도 하고, 미궁도시 같은 곳에는 미궁 출구에 중범죄자를 간파하는 『단죄의 눈동자』라는 기프트를 가진 사람이 배치되니까요. 세류 시에도 각 문에 그 기프트를 가진 위병이 있습니다."

편리해 보이는 기프트 — 선천성 스킬이라고 한다 — 지만, 우리온 신의 경건한 신도가 아니면 발현되질 않는다고 한다.

우리온 신도라면 수백 명에 한 명쯤 되는 확률로 내려오는 스킬이라서 각 도시에 몇 명은 있다고 한다.

다른 신의 신도는 어떤 기프트를 받는 건지 신경 쓰이네.

역시 신들은 마지막에 「온」이 붙는 모양인데, 용신 아콘 카구라만 이름의 룰이 다른 건 무슨 의미가 있나?

생각이 조금 탈선했지만 그녀의 이야기는 이제 시작된 참이었다.

짐과 함께 맡긴 마핵은 영지 정부가 강제적으로 매수한다면서 일방적으로 대금이 든 주머니를 건네주었다. 이건 영내에서 마물을 사냥했을 경우의 규칙이라 미궁이라고 해도 예외가 아니라고 한다.

적어도 시세에 상당하는 금액이 들어 있으니 불평은 말자.

문관의 말투로 추정컨대 마핵은 언제나 부족한 자원 같았다. 스토리지 안에 있는 마핵을 처분할 때는 주의해야지.

"이 마물의 고기는 안전한지 확인할 수 없으니 몰수하겠습니다. 이 창도 마물의 부위로 만들어진 것이라 시내 반입을 허가할 수 없어요."

리자가 초스피드로 돌아보았다.

리, 리자가 보기 드물게 화났나?

리자 무서워. 무섭다니까요. 봐봐, 이 언니도 웃는 표정이 굳어졌잖니.

고기는 방역을 생각하면 타당하지만, 창은 어지간히 마음에 든 모양이니 교섭을 해봐야지.

"그 창은 고성능이라 감정 스킬을 가진 사람에게 위험한지 아닌지 조사해달라고 할 수 없을까요? 물론 감정비용은 이쪽에서 부담할 테니, 안전이 확인되면 돌려받고 싶습니다만?"

"아, 알겠습니다. 준비하죠. 감정 후에 안전이 확인되면 다른 무기와 함께 성에서 나갈 때 돌려 드리겠습니다."

"네, 잘 부탁 드려요."

그리고 아인 소녀들에 대해서도 상담을 해야지.

"그리고 질문이 있는데요—."

아인 소녀들의 소유권에 대해서 물어봤다.

"그렇군요, 주인이 사망한 노예를 미궁에서 보호하여 밖으로 데리고 나온 거군요?"

"네, 그래요."

리자도 긍정했다. 포치와 타마는 리자의 다리에 기대어 힘을 축 빼고 있다. 지루하구나?

"그렇다면 이 아인 노예들은 당신 것입니다."

"그래요?"

그야 내가 사서 노예에서 해방시켜줄 생각이었는데 말이지.

"미궁에서 주인을 잃은 노예는 그 주인을 죽이고 빼앗은 것이 아닌 한, 미궁에서 습득한 것과 마찬가지로 주운 사람의 것이 됩니다. 그래서 법적으로도 관습적으로도 그 노예들의 주인은 당신이 됩니다.”

누님은 증서로 쓰던 종이에 술술술~ 뭔가 기입하더니 이쪽으로 내밀었다.

“노예들의 소유권이 당신에게 있다는 공적인 임시증서입니다. 시내에서만 통용되는 것이니 얼른 노예상회나 관청에서 정식으로 노예의 소유계약을 해주세요.”

성내에서 처리할 수 없나 물어봤더니 다루는 부서가 달라서 무리라고 했다. 이세계에서도 공무원은 똑같구나.

이때 미궁 안에서 확인한 사망자의 이름을 말하면서 유품이나 머리카락 등을 맡겼기 때문에 두 번째는 그것의 결과 보고였다.

미궁 출구의 가설주둔지 벽에 벽보를 붙였더니 유족들이 나타나서 머리카락은 무사히 건넸다고 한다. 유품은 유족이 희망하는 것만 구매하도록 했다며 대가로 받은 돈을 건네주었다. 세금은 뺐다고 한다.

무상이라도 괜찮았다고 문관에게 말하자, 이렇게 대답했다.

“받아 주세요. 무상이면 유족을 사칭하는 파렴치한 자들이 나옵니다.”

그렇군, 세상 참 팍팍하구나.

마음이 불편해서 못 받겠으면 양육시설에 기부하거나, 신전에 기부하라고 조언해 주었다.

그렇군, 그거 좋겠네. 기부할 곳은 다음에 제나 씨한테 물어

봐야지.

연금 된지 5일째에, 제나 씨가 무녀님과 함께 면회하러 왔다.

메이드가 타준 「청홍차」라는, 태클 걸 곳이 많은 이름의 차를 마시면서 정보를 교환했다.

"그러면 두 사람은 연금 상태에서 해방된 거군요."

"네, 마법사가 부족하다 보니 연금에서는 금세 풀려났지만, 그 뒤로 계속 미궁 출구에 있는 가설 주둔지에서 일하고 있어요."

"그거 고생이겠네요."

미궁에서 탈출한 직후인데 그대로 근무했다고 한다. 본 적은 없지만 백작이란 놈은 인정머리가 없네.

"저는 미궁을 조사하는 부대와의 연락을 담당하고 있어서 그렇게 힘든 건 아니지만요. 본직이 마법사인 분들은 미궁이 도시 밑에서 뻗어나가지 않도록 결계를 치려고 마력이 고갈될 때까지 노력한다고 해요."

"바쁜 건 마법사만이 아니랍니다. 우리들 신전도 건축된 석비의 성별(聖別) 의식을 하고 있어요. 요 사흘 정도 잘 틈도 없었지요."

오나 씨, 그렇게까지 고생했으면 제나 씨랑 같이 오지 말고 신전에서 휴식하면 좋았을 텐데.

"미궁 앞의 진지도 가설된 담장으로 둘러쌌고 도시에 도는 소문도 음유시인들에게 돈을 쥐어줘서 잘 수습된 듯 하니, 사토 씨도 곧 풀려날 거예요."

다행이네. 여기가 참 편하긴 한데, 좀 질리기 시작했거든.

음유시인들 중에는 홍보요원 같은 사람도 있나 보다. 게임에서는 지원마법요원이기도 하니까 신선한 느낌이군.

풀려난 것은 제나 씨가 찾아온 지 사흘 뒤였다.

"사토 님!"

성의 정문으로 가는 중간에 함께 풀려난 니들렌 일행이 보였다.

"간수에게 들었습니다. 사토 님이 따뜻한 식사와 모포를 들여주셨다고 해서 우리들 모두 감사하고 있어요."

니들렌의 말에 내 존재를 깨달은 건지 주위에 있던 남자들이 입을 모아 인사를 해왔다. 중간부터 감옥의 식사가 얼마나 맛있었는지 하는 이야기가 되었지만 처우가 확실하게 개선된 모양이니 다행이네.

"고마워, 서쪽 거리의 식사보다 호화로웠어."

"정말 그렇다니까. 술은 아무래도 어려웠지만, 감옥 안에서 고기가 들어간 스튜가 나올 줄은 생각도 못했지!"

"그거 맛있었지. 며칠 더 있고 싶을 정도야."

"서쪽 거리로 돌아가서 얘기해도 안 믿을걸."

"하긴 그렇네."

남자들이 그렇게 말하며 호쾌하게 웃었다. 감옥에 들어갔다 나왔는데 기운차네. 이 터프함을 본받고 싶군.

니들렌이 답례 대신에 아인 소녀들의 계약 수속을 무료로 해준다고 하길래, 그가 기다리는 노예 시장으로 가는 도중이었다.

함께 가고 싶었지만 마차의 마부가 아인 소녀들의 승차를 거부했기 때문에 우리는 걸어서 가기로 했다.

남쪽의 공작령이나 남서쪽 미궁도시는 좀 더 대우가 낫다고 하니 그쪽으로 이사하는 편이 좋을 지도 모르겠네.

"야, 거기 강아지 귀."

또 한가한 녀석이 시비인가 싶어서 짜증스레 그쪽을 돌아보았다. 거기엔 미궁의 거미에게서 구해낸 금발의 젊은이가 있었다.

그러고 보니 니들렌이랑 얘기할 때도 무슨 말을 하고 싶은 눈치였지.

"무슨 용건 있나?"

"당신 말고. 그쪽 꼬맹이한테 용건 있어."

그렇게 구해줬는데 아직도 매도할 셈인가? 은혜를 모르는 것도 심각할 정도네.

무심코 노려봤지만 놈은 나를 보지 않았다. 그 너머에 있던 체격이 좋은 덩치랑 눈이 마주쳤는데, 그 녀석은 황급히 눈길을 돌리면서 뒷골목으로 사라졌다.

어째서? 협박 스킬까지 생기다니. 이해가 안 되네.

내가 그 녀석에게 주의가 쏠린 사이에 젊은이가 하고 싶은 말만 포치에게 말하고—.

“구해줘서 고맙다. 걷어차서 미안하다.”

—가 버렸다.

목소리는 작았지만, 나도 포치도 확실하게 들었다.

저 친구의 수인혐오가 없어질 것 같진 않지만 조금이나마 나아지면 좋겠네.

자랑스런 표정으로 올려다보는 포치의 머리를 힘껏 쓰다듬어 주었다. 꼬리 떨어지겠네.

옆에서 안겨 든 타마도 같이 쓰다듬어 줬다. 리자는 옆에서 둘을 지켜보며 고개를 끄덕였다. 엄마냐.

그리고 니들렌이 있는 곳에서 아인 소녀들의 주인으로 정식 계약을 맺었다.

금세 돌아갈 셈이었지만 노예 옥션에서 팔리고 남은 자들을 봐달라고 애원하길래 의리 때문에 어울려주기로 했다.

아인 소녀들은 노예로 삼았지만 금방 풀어줄 계획이고 새로운 노예를 살 생각도 없다. 그보다도 관광 가이드를 고용하고 싶네.

니들렌이 소개한 노예들은 옥션에서 팔리고 남았기 때문인지 실로 배배 꼬인 노예들뿐이었다.

노예들의 설명을 적당히 흘려들으면서 드디어 두 명 남았을 때까지 소개가 끝났다.

다음 소녀를 보고 노예상인 니들렌의 기량을 다시 보게 되었다.

그렇군, 지금까지 꼬인 노예들을 연속으로 소개한 건 이 애들을 부각시키려고 한 거였나!

그 소녀는 전에 중앙 길에서 본 일본풍 미소녀였다.

나이는 14세로 어리지만 실로 가련하고 덧없는 미모다. 롱 스트레이트의 흑발은 미네랄워터의 CM에 발탁될 것처럼 청순함을 주장하고 있었다. 내가 로리콤이었으면 확실하게 손을 댔다.

"루, 루루라고 합니다."

갈라지는 작은 목소리로 자기 이름을 고했다. 부끄러움을 타는지 한 마디만 말하고 고개를 숙여 버렸다.

기껏 만난 미소녀의 얼굴이 흑발에 가려져 버렸다.

니들렌이 루루를 포장해보려고 하는데 그 내용에 귀를 의심했다.

"**추한** 아이입니다만, 예의범절의 스킬을 가지고 있어서—."

얘가 추해?

얘가 못생겼다면 온 세계 99% 이상의 여성이 못생긴 건데?

미소녀를 칭찬하는 특수한 말투인가 했는데 그의 이야기를 들어보니 그게 아닌 모양이다.

미적 감각이 다른 건가?

니들렌의 허가를 받아 그녀의 머리카락이나 볼을 만져봤다.

딱히 그녀의 매력에 져서 로리콤으로 클래스 체인지를 한 게 아니다. 좀 확인해보고 싶은 게 있어서 말이지.

그녀의 귓가에 어떤 말을 속삭였지만 그녀는 모르는 말을 들은 듯 난처한 기색이었다.

어쩌면 그럴 지도 모른다고 생각했는데 일본인은 아니네.

이어서 소개 받은 건, 전에 루루와 함께 마차에 타고 있던 보라색 머리칼의 어린 소녀 아리사였다.

11살의 어린 나이지만 하늘거리는 곱슬머리에 북유럽계 생김새를 지닌 미소녀다.

방금 전 루루 정도는 아니지만, 이 정도 미인이 팔리지 않은 건 틀림없이 그 불길한 칭호 탓이겠지.

아리사는 동그란 눈동자로 애원하듯 바라보았다.

뚫어져라 쳐다보았다.

"사토 님, 죄송합니다. 평소에는 불길한 보라색 머리카락쯤은 사소해 보일 정도로 영리한 아이인데, 사토 님의 매력에 빠져버린 모양이라……."

니들렌이 이상한 말을 보태면서 소녀를 재촉했다.

아니잖아, 그 말은 아무리 그래도 무리수잖아. 무심코 쓴웃음을 지었다.

그런데 칭호가 아니라 머리색 때문에 안 팔린 건가?

분명히 보라색 머리카락은 드물겠지만 어떻게 불길한 거지?

"처음 뵙겠습니다, **사토(佐藤)** 님."

아이다운 목소리였지만, 내 이름을 부르는 발음이 조금 남달랐다.

"저는 아리사라고 하옵니다. 나라를 잃고 노예의 몸이 되었습니다만, 이 **세계**의 지식을 당신이 바라는 대로 전해 드리겠어요. 분명히 여러모로 도움이 될 겁니다."

어린 목소리에 어울리지 않는 싹싹한 말투다. 취업을 준비하는 학생처럼 들리는 건 기분 탓이겠지.

역시나 불길한 칭호를 가진 전직 왕녀라서, 자신을 어필하면서도 품격 있는 미소를 무너뜨리지 않는다. 다만 「여러모로」 뭔가 꿍꿍이가 있어 보였다.

아무리 그래도 초등학생 나이의 어린애한테 성적인 요구를 할 생각은 없거든?

머리색은 그렇다 치고, 아까 「이 세계」라고 말한 거나 「아리사」라는 이름이 신경 쓰인다.

나는 니들렌의 허가를 받아 루루에게 한 것과 같은 것을 아리사에게 시험해 보았다.

"꺄아, 치워줘요, 거미는 싫어! 정말 최악이야!"

방금 전의 새침한 공주님 같은 태도가 사라지고 평범한 여자애 같은 반응을 보였다.

그렇다, 나는 두 소녀의 귓가에 「머리카락에 거미가 붙어 있어」라고 **일본어**로 속삭였다.

아리사를 어떤 한자로 쓰는 건지는 모르지만 그녀는 틀림없이 나와 동류다.

루루와 아리사.

마차에 타고 있는 두 사람을 봤을 때부터, 두 사람의 「주인님」이 되는 건 정해진 일이었을 지도 모르겠다.

## ■작가 후기

이 책을 집어 주셔서 정말로 고맙습니다!

그리고, 이 책을 구입해주신 당신에게 최대급의 감사를!

처음 뵙겠습니다, 아이나나 히로입니다.

WEB판부터 본작을 아껴주신 분도 있지만, 지면으로는 처음 인사 드리는 것이라 역시 이 인사가 맞을 것 같습니다.

본작 『데스마치에서 시작되는 이세계 광상곡』은, 소설 투고 사이트인 「소설가가 되자」에서 2013년 3월 3일부터 연재를 시작하여, 반 년이 넘는 매일 갱신을 거쳐 현재는 매주 1화의 페이스로 투고가 이어지고 있는 작품입니다.

다행스럽게도 많은 독자 분의 지지를 얻어 많은 감상과 질타에 자극 받으며 연재를 이어나간 덕분에 후지미쇼보 님의 눈에 띄어, 서적화라는 바라 마지 않던 제안을 받아들여 본서가 태어났습니다.

WEB판을 토대로 본서를 구축하면서, 주의한 점이 3가지 있습니다.

먼저, 첫 번째는 「WEB판의 독자가 만족할 수 있는 책」입니다.

WEB판의 독자 여러분이 있었기 때문에 서적화할 수 있었습니다. 기껏 사주셨는데 책장에 넣어놓기만 하신다면 너무나 슬플 겁니다.

그래서 개고만 하는 것이 아니라 WEB판을 읽었기 때문에 즐길 수 있는 장면을 몇 개 추가했습니다. 물론 한 식구만 챙겨서는 의미가 없으니, 신규 독자 분도 평범하게 복선으로 읽을 수 있는 내용으로 했습니다.

분명히 WEB판의 독자께선 수많은 장면에서 주인공이나 작가에게 딴죽을 걸고 싶어질 것이 틀림없습니다.

그러니, 부디 책장에 넣지 말고 읽어 주세요.

두 번째는, 「신규 독자 분이 서적판만 읽어도 즐길 수 있는 책」입니다.

당연한 거지만, 1권부터 WEB판의 지식을 전제로 책을 쓰면 난이도가 너무 높으니 「소설가가 되자」의 약속을 모르는 사람도 즐길 수 있도록 설명을 추가하고, 너무 늘어난 설명이나 길고 무거운 장면에 도끼질을 해서 슬림하게 만들었습니다.

세 번째는 「읽고 난 다음에 한 번 더 읽고 싶어지는 책」입니다.

다 읽고서 재미 있었다고 느낀 분은, 부디 다시 한 번 읽어 보세요. 분명히 흘려서 읽은 부분에 작은 복선이 있을 겁니다.

이런 것들을 염두에 두고서 WEB판에서 평이 안 좋은 부분을 수정하고, WEB판에서 평이 좋은 부분을 강화하고 하는 등 끄적끄적 개고한 결과, 70퍼센트 이상을 신규로 쓰게 되었습니다. 나머지 30퍼센트도 가필수정한 것이라, WEB판 그대로인 부분을 찾는 편이 어려울 겁니다.

완전히 신규인 장면도 잔뜩 있으니까, 구입을 망설이는 당신께도 추천합니다.

그렇게 고생도 즐기면서 진행하던 집필 작업입니다만, 순탄한 길은 아니었습니다.

본업이 바쁜 시기를 피해서 서적화 작업을 할 예정이었는데, 본업의 마스터 업이 연장되었기 때문에 본서의 마무리 작업과 딱 겹쳐 버리는 시련이 기다리고 있었습니다.

본업의 데스마치에는 이미 익숙합니다만, 평소와는 한 끗 다른 수라장을 겪느라 그대로 이세계에 초대될뻔했던 것은 비밀입니다.

너무 고생한 이야기만 해도 즐거울 게 없으니까 이쯤 해두죠.

마지막으로 감사 인사를.

담당자 H 씨를 비롯하여 후지미쇼보의 여러분, 근사한 일러스트를 그려주신 Shri 님, 그리고 인쇄, 유통, 제본 등에 관여된 모든 여러분께 감사를!

그리고, 독자 여러분, 본작을 마지막까지 읽어 주셔서 정말로 감사합니다!

다음 권에서 또 만나요.

아이나나 히로

## ■역자 후기

넵!

죽!

안녕하세요. 불초 역자, 절도 있게 인사 올립니다. 이번에 L 노벨에서 『데스마치에서 시작되는 이세계 광상곡』의 번역을 맡게 되었습니다. 앞으로 잘 부탁드립니다.

후기를 쓰고 있는 현재, 한창 더블 태풍의 접근으로 장맛비가 내리기 시작한 시기입니다. 혹시 「습도 내성」 스킬의 습득 퀘스트 어디서 받는지 아는 분 계시면 귓말 날려주세요. 습도 때문에 SAN 수치가 하락할 지경입니다. 기왕 SAN 수치가 떨어질 거면 하다못해 모에모에한 아우터 갓이라도 찾아오면 좋으련만. 날이 이렇게 습하다 보면 폐쇄 공간이라도 좋으니까 습도가 낮은 곳에 가고 싶어집니다. 물론 폐쇄 공간 전용 초능력자가 아니니까 습도가 낮아도 사막은 사양하고 싶어요. U사의 공기리즘이라도 사다 입을까 봐요.

**〉칭호 「습도에 정신줄 놓은 자」를 얻었다.**

그런데 여러분은 게임 좋아하십니까? 역자는 참 좋아합니다. 최근 리메이크가 발표된 모 게임의 완전공략본을 고등학교 때 거의 외우다시피 했을 정도니까요. 다만 역자는 특히 일본형 RPG에 빠져있다 보니까 서양 게임은 별로 해보질 못했네요. 스카이림 같은 것도 재미는 있어 보이는데 이상하게 손이 안 가요. 이브 온라인 같은 것도 해보고 싶은데 말이죠. 우주전함 같은 거 멋있잖아요? 옛날에 기동전함 나데시코를 참 재미있게 봤어요. 은하철도 999도 좋아했었지만 우주전함 야마토나 캡틴 하록은 보질 못했네요. 명색이 라이트 노벨 번역을 하고 있는데 이토록 덕력이 부족하다니 반성해야겠습니다.

최근에는 또 전자서적을 즐겨보고 있습니다. 상기했듯 명색이 일본어 번역자다 보니까 일본어 원서를 읽는 것이 필수인데요. 이 경우에 전자서적이 참으로 좋거든요. 배송비도 안 들죠. 배송시간도 없습니다. 세계 최대 밀림을 뒤져보면 웬만한 책은 대부분 전자서적으로 나오기 때문에 아주 좋습니다. ……고백하자면 이번에 새로 나온 7세대 디바이스를 보고서 그만 지름신께서 찾아오셨습니다. 환율도 오르고 있는데! 그, 그래도 일에 사용한다는 핑계로 굴복하고 말았어요. 실제로 일에도 사용합니다. 진짜로!

오랜만에 후기를 쓰려고 하니까 참 산만해 지네요. 내용이 내용이다 보니까 산만함이 3배는 늘어난 느낌도 듭니다. 하하하.

이 산만한 후기를 읽고 "어라?" 하면서 본문을 다시 한 번 체크하는 분들이 상당히 많기를 바라면서 이만 마칩니다. 다음 권에서 또 뵈어요!

데스마치에서 시작되는 이세계 광상곡 1

1판 1쇄 발행 2015년 8월 10일
1판 10쇄 발행 2018년 3월 21일

**지은이**_ Hiro Ainana
**일러스트**_ shri
**옮긴이**_ 박경용

**발행인**_ 신현호
**편집국장**_ 김은주
**편집진행**_ 최은진 · 김기준 · 김승신 · 원현선 · 김솔함 · 권세라
**편집디자인**_ 양우연
**국제업무**_ 정아라 · 고금비
**관리 · 영업**_ 김민원 · 이주형 · 조인희

**펴낸곳**_ (주)디앤씨미디어
**등록**_ 2002년 4월 25일 제20-260호
**주소**_ 서울시 구로구 디지털로 26길 111 JnK디지털타워 503호
**전화**_ 02-333-2513(대표)
**팩시밀리**_ 02-333-2514
**이메일**_ lnovelpiya@naver.com
**L노벨 공식 카페**_ http://cafe.naver.com/lnovel11

원제 DEATH MARCHING TO THE PARALLEL WORLD RHAPSODY Vol.1
©Hiro Ainana, shri 2014
Edited by FUJIMISHOBO
First published in Japan in 2014 by KADOKAWA CORPORATION, Tokyo.
Korean translation rights arranged with KADOKAWA CORPORATION, Tokyo.

ISBN 978-89-267-9957-4 04830
ISBN 978-89-267-9956-7 (세트)

**값 8,500원**

*이 책의 한국어판 저작권은 KADOKAWA CORPORATION과의
독점 계약으로 (주)디앤씨미디어에 있습니다.
저작권법에 의해 한국 내에서 보호를 받는 저작물이므로 무단전재와 복제를 금합니다.
*잘못된 책은 구매처에 문의하십시오.

L NOVEL

©2014 COMPILE HEART ©HIFUMI SHOBO

## 한계돌파 모에로 크로니클

하사마 지음 | 히라노 카츠유키 일러스트 | 김덕진 옮김

**문지르고 잡아서 팬티를 입히는 RPG.**
**「한계돌파 모에로 크로니클」이 소설이 되어 등장!**

몬스터걸과 인간이 공존하던 세계.
어느 날을 기점으로 세계에 이변이 일어나, 몬스터걸이 인간을 적대시하게 된다.
원인을 찾기 위해 건장한 남자들이 몬스터걸이 사는 영역
【몬스토피아】로 떠났지만, 누구 하나 되돌아오지 않았다.
인간이 사는 영역【로이티움】과 몬스토피아의 사이에 존재하는 마을
세크렌드에 사는 소년 이오는 마을 장로의 명령을 받고 이변을 밝히기 위한
여행을 떠나게 된다. 소꿉친구인 몬스터걸 리리아와 함께
어쩔 수 없이 모험에 떠나는 이오였다!

NOVEL

라이트노벨의 새로운 빛! L노벨의 신간은 매월 10일에 발매됩니다. www.lnovel.co.kr

© Koushi Tachibana, Tsunako 2015 /
KADOKAWA CORPORATION

## 데이트 어 라이브 1~11권, 앙코르 1~3권, 머테리얼

타치바나 코우시 지음 | 츠나코 일러스트 | 이승원 옮김

4월 10일. 새 학기 첫 등교일.
이츠카 시도는 평소와 다름없는 일상을 보내고 있었다.
갑작스러운 충격파로 파괴된 마을 한가운데에서 소녀와 만나기 전까지는-

세계를 부수는 재앙, 정령을 막을 방법은 단 두가지.
섬멸, 혹은 대화

정령과 만나게 된 시도는,
세계의 멸망을 막기 위해 데이트로 정령을 꼬셔야하는 운명에 처하게 되는데!?

**세계의 멸망을 막기 위한 데이트가 시작된다-!!**

**ANIPLUS TV 애니메이션 방영 화제작!!**

NOVEL

라이트노벨의 새로운 빛! L노벨의 신간은 매월 10일에 발매됩니다. www.lnovel.co.kr

L NOVEL

Copyright © 2013 Kouichi Takagi
Ilustrations copyright © 2013 Zerokichi
SB Creative Corp.

## 방과후 사중주 1권

타카기 코이치 지음 | 제로키치 일러스트 | 이지혜 옮김

인간을 혐오하는 고등학생 카이도 아오는
기숙사를 나와 구 교직원실에 사는 소년이다.
그는 어느 날 옥상에서 뛰어내리려고 하는 소녀 나하나 코츠키와 만난다.
"……지켜봐주시겠어요?"
"거절한다. 맘대로 해."
"네?! 당신은 마음이라는 게 없어요?!"
말다툼 끝에 두 사람은 수영장으로 낙하.
그로부터 일주일 후.
그는 담임에게 오랜 시간 피해 다니던 동호회 가입을 강요받게 된다.
그렇게 그는 아무도 접근하지 않는 혼자만의 동호회를 만들기로 하는데…….
하지만 그 부실에 있는 것은 인체 모형에게 고백하고 옥상에서 뛰어내린 소녀?!

**서투르기 짝이 없는 소년소녀들이 연주하는**
**청춘 러브 코미디 사중주!**

NOVEL

라이트노벨의 새로운 빛! L노벨의 신간은 매월 10일에 발매됩니다. www.lnovel.co.kr